HOEVEEL IK VAN JE HOU

LUIS LEANTE

Hoeveel ik van je hou

VERTAALD DOOR TRIJNE VERMUNT

AMSTERDAM · ANTWERPEN

2009

Q is een imprint van Em. Querido's Uitgeverij bv, Amsterdam

Oorspronkelijke titel *Mira si yo te querré*
Oorspronkelijke uitgever Santillana Ediciones Generales, S.L.
Copyright © 2007 Luis Leante
Copyright translation © 2009 Trijne Vermunt /
Em. Querido's Uitgeverij bv, Singel 262, 1016 ac Amsterdam

Omslag Marjan Landman
Omslagbeeld Getty Images

isbn 978 90 214 3521 3 / nur 302
www.uitgeverijQ.nl

Voor Nieves

Wanneer ik ver van huis
je kleuren fier aanschouw,
dan zal ik beseffen
hoeveel ik van je hou.

O jij mooie, rode vlag
O jij mooie, gele vlag
Je draagt bloed en goud
In het diepste van je ziel.

Las Corsarias
Tekst en muziek Francisco Alonso

Ze slaapt 's ochtends, 's middags, bijna de hele dag. 's Nachts ligt ze het grootste gedeelte van de tijd wakker: bij vlagen is ze helder, soms ijlt ze; meestal is ze bewusteloos. Dag in dag uit, wekenlang. De tijd verglijdt zonder ophouden. Wanneer ze even wakker weet te blijven en probeert haar ogen open te doen, zakt ze onmiddellijk weer weg in een diepe slaap waaruit het moeilijk ontwaken is.

Sinds een paar dagen hoort ze tijdens haar weinige heldere momenten onbekende stemmen. Ze klinken ver weg, alsof ze uit een andere kamer komen of uit het diepst van haar dromen. Af en toe lijken ze heel dichtbij. Ze weet het niet zeker, maar ze denkt dat ze Arabisch spreken. Ze fluisteren. Ze begrijpt niets van wat er gezegd wordt, en toch wordt ze er rustig van.

Denken valt haar zwaar, heel zwaar. Steeds als ze een poging doet te achterhalen waar ze is, wordt ze door de slaap overmand. Ze vecht ertegen, omdat dan de hallucinaties komen. Keer op keer droomt ze van de schorpioen. Zelfs als ze wakker is durft ze haar ogen haast niet open te doen, voor het geval het beest haar nachtmerrie heeft overleefd. Ze probeert het toch, maar haar oogleden zijn te zwaar.

De eerste keer dat ze haar ogen opendoet ziet ze niets. Het licht in de kamer verblindt haar alsof ze dagenlang in een donker hol heeft gezeten. Haar ogen vallen weer dicht. Maar voor het eerst is ze in staat droom van werkelijkheid te onderscheiden.

'*Ch'kifek? Esmek?*' zegt een vrouwenstem zacht.

Wat het betekent weet ze niet, maar het klinkt in ieder geval vriendelijk. Het is de stem die ze de afgelopen dagen of weken vaker heeft gehoord, soms vlak bij haar gezicht, soms in een belendende kamer. Maar ze heeft niet de kracht om iets terug te zeggen.

De schorpioen overschrijdt de grenzen van haar nachtmerrie en spookt zelfs als ze wakker is door haar hoofd. Ze voelt zijn staart en zijn pootjes langs haar kuit omhoog kruipen. Ze probeert zichzelf ervan te overtuigen dat het een droom is. Ze wil bewegen, maar ze heeft geen kracht. De beet was kort en scherp als een speldenprik. Als die vrouw niet 'Mefrouw, mefrouw! Voorzich, mefrouw!' had geschreeuwd, zou ze het niet eens hebben gemerkt. Net toen ze haar arm in haar boernoes wilde steken keek ze om. Ze zag de schorpioen op de voering zitten en besefte dat ze net gebeten was. Ze moest haar hand op haar mond leggen om niet te schreeuwen, maar begon uiteindelijk mee te gillen met de andere vrouwen die haar, zittend of gehurkt op de grond, vol ontzetting aanstaarden.

Ze vergeet steeds hoe ze de laatste keer lag. Soms ligt ze op haar rug als ze wakker wordt, dan weer op haar buik. Iemand moet haar van houding veranderen, ongetwijfeld tegen het doorliggen. Het eerste wat ze ziet zijn de schaduwen van de schilfers aan het bladderende plafond. Door een raampje dat te hoog zit om erdoor naar buiten te kijken schijnt een flauw licht naar binnen. Ze weet niet of het dag of nacht wordt. Buiten de kamer is niets te horen wat op leven wijst. Ze ziet dat er tegen de andere muur een gammel, roestig bed staat. Ze schrikt als ze beseft dat het een ziekenhuisbed is. Er ligt geen matras op. Niets wat de beschadigde, afgeleefde lattenbodem verhult. Tussen de twee bedden staat een van ouderdom bespikkeld witmetalen nachtkastje. Voor het eerst voelt de vrouw de kou. Ze luistert of ze bekende geluiden hoort. Niks, het is doodstil. Ze probeert iets te zeggen, om hulp te roepen, maar ze kan geen woorden vormen. Met een uiterste krachtsinspanning roept ze om de aandacht te trekken van wie haar kan horen.

Plotseling gaat de deur open en verschijnt het gezicht van een vrouw die ze nooit eerder heeft gezien. Ze begrijpt dat het een arts of verpleegster is. Ze is van haar hoofd tot haar kuiten in een *melahfa*[1] gehuld. Eroverheen draagt ze een tot boven dichtgeknoopte groene doktersjas. Als de vrouw ziet dat de patiënte wakker is, schrikt ze en is even te overdonderd om te reageren.

'*Ch'kifek? Ch'kifek?*' vraagt ze opgewonden.

Ze begrijpt niet wat ze zegt, maar ze neemt aan dat ze vraagt hoe ze zich voelt. Alleen weigert haar stem antwoord te geven. Ze volgt met haar ogen de bewegingen van de jonge vrouw, probeert een glimp op te vangen van het gezicht onder de melahfa. De verpleegster loopt roepend de kamer uit en komt meteen weer terug met een man en een vrouw. Ze praten druk, maar met gedempte stem. Ze dragen alle drie een doktersjas. De vrouwen hebben daaronder een melahfa aan.

De man pakt haar arm en voelt haar pols. Hij maant de vrouwen tot stilte. Hij opent haar ogen en bestudeert zorgvuldig haar pupillen. Hij beluistert haar borst met een stethoscoop. Ze voelt het metaal op haar huid als het lemmet van een mes. De arts lijkt verbaasd. De verpleegster is de kamer uit gegaan en komt terug met een glas water. De twee vrouwen richten de patiënte op en geven haar te drinken. Ze krijgt haar lippen amper van elkaar. Het vocht loopt langs haar mondhoeken over haar hals. Als de verpleegsters de vrouw weer neerleggen, zien ze dat haar ogen wegdraaien en dat ze wegzakt in een diepe slaap. Dezelfde slaaptoestand waarin ze al weken verkeert, sinds ze bijna een maand geleden meer dood dan levend werd opgenomen.

'Mefrouw, mefrouw! Voorzich, mefrouw!' Ze heeft de stem zo vaak gehoord in haar dromen dat hij inmiddels vertrouwd klinkt. 'Voorzich!' Maar ze begreep pas wat dat geroep te betekenen had toen ze de schorpioen op de voering van haar boernoes zag zitten. En ze besefte meteen dat ze was gebeten. De andere vrouwen staarden haar aan, sloegen hun handen voor hun gezicht en jammerden alsof zich een gruwelijke ramp had voltrokken. '*Allez! Allez!*' riep zij op haar beurt en ze probeerde boven het kabaal uit te komen. 'Kom mee, blijf hier toch niet. *Allez!*' De vrouwen begrepen het niet of wilden het niet begrijpen. Ze bedekten hun gezicht met hun hoofddoek en bleven maar jammeren. Uiteindelijk verloor ze haar zelfbeheersing en begon ze hun beledigingen en verwijten naar het hoofd te slingeren. 'Stelletje uilskuikens, idioten. Als we hier niet wegkomen, zullen ze ons misbruiken. Hoe kunnen jullie je zo laten behandelen? Dit is erger dan slavernij, dit is... Dit...' Ze zweeg verslagen toen ze begreep dat ze haar toch niet verstonden, als ze al luisterden. Het gegil was in ieder geval opgehouden. Ze stond daar voor die twintig doodsbange vrouwen die haar blik ontweken. Ze wachtte, maar geen van hen deed een stap naar voren. Integendeel, ze schurkten als duiven tegen elkaar aan in een hoek van hun cel, bescherming zoekend bij de anderen, biddend, hun gezicht verborgen achter hun hoofddoek. Voor het eerst dacht ze aan de schorpioen. Ze wist dat maar vijfentwintig van de vijftienhonderd soorten die op aarde leven giftig zijn. Ze zette de gedachte snel uit haar hoofd. Ze had geen tijd te verliezen. Nu er niemand op het lawaai was afgekomen, wist ze zeker dat ze alleen waren, onbewaakt. Ze trok haar boernoes over haar schouders en zette de capuchon op. 'Zoek het maar uit, ik ga.' Ze rammelde aan de deur, waarop, zoals ze al verwacht had, een hangslot zat. Ze had alles al 's ochtends vroeg al gepland. Met een harde trap brak ze de onderste planken doormidden. Het hout was zo droog dat het meteen versplinterde. Ze wachtte even of er iemand op het lawaai afkwam en trapte toen nog een keer tegen de deur. Nu was het gat groot genoeg. Ze tilde de slippen van haar boernoes op en kroop naar buiten.

Het middaglicht was fel. 'Nee, mefrouw, nee,' hoorde ze nog voor ze van hen vandaan liep. Haar benen trilden en ze liep onwennig. Het was meer dan tien dagen geleden dat ze onbewaakt zo ver had gelopen. Tien dagen die ze met twintig andere vrouwen had doorgebracht in een raamloos gebouwtje van beton en baksteen met een golfplaten dak waaronder het binnen niet om uit te houden was. Ze had de kleine oase maar heel even gezien op de ochtend dat ze hierheen waren gebracht en waren opgesloten, maar ze had de plek op haar gehoor goed leren kennen. In het midden was een put met een katrol om water op te halen. Een paar meter verderop deed een enorm zeil dienst als tent; daar zaten de mannen de hele dag door thee te drinken, te praten en te discussiëren. Overal lag afval. Onder de palmbomen stond een steviger tent met een tapijt in de ingang;

het onderkomen van Le Monsieur. De voorbije negen nachten had ze in de stilte van de woestijn urenlang zijn weerzinwekkende gesnurk moeten aanhoren.

Naast de tent zag ze de Toyota blinken. Er was niemand te zien. Van de vrachtwagen liepen alleen bandensporen in de richting van de onherbergzame *hamada*[2]. De vrouw probeerde haar zenuwen te bedwingen en het euforische gevoel van vrijheid te onderdrukken. Ze merkte nauwelijks hoe de zon hoog aan de hemel op de aarde schroeide. Zonder aarzelen versnelde ze haar pas en liep naar de terreinwagen. Ze rende niet, maar ze liep vastberaden en gaf niet toe aan de paniek die ze voelde opkomen. Ze keek niet op of om. Toen ze iemand hoorde roepen, sloeg de schrik haar om het hart. Ze stopte niet, ze bleef stug doorlopen en draaide alleen haar hoofd om, en toen herkende ze de stem die haar riep. Het was Aza, de enige Saharawi van de groep. Ze kwam achter haar aan gerend, haar tot over haar schouders afgezakte melahfa met beide handen vasthoudend om er niet op te trappen. 'Wacht, wacht, ik ga mee', zei ze in vloeiend Spaans. Ze wachtte op haar en pakte haar hand. Het laatste stuk renden ze.

Ze trok het bestuurdersportier open en maande Aza aan de andere kant in te stappen. De Saharawi deed snel wat haar gevraagd werd. Even zaten ze zonder iets te zeggen in de auto en keken om zich heen, bang dat iemand hen had gezien.

'We gaan, Aza. De nachtmerrie is voorbij.' De vrouw zocht in het contact naar het sleuteltje. Ze trok wit weg.

'Wat is er?' vroeg de Saharawi. 'Ben je bang?'

Ze liet haar lege handen zien. 'Geen sleutel.'

Het duurde even voor Aza begreep wat ze bedoelde. Ze bleef kalm; ze maakte een gebaar met haar twee handen en legde ze op haar hart.

Vervolgens bukte ze en voelde onder haar stoel. Meteen haalde ze een zwarte sleutel te voorschijn, onder het stof. 'Zoek je deze?'

De vrouw pakte de sleutel aan en stak hem in het contact. De motor ronkte. Ze wilde iets vragen, maar de Saharawi was haar voor: 'Zo doen we dat in de kampen. Je moet sleutels altijd buiten bereik van kinderen houden. Kinderen zijn ondeugend. Daar zijn het kinderen voor.'

De wagen zette zich in beweging. Als er iemand op wacht had gestaan was die allang op het geluid van de motor afgekomen. Ze waren alleen. Binnen een paar seconden kon ze overweg met de Toyota. Ze volgde de andere bandensporen en reed in de richting van de horizon. Het zweet parelde op haar voorhoofd; gek genoeg had ze het niet warm van de spanning en de zenuwen, maar kreeg ze het juist steeds kouder.

'Niet daarheen!' riep Aza.

'Hoezo? Weet je een andere weg?'

'Er zijn geen wegen in de woestijn. Daar is geen water en we hebben geen drinken bij ons.' Ze wees naar het zuidwesten. 'Die kant op.'

De vrouw gehoorzaamde meteen. Ze veranderde van richting en maakte een draai van 180 graden, tot waar er geen bandensporen meer waren. Haar blik viel op de benzinemeter: de tank was nog maar voor een kwart vol.

Aza tuurde de horizon af. De auto schokte en hobbelde en de vrouwen werden door elkaar geschud. Ze zeiden niets. Ze zweette nog steeds en rilde nu zelfs van de kou. Voor het eerst voelde ze de schorpioenbeet branden in haar hals. Ze had het benauwd, maar ze dacht dat het door de zenuwen kwam. Aza merkte meteen dat er iets mis was. De vrouw klampte zich vast aan het stuur, haar benen werden slap en haar hart begon onregelmatig te kloppen. Van opzij leek ze ineens jaren ouder. De Saharawi wist wat het was, en stelde geen vragen toen de Toyota stilhield.

'Het gaat niet, Aza, ik kan niet meer,' zei de vrouw na een korte stilte. 'Jij moet rijden.'

'Ik heb nog nooit gereden, ik krijg dat ding geen meter vooruit. Je kunt beter wat rusten en het straks nog eens proberen.'

'Het gaat niet goed met me, Aza.'

'Ik weet het, je bent gebeten door die schorpioen. Je had pech.'

Ineens werd de draaiende motor van de terreinwagen overstemd door een krachtiger geronk. In de verte tekende zich het silhouet af van een vrachtwagen die schuddend op hen afstevende.

'Ze hebben ons gevonden,' zei Aza.

De vrouw zette zich schrap, trapte het gaspedaal in en pakte het stuur zo stevig vast als ze kon. Ze gingen weliswaar harder, maar de wagen slingerde en klapte op alle hobbels, waardoor hun voorsprong snel kleiner werd. Het was een kwestie van tijd voor ze hen de pas zouden afsnijden.

Toen ze binnen gehoorsafstand waren, begonnen de mannen in de vrachtwagen in het Arabisch en Frans te roepen. Op het starre gezicht van Le Monsieur speelde nu een lachje. Hij zat in zijn anachronistische uniform van het Spaanse Vreemdelingenlegioen naast de bestuurder en wees waar hij moest rijden en hoe hij het best de stenen kon ontwijken. Hij had allebei zijn handen geklemd om de kalasjnikov die op zijn knie rustte.

De vrouw aan het stuur zag steeds meer zwarte vlekken voor haar ogen. Ze had amper nog de kracht om het gaspedaal in te trappen. Uiteindelijk reed de wagen op een zandbank en kwam met een harde klap tot stilstand. Aza knalde met haar hoofd tegen het dashboard. Ze had een snee op haar voorhoofd. Ze proefde het bloed dat over haar lippen drupte. Voor ze iets kon doen zag ze de mannen van Le Monsieur rond de auto lopen. Achter een geforceerde glimlach verborgen ze hun woede. Ze trokken de portieren open en bevalen hun schreeuwend uit te stappen. De Saharawi gehoorzaamde onmiddellijk, maar de andere vrouw kon zich nauwelijks bewegen.

'Uitstappen, zei ik.'

Aza raapte al haar moed bijeen en riep: 'Ze moet naar een dokter. Ze is gebeten door een schorpioen.'

De legionair begon hard te lachen. De vrouw hoorde hem amper. Ze voelde alleen dat een paar smerige handen haar arm vastpakten en haar de auto uit trokken. Ze kwam hard neer op de grond en kon niet meer overeind komen.

'Wat nou schorpioen!' Hij spuugde op haar en schopte naar haar hoofd. 'Hoe ver dachten jullie te komen? Vuile hoeren.' En tegen Aza: 'Jij zou toch moeten weten dat je hier niet kunt ontsnappen. Of ben je net zo stom als zij?'

De vrouw wilde om hulp vragen, maar ze kwam niet verder dan een onverstaanbaar gemompel. Toch was ze nog helder genoeg om Aza te horen schreeuwen. Hoewel ze haar niet kon zien, wist ze dat ze haar sloegen. Vreemd genoeg voelde ze zich schuldig. Haar keel leek in brand te staan en ze kon geen woord uitbrengen. Tussen de laarzen van de legionair door zag ze de Saharawi struikelend over haar melahfa wegrennen. Aza deed haar best om niet in een rechte lijn te lopen. Ze struikelde en krabbelde overeind. Het ging moeizaam, maar ze rende zo hard ze kon. De legionair legde zijn kalasjnikov op de motorkap van de Toyota en vroeg een van zijn mannen om diens geweer.

Vanaf de grond zag de vrouw alles als in slow motion gebeuren. Le Monsieur zette het geweer tegen zijn schouder, schoof zijn lange, grijze baard opzij en wachtte rustig tot hij de Saharawi in het vizier had. Aza rende steeds langzamer, alsof ze wist dat ze het niet kon winnen. Haar rennen ging over in een looppas, ze bedwong de neiging achterom te kijken of te blijven staan. Plotseling klonk er een doffe knal en Aza's silhouet zakte in elkaar op de stenen van de hamada. Als een teken van rouw kwam er ineens een wind opzetten die aanzwol tot een storm. Het laatste wat de vreemdelinge zag voor ze haar ogen sloot, was een enorm zandgordijn dat de immense verten van de Sahara aan het zicht onttrok.

De patiënte schrikt met een gil wakker. De verpleegster heeft haar hand al vast. Ze zegt niets; ze kijkt de vrouw aan alsof ze haar voor het eerst ziet. Ze probeert te schatten hoe oud ze is: veertig, vijfenveertig. Ze weet dat mensen nergens zo vroeg oud worden als in de Sahara.

'Aza, Aza!'

De vrouw ijlt. De verpleegster streelt haar voorhoofd en probeert haar te kalmeren. Ze weet nu zeker dat ze haar ziet en hoort. Ze fluistert wat in het Hassaniya, hopend dat ze haar verstaat. Ze laat haar water drinken. Ze praat tegen haar in het Frans. Ze doet een poging in het Engels. Ze probeert het in alle talen die ze kent.

'Aza, Aza!' roept de vrouw weer, nu met haar ogen wijdopen. 'Ze hebben Aza vermoord.'

De verpleegster huivert. Ze doet haar best te blijven glimlachen.

'Hallo, hoe voel je je? Kom je uit Spanje?'

De vrouw kijkt haar aan en kalmeert. Ze pakt de hand van de verpleegster.

'Waar ben ik?'

'In een ziekenhuis. Je hebt het overleefd en hier ben je veilig. Je hebt dagenlang geslapen. Kom je uit Spanje?'

'Ze hebben Aza vermoord.'

De verpleegster denkt dat ze ijlt. Ze zit al dagen aan het bed van de vrouw. Iets in dat levenloze gezicht trok haar aandacht toen ze uit een legerwagen werd getild. Zij was de enige die ervan overtuigd was dat ze het zou redden. Nu weet ze dat God haar gebeden heeft verhoord.

'Je hebt *baraka*,' zegt ze. 'Gods zegen.'

De verpleegster doet haar melahfa van haar hoofd en een glanzende bos zwart haar komt tevoorschijn. Ze blijft maar lachen. Ze wil gaan vertellen dat de vrouw na al die weken bij bewustzijn is, maar daarvoor moet ze haar hand loslaten. Ze brengt een hand naar haar hart en legt hem dan op haar voorhoofd.

'Ik ben Leila,' zegt ze. 'Hoe heet jij?'

Haar lach stelt de vrouw gerust. Ze probeert iets te zeggen.

'Montse. Ik heet Montse.'

Vanuit de barak die dienstdeed als cel (een hok van zes bij vier met een lattenbodem op vier poten en een matras, een tafel, een stoel, een smerige latrine en een kraan) zag korporaal Santiago San Román al de hele dag troepen af en aan rijden.

Lieve Montse, het is nu bijna een jaar geleden dat ik voor het laatst iets van je hoorde.

Bijna een uur had hij over die eerste zin gedaan, en nu vond hij hem gekunsteld, onnatuurlijk. Het kabaal van landende toestellen op het vliegveld van Laayoun haalde hem uit zijn overpeinzingen. Toen hij zijn blik weer op het vel papier richtte, herkende hij zijn eigen handschrift niet eens. Vanuit het raam in zijn cel had hij alleen uitzicht op de veiligheidszone naast de startbaan en een stuk van de hangar. Het enige wat hij duidelijk kon waarnemen was de merkwaardige bedrijvigheid rond de loodsen; landrovers, vrachtwagens die nieuwe legionairs aanvoerden en heen en weer rijdende dienstauto's.

Voor het eerst in zeven dagen had hij geen eten gekregen en had hij 's avonds niet zijn benen mogen strekken langs de startbaan. Al een week lang sprak hij amper iemand en leefde hij op droog brood en waterige soep. Hij hield constant de deur en het raam in de gaten, wachtend tot hij werd opgehaald, op een vliegtuig gezet en voor altijd uit Afrika zou vertrekken. Nog een paar dagen, was hem op dreigende toon te verstaan gegeven, en dan mocht hij zijn hele leven heimwee hebben naar de Sahara.

Sinds hij van de cellen in de kazerne van het Vierde Regiment naar het vliegveld was overgebracht, stond voor korporaal San Román de tijd stil. Hij zou naar Gran Canaria worden gebracht, waar hij, ver van de onlusten in de overzeese provincie, voor een militaire rechtbank moest verschijnen. Maar die orders hadden hun bestemming kennelijk nooit bereikt, want om onduidelijke redenen gebeurde er ineens niets meer.

Verschil tussen dag en nacht was er niet; het wachten maakte hem zo gespannen en rusteloos dat hij 's nachts niet kon slapen. En de vlooien maakten zijn nachten nog onplezieriger. Zijn enige verzetje was gelucht worden langs de startbaan, onder het toeziend oog van een grijze baard die hem, voor hij in zijn toren klom, verzekerde: 'Waag het niet om meer dan tien stappen te zetten of weg te rennen, want dan jaag ik een kogel door je kop...' Waarbij hij verveeld zijn automatische geweer liet zien, alsof hij ervan uitging dat de ander zo ook wel had begrepen dat het hem menens was. Het was het enige moment van de dag dat hij even aan zijn cel ontsnapte en hij tuurde in de verte naar de eivormige witte daken van de stad en snoof de droge lucht op alsof het de laatste keer was.

Maar op die dag in november had hij geen ontbijt of lunch gekregen en kwam er niemand toen hij om zijn eten riep. De barakken waren verlaten. Alle drukte concentreerde zich rond de startbaan en de hangars. Toen het tijd was om gelucht te worden bleef de deur dicht. Halverwege de avond wist hij zeker dat er iets aan de hand was. Toen de zon al bijna achter de horizon was verdwenen hoorde hij een landrover. Door het raam zag hij de lichten van de wagen, die om de barak heen reed. Hij wachtte zittend op zijn bed en probeerde rustig te blijven. De grendel werd weggeschoven en daar stond Guillermo in vol ornaat, met blinkende riemen en witte handschoenen in zijn hand, alsof hij zo naar een defilé moest. Achter hem een bewaker die hij nog nooit had gezien met een geweer aan zijn schouder.

'Je hebt bezoek,' zei de soldaat op droge toon en hij sloot de deur.

Kans om om zijn eten te vragen kreeg hij niet. Ineens voelde hij zich smerig. Hij wist zich geen houding te geven tegenover zijn vriend: hij schaamde zich. Hij ging bij het raam staan en leunde tegen de muur. Ze hadden elkaar voor het laatst gezien op die rampzalige avond dat hij de kazerne had willen verlaten met een tas die niet van hem was, nu ruim drie weken geleden.

Guillermo zag er piekfijn uit. Ook hij wist niets te zeggen. Hij kneep zijn legionairspet en handschoenen samen tot een prop. De spanning droop van hem af. Ten slotte zei hij: 'Heb je het al gehoord?'

Santiago gaf geen antwoord, maar hij bereidde zich op het ergste voor. Zijn eigen situatie kon in ieder geval niet slechter.

'Franco is vannacht gestorven,' zei de ander, hopend op een reactie.

Korporaal San Román wendde zich af en keek door het raam. Het nieuws leek hem niet te raken. Het was al laat, maar er bleven toestellen af en aan vliegen.

'Vandaar.'

'Vandaar wat?'

'Al die drukte. Ze blijven maar troepen aanvoeren. Ik weet alleen niet of ze vertrekken of aankomen. De boel staat hier al een week op zijn kop, en mij wordt niets verteld. Er is meer aan de hand, of niet soms?'

Guillermo ging op de smerige, van zweet doortrokken matras zitten. Hij durfde zijn vriend niet aan te kijken.

'Marokko is de Sahara binnengevallen,' zei hij.

Op tafel lag nog steeds de brief die nooit geschreven of verstuurd zou worden. Ze keken allebei tegelijk naar het vergeelde papier en daarna naar elkaar.

'Ze gaan me executeren, hè?' stamelde de korporaal. 'Als ik het zo hoor, ben ik hier alleen nog omdat ze de toestellen wel beter kunnen gebruiken dan voor het wegbrengen van een...'

'Verrader?' zei Guillermo ineens onbedoeld vals.

'Dus jij vindt dat ook?'

'Iedereen zegt het. En je hebt me niet bewezen dat het niet zo is.'

'Wat heeft het voor zin? Zou je me geloven?'

'Het is het proberen waard.'

Santiago pakte de brief van tafel, frommelde hem tot een prop en wierp hem in de latrine.

Guillermo's ogen volgden iedere beweging. Toen zei hij: 'We worden hier weggehaald. Ze willen geen oorlog met Marokko.

Het gerucht gaat zelfs dat de provincie al in het geheim aan Hassan[3] en Mauritanië is verkocht.'

'Dat interesseert me allemaal niets. Jij zwaait over een maand af, dan ga je naar huis, maar ik...'

'Jij gaat ook naar huis. Zodra je het allemaal hebt uitgelegd, mag je met groot verlof.'

Korporaal San Román zweeg en probeerde zijn vertwijfeling te verbergen. De stilte in de barak werd verbroken door een vliegtuig dat over de landingsbaan denderde. Buiten raakte de rode lucht de oplichtende horizon.

'Santi, ik begrijp dat je het er niet over wil hebben, maar ik moet het weten.'

Korporaal San Román verstarde weer. Hij keek zijn vriend uitdagend aan. Guillermo wendde zijn blik af, maar hield voet bij stuk. 'Op de kazerne zeggen ze dat je met de vijand heult, dat je een terrorist bent. Ik zeg niet dat ik dat ook denk, maar ik wil het uit jouw mond horen.'

Santiago was te moe om ertegenin te gaan. Hij liet zich met zijn rug langs de muur op de grond zakken. Hij begroef zijn gezicht in zijn handen. Hij schaamde zich. 'Guillermo, ik zweer op het graf van mijn moeder dat ik van niks wist.'

'Ik geloof je, Santi. Ik geloof je. Maar sinds je hier zit heb ik je niet kunnen spreken. Ik word het beu om steeds mijn nek voor je uit te steken.'

'Doe het dan niet, het maakt toch niks uit. Ze executeren me toch wel.'

'Doe niet zo idioot, je wordt niet geëxecuteerd. Zodra je alles uitlegt, mag je weg. Je houdt er hooguit een strafblad aan over, maar meer niet.'

'Dan willen ze natuurlijk namen hebben en...'

'Als je van niks wist, heb je ook niets te vrezen.'

'Ik zweer het je. Ik wist het niet, ik dacht dat het vuile kleren waren.'

Guillermo keek zijn vriend verwijtend aan. Er was niet veel licht, maar korporaal San Román zag zijn blik en wist meteen wat die betekende.

'Ruim vijftien kilo aan vuile kleren? Santi...'

'Wat? Ik dacht, ze zullen er wel een carburator tussen hebben gestopt, een paar oude drijfstangen. Ik wist dat het niet helemaal in de haak was, ik ben niet gek, maar dat wordt toch voortdurend gedaan. Dat weet je net zo goed als ik: het gebeurt zo vaak. Carburatoren, laarzen, oud ijzer.'

'Ja, oud ijzer. Alleen waren het in dit geval granaten, ontstekingsmechanismen en weet ik veel wat nog meer. Op de kazerne zeggen ze dat je zo de Parador[4] had kunnen opblazen.'

'Maar ik wou helemaal niets opblazen. Ik deed iemand een plezier, zoals ik zo vaak heb gedaan.'

'Dat meisje soms? Deed je het voor haar?'

Korporaal San Román stoof op. Hij ging met gebalde vuisten voor Guillermo staan. Hij klemde zijn kaken op elkaar, Guillermo kon hem bijna horen knarsetanden van woede.

'Dat gaat je geen zak aan. Bemoei je met je eigen zaken, wil je? Voor de zoveelste keer: ik ben oud en wijs genoeg om zelf te bepalen wat ik doe en met wie ik omga.'

Guillermo stond moedeloos op en ging bij het raam staan. Hij werd er somber van. Met zijn rug naar Santiago gekeerd zag hij hoe de eerste sterren zich aftekenden aan de hemel. De lucht buiten was zuiver, fris. Het betoverende landschap stond in schril contrast met de beklemming die bezit van hem had genomen. Hij ademde diep in en dacht even dat hij zich beter voelde, maar het duurde maar kort.

'Luister, Santi, het was niet gemakkelijk om je te komen opzoeken. Je hebt geen idee hoeveel moeite het me heeft gekost. We mogen tot nader order de kazerne niet uit. Ik hoorde toevallig dat je pas over twee weken wordt overgebracht. Daarom ben ik hier.'

Ze zwegen weer. Guillermo leek te moe om verder te praten. Als hij niet beter had geweten zou hij gezworen hebben dat zijn vriend huilde. Maar Santiago San Román huilde nooit, en al helemaal niet in het bijzijn van anderen. Dus schrok hij toen zijn vriend in het donker overeind kwam, naar hem toe liep en hulpeloos zijn armen om hem heen sloeg. Hij bleef roerloos staan en wist niets te zeggen, tot hij Santiago's tranen tegen zijn wang voelde en niets anders kon doen dan hem stevig vast te houden en als een klein kind te sussen. En hij was nog verbaasder toen hij hem in zijn oor hoorde stamelen: 'Ik ben bang. Echt waar, Guillermo. Ik had nooit gedacht dat ik dit ooit zou zeggen, maar het is echt zo.'

Guillermo deed zijn best niet ontroerd te raken. In het halfdonker twijfelde hij zelfs even of het wel korporaal San Román was die hem die ontboezeming had gedaan. Terwijl Santiago tot rust probeerde te komen, gingen ze op de matras zitten.

'Je moet iets voor me doen, Guillermo. Je bent de enige die me kan helpen.'

Guillermo verstijfde, bang voor wat hem boven het hoofd hing. Hij durfde niets te zeggen.

'Help me ontsnappen. Je moet me helpen. Wie weet hoe lang het nog duurt voor ze me naar de Canarische Eilanden brengen. Als Franco dood is, wordt het één grote chaos.'

'Dat is het allang.'

'Daarom. Wie maakt zich druk over een snertkorporaaltje dat uit een snertbarak ontsnapt. Het is heel simpel, Guillermo. Je gaat hooguit een maand de cel in. Hoef je ook niet tegen de Marokkanen te vechten.'

'Je hebt het recht niet om dit van me te vragen.'

'Dat weet ik, maar als jij het was, zou ik het meteen doen. Het is doodeenvoudig en de enige die gevaar loopt ben ik, als ik gepakt word.'

'San Román, je bent gek.' Hij noemde zijn vriend bij diens achternaam om hem op afstand te houden, zich niet te laten inpalmen. 'Als je gepakt wordt, dan word je geëxecuteerd.'

'Erger dan nu kan het niet worden. Je hoeft er alleen maar voor te zorgen dat de kwartiermeester je hier de wacht laat houden, meer vraag ik niet. 's Avonds word ik gelucht aan het einde van de landingsbaan, waar de vliegtuigen keren. Ik wil dat je me tweehonderd meter voorsprong geeft voor je begint te schieten, dat is alles. Met tweehonderd meter haal ik de loodsen en kan ik een landrover pakken. Daarna moet ik het zelf doen.'

'Je bent gek. Voor je zo'n wagen aan de praat krijgt, hebben ze je allang te pakken.'

'Nee, want ik neem er een van de Policía Territorial[5]. De

Saharawi's leggen de sleutel onder de bijrijdersstoel. Dat is hier de gewoonte. Jij hoeft verder niets te doen, tweehonderd meter voorsprong voor je schiet, meer vraag ik niet.'

Guillermo zei niets. Bij de gedachte alleen al brak het klamme zweet hem uit. Het licht van de hangar scheen schuin door het raam. Hij stond op en begon door de zes meter brede cel te ijsberen. Het gedreun van opstijgende vliegtuigen was opgehouden.

'Laat maar,' zei korporaal San Román ten slotte. 'Ik loop te bazelen. Ik ga naar een militaire rechtbank, dus hoe minder ze tegen me hebben, hoe beter. En ik wil je ook niet het plezier ontnemen om op de Marokkanen te schieten. Ik heb vandaag nog niks gegeten, weet je. Op een lege maag kun je niet helder denken.'

Santiago zette het op een schreeuwen om de aandacht van de bewakers te trekken. 'Schoften, jullie hongeren me hier uit! Ik hoop dat ze jullie daar buiten je strot afsnijden. Lafbekken! Een stelletje schijterds, dat zijn jullie! Wacht maar tot de Marokkanen jullie te pakken krijgen, dan zullen jullie ervan lusten.'

Hij ging tekeer als een bezetene. Zelfs zijn stem klonk anders. Guillermo deinsde achteruit, op zoek naar de uitgang. Hij wist niet wat hij moest zeggen of doen. De deur van de barak ging open en daar stond nog steeds dezelfde soldaat met het geweer in zijn handen en zijn vinger aan de trekker. Guillermo glipte zo beheerst mogelijk naar buiten. De deur ging dicht en de rust keerde weer. De landrover reed weg en verdween meteen uit het zicht.

Toen hij weer alleen was, pakte korporaal San Román de tralies van de cel vast, stak zijn neus zo ver mogelijk door de spijlen naar buiten en snoof de frisse lucht op. Het was laat in de herfst, maar de aangename, droge wind deed anders vermoeden. Het had geregend en de grond geurde sterker dan ooit. De maan verlichtte de duinen in de verte en zelfs de vossen waren niet sluw genoeg om onopgemerkt te blijven. De lichtjes op de landingsbaan beschenen de zijkant van de barak. Even zag hij heel duidelijk N'guiya voor zich en was het alsof ze voor hem stond. Hij meende zelfs haar stem te horen en haar donkere huid te ruiken. De stilte werd verbroken door het geluid van een hoorn in de verte, en het beeld van het meisje loste op in het niets. Langzaam maar zeker kwam er een vreemd soort welbehagen over hem, hij genoot van de wind in zijn gezicht. De frisse lucht gaf hem vleugels, hij zweefde over het vliegveld, over Laayoun, over de Sahara.

Met zijn ogen halfdicht besefte hij dat dezelfde sensatie op die decemberochtend in 1974 als een rilling door zijn lijf was getrokken, toen de deur van de Hercules met veel kabaal openging en de trap werd uitgeklapt en de weg naar de mooiste aller woestijnen voor hem openlag. Tijdens de paar dagen die het trainingskamp in Zaragoza had geduurd, stond er een gure noordenwind, en hij had er geen idee van dat wat er onder aan die trap op hem wachtte hem de rest van zijn leven zou bijblijven. In een paar uur verruilde hij een waterig winterzonnetje voor het felblauw van de Sahara. De drieënnegentig soldaten die vrijwillig de infanterie hadden opgegeven voor het legioen bleven afwezig op hun plaats zitten tot een sergeant met een schorre stem van de drank de longen uit zijn lijf schreeuwde: 'Allemaal staan!'

Nog voor hij was uitgeschreeuwd kwamen de drieënnegentig soldaten als één man overeind. Santiago San Román had in gedachten de C-130 al verlaten. Hij zweefde haast de trap af met zijn plunjezak en knoopte zijn overhemd open, net zoals de legionairs die beneden stonden te wachten, borst vooruit, schouders naar achteren, kin omhoog, blik naar voren. Hij ging vooraan in het gelid staan en was de eerste die de typische zoele decemberwind voelde, zo anders dan in zijn Barcelona. Terwijl hij vanuit zijn ooghoeken alles in zich opnam, voelde hij onrust over zijn hele lijf. Te midden van al het militair vertoon sprongen vooral de uniformen van de Policía Territorial hem in het oog: de lichte jasjes staken af tegen de donkere huid van de Saharawi's. Recht voor hem lag het kantoorgebouw. Net onder het dak besloeg een terras de hele lengte van het gebouw, en de zwarte en blauwe tulbanden en lange, djellaba-achtige gewaden op het terras leken bedoeld om het monotone rode landschap op te fleuren. De ronkende landrovers, de lawaaiige propellers

van de Hercules, de instructies die door de luidsprekers galm-
den, het leek allemaal één grote show die na jarenlange repeti-
ties speciaal voor de nieuwkomers van uit Spanje werd opgevoerd. Het was alsof dit alles eeuwenlang op hem had liggen
wachten. Hij had het gevoel dat de woestijn en de gezichten van
de Saharawi het oudste waren wat op aarde bestond. Alles was
in evenwicht: het landschap, het licht, de inlanders. Hij ontwaakte pas uit zijn gedachten toen hij het gezicht van Guillermo
zag, zijn trouwe vriend Guillermo, die hij pas veertig dagen
kende, maar van wie hij onafscheidelijk was geworden.

Guillermo was luchtziek: hij zag lijkbleek en kon amper op
zijn benen staan. Santiago siste om zijn aandacht te trekken;
Guillermo keek even op maar richtte zijn blik toen weer op de
grond. Santiago San Román voelde zich enigszins schuldig: als
hij er niet was geweest had Guillermo nu ergens in Zaragoza
rustig de maanden tot zijn groot verlof zitten aftellen. Maar
daar had hij een stokje voor gestoken, hij en de vaandrig
die naar Zaragoza was gekomen. Die laatste had hun over het
legioen verteld, zijn tatoeages laten zien, foto's, en een filmpje
waarin legionairs met de borst vooruit marcheerden, de ram[6]
voorop; Santiago had toen besloten dat Zaragoza te dicht bij
Barcelona lag. Hij schatte hoe groot de afstand tussen zijn stad
en de Spaanse Sahara was, en hij kwam tot de conclusie dat hij
nergens verder weg zou zijn dan daar.

Diezelfde avond belde hij nog een laatste keer naar Montse
om te laten weten dat hij naar het andere eind van de wereld
vertrok. Voor de zoveelste keer kreeg hij te horen dat mejuf-
frouw Montse niet in de stad was. Hij wist dat ze logen.
Woedend smeet hij de hoorn op de haak. Hij probeerde het
beeld van Montse in zijn hoofd te vermorzelen. De hele nacht
lag hij te woelen op zijn brits, vlak naast Guillermo. Na de
reveille meldde hij zich bij het rekruteringscentrum en zei:
'Vaandrig, ik wil bij het legioen.'

Nog voor hij het een tweede keer kon zeggen bracht de man
zijn pen naar zijn mond, blies erop, krabbelde de naam
Santiago San Román neer en vroeg: 'Kun je een handtekening
zetten, jongen?'

'Ja, vaandrig.'

En de legionair draaide het papier om en zette zijn vinger bij 'handtekening en paraaf', en hoewel Santiago San Román niet wist wat dat tweede woord was tekende hij, want hij wilde weg, zo ver mogelijk, net als de vaandrig een hartje met 'mama' op zijn arm laten tatoeëren, Montse vergeten en nooit meer terugkomen.

Maar nu hij Guillermo's benauwde, uitgemergelde gezicht zag, wist hij niet of hij er goed aan had gedaan om zijn vriend (zijn eerste echte vriend sinds lange tijd) in zijn avontuur mee te slepen. Al had Guillermo zelf zich met alle geweld als vrijwilliger voor het legioen willen opgeven toen hij Santiago's pas getekende briefje zag. De herinnering ontroerde hem. Zoiets had nog nooit iemand voor hem gedaan.

De muziek die op het vliegveld door de luidsprekers schalde haalde hem uit zijn overpeinzingen. Bij het horen van de eerste maten van de paso doble kreeg hij een hol gevoel in zijn maag. *Als de wijnen uit Jerez en de wijnen uit Rioja...* De levendigheid van de muziek contrasteerde met de uitputting van de soldaten. *Zo zijn ook de kleuren van de mooie Spaanse vlag.* Op bevel van de sergeant smeten ze hun tassen in de twee vrachtwagens die aan het begin van de landingsbaan stonden te wachten. *Wanneer ik ver van huis je kleuren fier aanschouw...* Santiago San Román kon de herinneringen niet tegenhouden. *Dan zal ik beseffen...* Montses gezicht was weer op een paar centimeter van het zijne. *Hoeveel ik van je hou.* Ze had hem aangekeken en gevraagd: 'Wat zei je?' 'Hoeveel ik van je hou,' had hij geantwoord. En zij had met haar lippen vluchtig de zijne beroerd, een liefkozing zoals hij daarna nooit meer had gevoeld. En hij had nog eens gezegd: 'Hoeveel ik van je hou.'

Maar nu stond die vervloekte sergeant tegen hen te schreeuwen en als een behekste molen met zijn armen te zwaaien. Hij gunde de nieuwelingen geen moment rust, schold ze de huid vol. Gekrenkt hees Santiago San Román zich op de vrachtwagen en sprong naar binnen; hij zocht zijn tas en ging achterin op het reservewiel zitten. Toen hij om zich heen keek, verdween Montse even uit zijn gedachten. Het gezicht van de Saharawi's had de kleur van de grond waarop ze stonden. Even dacht hij dat ze uit aarde bestonden. De oude mannen die in de schaduw van het legergebouw zaten leken daar al een leven lang te zitten. Met één hand boven hun ogen sloegen ze met een mengeling van medelijden en onverschilligheid de nieuwkomers gade.

De vrachtwagen zette zich in beweging. De muziek stierf weg. Stof stoof op onder de wielen van de twee wagens. De paar struiken die langs het asfalt wisten te overleven waren krijtwit. De reis duurde niet lang: vrijwel meteen doemden de eerste huizen van Laayoun op. Toen ze de eerste vrouw in een felgekleurde melahfa passeerden, bekeek Santiago San Román haar met open mond. Ze liep kaarsrecht, met opgeheven hoofd en een mand in haar hand. Ze keek niet op of om toen de vrachtwagen passeerde. Naarmate ze verder de stad in reden, werd ze kleiner en kleiner.

Santiago San Román kwam ogen tekort. Alles trok zijn aandacht. Lang voor ze bij het kamp waren begon de gedachte aan Montse te vervagen. En toen ze uitstapten, wist hij zeker dat zijn wonden op deze plek voorgoed zouden helen.

Toen dokter Cambra op 31 december aan haar vierentwintig-
uursdienst begon, kon ze niet vermoeden dat de eeuwwisseling
haar leven drastisch zou veranderen en dat wat er te gebeuren
stond haar zou helpen beslissingen te nemen waarvan ze dacht
dat ze er niet klaar voor was.

Eigenlijk had ze die dag geen dienst; ze had geruild met een
collega omdat ze ertegenop zag voor het eerst in haar leven op
oudejaarsavond alleen thuis te zitten. Ze had de afgelopen
maanden zo vaak een dienst overgenomen van een ander, maar
vannacht was voor sommigen bijzonder, vanwege het begin van
de nieuwe eeuw. De spoed van het Santa Creu i Sant Pau maakte zich op voor een hectische nacht. De meesten durfden niet
eens op een paar uur slaap te hopen. Toch was het tot middernacht zelfs rustiger dan normaal. Hoewel er weinig te doen was,
was dokter Cambra voortdurend in de weer, vulde de steriele
gazen aan in de apotheek, keek na of de leveringen van infuus-
vloeistof in orde waren. Steeds als ze de artsenkamer binnenkwam, waar een televisie aan stond, sloeg ze haar blik neer en
neuriede zachtjes alsof er niets aan de hand was. Ze was bang
dat ze zou instorten in het bijzijn van haar collega's, zoals laatst
toen ze aan de behandeltafel in huilen was uitgebarsten. De
coassistente had haar geschrokken aangekeken en niet geweten
wie haar hulp nu het hardst nodig had, de arts of de oude dame
die geen lucht kreeg omdat er een rib op haar longen drukte.
Nu probeerde ze haar aandacht bij haar werk te houden en ging
meteen kijken als ze haar naam over de luidspreker hoorde.
Soms deed een kalende patiënt of arts-assistent met een haviks-
neus haar denken aan Alberto, met wie ze nog steeds getrouwd
was. Maar in tegenstelling tot een paar maanden terug kon ze er
nu om lachen. Ze beeldde zich in hoe hij nu samen met zijn

afgetrainde, perfect gekapte radiologe stond te koken; hij, die nog nooit een bord had afgewassen en alleen de keukenla opentrok om de kurkentrekker te pakken. De laatste keer meende ze zelfs gezien te hebben dat hij zijn bakkebaarden had laten verven. In gedachten zag ze hem een idioot dansje opvoeren voor de radiologe en haar in een wilde achtervolging rond de tafel achternazitten, zoals hij haar ooit ook achternagezeten had. De verbittering die de gedachte aan Alberto aanvankelijk in haar losmaakte had plaatsgemaakt voor ironie en daarna voor sarcasme. Hoe was het mogelijk dat ze de man met wie ze jarenlang haar leven had gedeeld in amper tien maanden was gaan zien als een schijnheilige, oppervlakkige lapzwans, kortom, een hufter. Ze kon zich amper herinneren hoe zijn gezicht eruit had gezien toen hij jong was, toen ze elkaar net kenden, door Barcelona reden in zijn blinkende, smetteloos witte Mercedes, die even perfect was als hijzelf. Een jonge cardioloog uit een artsenfamilie die bliksemsnel carrière maakte, charmant, intelligent, aantrekkelijk. In haar gedachten zat de man die twintig jaar haar echtgenoot was geweest nog steeds zijn jonge radiologe achterna. Toen ze de dienstdoende anesthesiste, dokter Carnero, op de gang tegenkwam, speelde er een schamper lachje rond haar mond. Ze wisselden een blik van verstandhouding.

'Dat is ook voor het eerst dat ik iemand zie lachen die dienst heeft met oudjaar,' zei dokter Carnero in het voorbijgaan.

'Er is voor alles een eerste keer.'

Over de luidsprekers klonk Montses naam. Nog voor het einde van de boodschap stond ze bij de balie.

'Op vier ligt een meisje van rond de twintig met meerdere fracturen. Een ongeluk met een brommer.'

Montse voelde het bloed door haar aderen jagen. Vuurrood en met bonzend hart liep ze de traumakamer in. Een verpleegster en een coassistent waren al met de patiënte bezig, die er hulpeloos bij lag, een bange uitdrukking op haar lijkbleke gezicht. Montse trilde op haar benen. Ze probeerde kalm te blijven. 'Wie heeft haar helm afgezet?' zei ze geïrriteerd.

'Ze werd zo binnengebracht. Ze had er vast geen op.'

De arts opende haar oogleden en scheen met een lampje in

haar ogen. In een opwelling pakte ze haar hand en kneep er even in. Haar andere hand was geschramd en lag er levenloos bij. Ze drukte licht op haar borstkas, milt, nieren, maag en vroeg: 'Doet dit pijn? En dit?' Het meisje kreunde, maar schudde nee.

'Kun je vertellen wat er precies is gebeurd?'

Het meisje mompelde iets onsamenhangends.

'Heb je slaap?' vroeg de arts. 'Niet in slaap vallen. Probeer te vertellen wat je nog weet.'

Terwijl het meisje haar best deed uit te leggen wat er was gebeurd, mat de verpleegster haar bloeddruk.

'Er moet een CT-scan gemaakt worden.'

De coassistent maakte een aantekening. Het meisje praatte door en wat ze zei was nu beter te volgen.

'Bloeddruk van 89 over 98.'

'Hoe oud ben je?' vroeg de dokter.

'Negentien... Ze wachten thuis op me met het avondeten.'

Dokter Cambra hield haar adem in en wendde haar blik af. Dat had haar dochter een halfjaar eerder waarschijnlijk ook geantwoord op de vraag van de trauma-arts. Negentien. In maart was ze negentien geworden. Toen het meisje werd weggereden voor de CT-scan, verliet ze de kamer. Ze mocht zich niet van haar werk laten afleiden door haar dochters dood, maar ze moest wel aan haar denken. Ook zij was negentien, ook zij had met haar helm aan haar arm op de brommer gezeten en ook haar moeder zat thuis met het eten te wachten. En toch werd haar vader als eerste gebeld. In het ziekenhuis kende iedereen Alberto. Naar een nummer zoeken in de agenda van de overledene was niet nodig geweest. Het stond in de klapper bij de balie onder meest gedraaide nummers. Ze wist niet wat ze erger vond, dat ze het pas zo laat had gehoord of dat ze het van hem had moeten horen. Ernstig en rustig had hij meegedeeld dat hun dochter dood was. Hij had zijn radiologe nota bene meegenomen, alsof hij zijn minnares nodig had om te laten zien hoe sterk hij was.

Toen dokter Carnero Montse een uur later in de artsenkamer tegenkwam, had haar glimlach plaatsgemaakt voor een afwezige blik. Ze wist meteen dat Montse weer aan het wegglijden was in het dal waar ze met veel moeite uit probeerde te klauteren.

'Koffie?'

Dokter Cambra knikte. Gezelschap, luisteren naar andermans verhalen deed haar goed.

'Hoe is het met de kleine?'

De anesthesiste kneep haar ogen tot spleetjes en forceerde een glimlach.

'Goed, heel goed. Maar hoe gaat het met jou? Daarnet zag ik je nog grijnzend door de gang lopen en nu zit je hier...'

'Het gaat wel. Soms kan ik er mijn hoofd alleen niet bij houden.'

'Dat overkomt ons allemaal, Montse. Je bent echt geen uitzondering.'

'Dat weet ik, Belén. Ik denk dat ik de minst uitzonderlijke persoon op aarde ben.'

Belén ging er niet op in. Ze wist dat Montse geen woorden of goede raad nodig had, maar tijd.

'Wat ga je morgen doen?'

'Niets bijzonders, denk ik: naar het skispringen en het nieuwjaarsconcert kijken en me schaamteloos volvreten.'

'Kom anders bij ons lunchen. Matías heeft die kabeljauw uit het dorp meegebracht die je zo lekker vindt.'

'Kabeljauw van Casa Gatito op nieuwjaarsdag? En de traditionele kalkoen met rijst dan? Onze nationale trots!'

'Mens, doe niet zo ouderwets.'

De deur ging open en er kwam een coassistent binnen. Hij droeg handschoenen en aan zijn ene oor bungelde een mondmaskertje.

'Montse, we hebben je nodig.'

Dokter Cambra stond op en liet haar koffie onaangeroerd op tafel staan.

'Goed,' zei ze voor ze wegliep. 'Morgen bij jou thuis. Ik kan het skispringen voor je opnemen, als je wilt.'

'Nee, hoeft niet, ik ga zelf ook kijken. Mijn zoon vindt het prachtig.'

Tussen elf uur en half één 's nachts was het bijzonder rustig op de spoed. Sommigen gingen buiten wat eten, anderen haalden in de koffiekamer eigengemaakte lekkernijen tevoorschijn. Voor dokter Cambra was dit het moeilijkste moment van de nacht.

Even voor middernacht arriveerden de bezorgde ouders van de gewonde bromfietsster. Dokter Montserrat Cambra nam de tijd voor hen. En liet hen, tegen de regels in, even bij hun dochter.

'Ze heeft heel veel geluk gehad', zei ze. Toen ze zagen hoe hun dochter erbij lag, begonnen ze te huilen. 'Schrikt u niet van al het verband en het infuus. Het is een zoutoplossing en pijnstillers. Ze heeft geen hoofdletsel. Ze heeft haar sleutelbeen en haar scheenbeen gebroken. Haar hand is er het ergst aan toe, maar met een operatie en revalidatie houdt ze er niets ernstigs aan over.'

Toen ze dat hoorde, begon de moeder nog harder te huilen.

'Het gaat goed met haar, echt waar. Over een maand is ze weer de oude.'

Naarmate ze de ouders probeerde op te beuren, raakte ze zelf dieper in de put. Zodra ze kon, maakte ze zich met een smoesje uit de voeten. Toen ze de artsenkamer binnenkwam, werd er met plastic glazen getoast en met zelfgemaakte confetti gegooid. Ook op de spoed was de nieuwe eeuw, zij het sober, begonnen. De traumatoloog kwam naar haar toe om haar een gelukkig nieuwjaar te wensen. Hij was nerveus, klungelig. Bijna gooide hij zijn koffie over haar heen.

'Ik heb al een week niks van je gehoord.' Hij deed zijn best het niet als een verwijt te laten klinken.

'Ik heb het razend druk gehad, Pere. Ik moest nog zo veel achterstallig werk inhalen.'

'Nou ja, als dat het is...'

'Natuurlijk, wat zou het anders zijn? Echt, ik vind je hartstikke aardig.'

Hij liep weg, niet op zijn gemak onder de nieuwsgierige blikken. Belén besloop haar vriendin van achteren en fluisterde in haar oor: 'Montse, ik heb al een week niks van je gehoord.'

Dokter Cambra liep rood aan en dacht dat iedereen het zag.

'Echt, ik vind je hartstikke aardig,' zei de anesthesiste op hetzelfde neptoontje als Montse.

'Hou je mond! Straks hoort hij je!'

'Wie? Pere? Die is doof aan een oor, dat weet je toch wel. Ik heb hem zelf verdoofd bij de operatie drie jaar geleden.'

'Je bent gemeen.'

'En jij een beetje preuts, of niet? Weet je niet dat Pere de meest begeerde vrijgezel van het ziekenhuis is?'

'En weet jij niet dat hij de kunst verleerd is?'

De anesthesiste sloeg theatraal haar hand voor haar mond.

'Nee!'

'Jawel.'

'Niemand is perfect, schat.'

De rest van nacht verliep zoals verwacht: drukte op de gangen, open- en dichtslaande deuren, bedden die kamers in en uit werden gereden. Al bij al een redelijk normale nachtdienst voor dokter Cambra, tot een reeks toevalligheden daar verandering in bracht.

Om kwart over drie 's nachts scheurde een ambulance van het Hospital de Barcelona door de stad met een zwangere Arabische vrouw van rond de vijfentwintig die was aangereden toen ze bij het vliegveld een taxi aanhield. Toevalligheid nummer één: de ambulance, die met meer dan negentig kilometer per uur over de Gran Via de les Corts Catalanes reed, stuitte ter hoogte van de Carrer de Badal op een opstopping veroorzaakt door een drietal auto's die op elkaar waren gebotst en vervolgens in brand waren gevlogen. De Carrer de Badal was de kortste weg om het Hospital de Barcelona te bereiken, maar zich een weg banen door de dichte drom politie- en brandweerwagens was onmogelijk, dus reed de ambulance door naar het dichtstbijzijnde ziekenhuis. Toevalligheid nummer twee: toen de ambulancebroeder via de mobilofoon contact had met het Hospital Clínic i Provincial, werd hem geadviseerd alsnog naar zijn eerste bestemming te gaan, omdat ze in het Clínic i Provincial vier mensen met ernstige brandwonden verwachtten die betrokken waren geweest bij een botsing tussen twee auto's. Derde toevalligheid: toen de ambulance met een snelle manoeuvre op de Plaça de les Glòries Catalanes wilde omkeren om via de Diagonal terug te rijden naar het Hospital de Barcelona, vergiste de chauffeur zich en nam de verkeerde straat. Vierde toevalligheid: terwijl de bestuurder een uitgang probeerde te vinden uit een doolhof van straten die allemaal op elkaar leken, doemde het Hospital de la Santa Creu i Sant Pau voor hem op, en voor de man goed en wel in de gaten had waar hij was, reed hij recht op de rode neonlichten van de spoedeisende hulp af. Op het moment dat de brancard met de vrouw naar binnen werd gereden, vielen haar vitale functies uit. Dat ze overleden was werd meteen opgemerkt door een verpleegster. Vijfde toevalligheid: op het moment dat dokter Cambra een oude man met een astma-aanval hielp, zetten twee verpleegkundigen de brancard met het dode lichaam van de zwangere vrouw aan de kant. Waarom het dokter Cambra's aandacht trok valt moeilijk te verklaren. Misschien waren het haar mooie gelaatstrekken – of de felgekleurde stof waaronder haar kleren verborgen zaten, of haar dikke buik. Zonder dat haar iets was gevraagd, zocht dokter Cambra vergeefs in haar hals naar een hartslag; toen ze vervolgens haar oogleden opende en de wijde, lichtstijve pupillen zag, wist ze zeker dat ze dood was. De vrouw had een bijzonder vredige uitdrukking op haar gezicht, alsof er nog steeds een glimlach om haar lippen speelde. Ondertussen was er bij de balie tumult ontstaan, een aanvaring tussen de baliemedewerker en het ambulancepersoneel. Dokter Cambra kon de discussie letterlijk volgen. De echtgenoot van het slachtoffer had niet mee gemogen met de ambulance en was met de taxi naar het Hospital de Barcelona gegaan, waar hij nu ongetwijfeld zijn vrouw zocht. Bovendien waren alle papieren die ze bij zich had in het Arabisch, waardoor onduidelijk was wie er van het overlijden op de hoogte moest worden gebracht. Dokter Cambra kwam vermoeid tussenbeide en probeerde de kwestie op een verstandige manier op te lossen.

'Bel naar hun spoed en vertel hoe het zit. Als die man daar naar zijn vrouw komt vragen moeten ze hem hierheen sturen.'

Ze keken elkaar aan, moe, het was inmiddels al halfvier 's ochtends.

'En zeg er vooral niet bij dat ze dood is.'

Dokter Cambra ging terug naar de vrouw die er zo verbijsterend vredig, haast gelukkig bij lag. Ze pakte een formulier en terwijl twee verpleegkundigen de inhoud van haar handtas en zakken leegden op een tafeltje, bekeek Montse de verwondingen van de vrouw en trachtte te achterhalen wat er gebeurd was. Ze schatte dat ze tussen de vijf en zes maanden zwanger was. Ze noteerde de leeftijd die ze dacht dat het slachtoffer had: vijfentwintig. Ze huiverde toen ze het opschreef. In een flits zag ze zichzelf op die leeftijd, arm in arm met Alberto, zwanger op de dansvloer in Cadaqués onder de jaloerse blikken van jonge meisjes uit Barcelona die er hun zomervakantie doorbrachten. Door een laatste toevalligheid kantelde het tafeltje om toen ze erop wilde steunen om te schrijven en viel alles wat erop lag op de grond. Op zich niets bijzonders, maar toen Montserrat Cambra zich bukte om de spullen op te rapen, zag ze dat er een paar foto's tussen zaten, en een ervan trok als een magneet haar aandacht.

Het is een zwart-witfoto. Er staan twee mannen op van hoofd tot knie. Ze zijn even lang. Ze kijken breed lachend in de lens, ze zien er gelukkig uit. Ze staan voor een landrover met een reservewiel op de motorkap. Verder zijn op de foto rijen bedoeïenententen te zien. Tussen de tenten lopen groepjes geiten met dezelfde kleur als de aarde, waardoor ze nauwelijks te zien zijn. De twee mannen hebben amicaal een arm om elkaar heen geslagen. Ze staan vlak naast elkaar; hun gezichten raken elkaar bijna. De ene oogt Arabisch: hij draagt legerkledij en houdt zijn linkerhand triomfantelijk omhoog. De ander is, al doet zijn kleding anders geloven, een westerling. Met zijn grote, lichtgekleurde tuniek en donkere tulband die hij los over zijn schouders draagt, ziet hij eruit als Lawrence van Arabië. Hij heeft kort haar en een snor die niet meer van deze tijd is. Met zijn rechterhand steekt hij met gevoel voor drama zijn geweer in de lucht. Vooral de glimlach van de mannen springt in het oog.

De foto had dokter Cambra om de een of andere reden meteen van haar stuk gebracht. Nu ze hem in haar bevende handen hield wist ze waarom: de man met de snor en de woestijnkleding was Santiago San Román. Ze streek met haar vinger over zijn beeltenis, ze vergiste zich, het kon niet anders. Maar ze wist het met de seconde zekerder. In een opwelling draaide ze de foto om. Op de achterkant stond in bijna uitgewiste blauwe Arabische letters iets wat een opdracht leek. Eronder was duidelijk te lezen: 'Tifariti, 18-1-1976'. Het stond er, er was geen twijfel mogelijk. Als Santiago San Román in 1975 was omgekomen, zoals zij altijd had geloofd, kon de man op de foto niet de jongen zijn die haar en haar hartsvriendin Nuria zesentwintig jaar geleden op een warme zomeravond aansprak toen ze op de Avenida del Generalísimo Franco op de bus stonden te wachten.

Het was het begin van de zomer van '74. Jaren geleden, maar Montse wist het nog precies. Dat jaar was ze voor het eerst niet meegegaan naar Cadaqués. Ze was nog nooit alleen thuis geweest en die zomer was ze dat strikt genomen ook niet, want Mari Cruz, een van de dienstmeisjes, was achtergebleven in het huis in de Vía Layetana om te koken, haar bed op te maken en een oogje in het zeil te houden. Amper een maand eerder was Montse achttien geworden en ze was glansrijk voor haar eindexamen geslaagd. Haar vader vond echter dat voor wie medicijnen ging studeren schitterende cijfers niet volstonden. Daarom moest Montse voor het eerst in achttien jaar tegen haar zin de hele zomer thuisblijven. Terwijl de tijd voorbij kroop en alle dagen op elkaar leken, ging ze 's ochtends en 's middags naar een privéschool om haar wis- en scheikunde bij te spijkeren en Duits te leren.

Het Santa Teresa-college zat op de entresol van een gebouw in de Avenida del Generalísimo Franco. Op de eerste verdieping was een flamencoschool waar in de zomer van acht uur 's ochtends tot negen uur 's avonds stoomcursussen werden gegeven. Terwijl Montse en Nuria zich op natuurlijke logaritmen probeerden te concentreren, dreunden de schoolbanken bij de *sevillanas* mee met het gestamp, of volgden het gebroken ritme van de tango. In die omstandigheden dwaalden je blik en je aandacht al snel af naar het raam, naar een leuke jongen die voorbijkwam of de etalages aan de overkant van de straat. Toch kwam er al snel, begin juli, een einde aan de sleur, juist op een avond dat Montse en Nuria op de bus stonden te wachten en zich al hadden neergelegd bij het vooruitzicht van een eindeloze, hete zomer.

Misschien was het wel uit verveling dat ze de auto in de gaten kregen die aan de overkant van de straat stopte. Het was een witte cabriolet van een buitenlands, zo te zien Amerikaans merk, met een grote nummerplaat. Hun belangstelling werd niet alleen gewekt door het ongewone model, maar ook door de inzittenden: twee knappe, goed geklede jongens die hun ogen niet van hen af konden houden. De meisjes durfden niets te zeggen, maar ze wisten allebei dat er iets bijzonders te gebeuren stond. En toen stak de auto met een spectaculaire, gevaarlijke manoeuvre de straat over en kwam voor de bushalte tot stilstand. Dat was de eerste keer dat Montse Santiago San Román zag. Hij was pas negentien, maar door de brillantine, de kleren en de auto leek hij een stuk ouder. Santiago en zijn vriend stapten als één man uit en liepen op de twee meisjes af.

'Er rijden voorlopig geen bussen op deze lijn,' zei hij met een accent dat zijn afkomst meteen verried. 'El Pascualín en ik hebben het net gehoord.'

De mensen bij de halte keken elkaar ongelovig aan, twijfelend aan de woorden van die *charnego*[7]. Alleen Montse en Nuria glimlachten, hun nieuwsgierigheid was gewekt.

'Het is maar voor een paar dagen, daarna rijden ze weer,' vulde El Pascualín aan. 'Als jullie zo lang niet willen wachten, brengen mijn goede vriend hier en ondergetekende jullie graag naar jullie bestemming.' En al pratende wees Santiago naar de blinkende slee.

El Pascualín hield het bijrijdersportier open en Montse flapte eruit: 'Kom Nuria, ze brengen ons.'

Haar vriendin ging met El Pascualín achterin zitten en Montse zelf nam plaats op een prachtige stoel met lichtbeige leren bekleding, ruim, uitnodigend, luxe. Even aarzelde Santiago San Román, stomverbaasd dat de meisjes waren ingegaan op zijn aanbod. Hij ging bloednerveus achter het stuur zitten en hoorde het meisje vragen: 'En hoe heet jij?'

'Santiago San Román, tot jullie dienst,' antwoordde hij in een idiote, maar oprechte opwelling van nederigheid.

Montse had nog nooit zoiets geks gedaan. In de auto naast Santiago San Román leken de lamlendigheid en de hitte in één klap verdwenen. Ze genoten alle vier zwijgend van de rit, ieder verzonken in zijn eigen gedachten. Daarom zei Montse niets toen ze langs de Plaza de la Victoria kwamen en de Vía Layetana passeerden. Ze reden als in een triomftocht de Plaza de las Glorias Catalanas op. Af en toe wierp Santiago een steelse blik opzij of draaide ongegeneerd zijn hoofd haar kant uit wanneer Montse het timide briesje dat was komen opzetten door haar haar liet blazen. Pas na een hele tijd stopten ze bij het Estación de Pueblo Nuevo. In de lucht hing de geur van rotte algen. Toen de wagen stilhield, deed Montse haar ogen open alsof ze ontwaakte uit een mooie droom. 'Waarom stop je?' vroeg ze met geveinsd zelfvertrouwen. 'Het is hier lelijk.'

'Ja, maar jullie hebben nog steeds niet gezegd waar jullie wonen.'

'In de Vía Layetana,' zei Nuria snel, die zich minder op haar gemak voelde dan haar vriendin.

Santiago keerde en nam dezelfde weg terug. Ineens begon Montse hem de oren van het hoofd te vragen. 'Van mijn vader; ik verdien nog niet genoeg om een Cadillac te kopen.' 'Bij een bank, ik werk bij een bank. Nou ja, mijn vader is er directeur, net als ik later.' 'Ja, El Pascualín ook: we werken allebei bij dezelfde bank.' El Pascualín en Nuria namen niet deel aan het gesprek. Met ieder antwoord begaf Santiago zich dieper in een doolhof waarin hij steeds moeilijker de weg kon vinden.

'Wacht, Nuria moet er hier uit,' zei Montse ineens. De twee meisjes woonden bij elkaar in de straat, maar Nuria begreep onmiddellijk wat haar vriendin wilde en stapte schoorvoetend uit.

'Zou je niet met haar meelopen?' zei Santiago bestraffend tegen El Pascualín.

De cabrio reed verder de straat in en hield op Montses teken stil. Voor het eerst keek ze Santiago San Román in zijn ogen en ze vond hem de knapste man die ze kende. Ze wist dat hij loog, maar liet hem maar praten. Santiago vroeg niets. Hij had het al moeilijk genoeg met alle vragen die Montse op hem afvuurde. Ten slotte zei hij benauwd: 'Dit lijkt wel een verhoor.'

'Vind je het vervelend dat ik dingen vraag?'

'Nee, nee, helemaal niet.'

'Als ik bij een man in de auto stap wil ik wel graag weten met wie ik te maken heb,' zei Montse aanstellerig. 'Je moet niet denken dat ik dit iedere dag doe.'

'Nee, nee, dat denk ik ook helemaal niet. Maar ik heb alles verteld en jij...'

'Wat wil je weten?' was zij hem weer voor.

Santiago aarzelde even en vroeg toen: 'Heb je een vriend?'

Voor het eerst wist Montse geen antwoord te geven. 'Een vriend niet, nee; wel bewonderaars,' probeerde ze. 'En jij, heb jij een vriendin?'

'Nee, nee, ik ben op mijn vrijheid gesteld.' Al voor zijn zin af was had hij spijt. Verward en zonder een duidelijke bedoeling legde hij zijn hand op haar schouder en streelde haar nek.

Montse boog zich zonder nadenken naar hem toe en drukte een kus op zijn mond. Maar toen Santiago haar naar zich toe wilde trekken om haar kus te beantwoorden, duwde ze hem weg en zei quasiverontwaardigd: 'Ik moet gaan, het is al laat.'

Ze deed het portier open, stapte uit en liep weg, tot Santiago San Román haar wanhopig nariep: 'Spreken we nog eens af?'

Als een verongelijkt kind keerde ze op haar schreden terug, legde haar boeken op de motorkap, krabbelde iets op een notitieblokje, scheurde het blaadje uit, klemde het onder de ruitenwisser, pakte haar boeken weer op, draaide na een paar stappen om en zei: 'Je moet van tevoren bellen. Het nummer staat erop. Ik heb ook het adres erbij geschreven, en het nummer en de letter van het appartement, dan hoef je het niet aan de buren te vragen.' En toen liep ze naar de grote, zware ijzeren deur en duwde hem met veel moeite open. Santiago San Román was te verbouwereerd om te reageren.

Ook toen Montse al verdwenen was in de hal van het gebouw bleef hij haar nastaren. Zij was te ongedurig om op de lift te wachten. Ze vloog met twee treden tegelijk de trap op, gooide de deur open, smeet haar boeken op de grond en rende naar haar kamer zonder Mari Cruz' groet te beantwoorden. Vanaf het balkon aan haar kamer kon ze nog net zien hoe de auto zich in de verkeersstroom voegde en in de richting van de haven langzaam uit het zicht verdween. Maar ze had wel gezien dat het papiertje onder de ruitenwisser weg was. Ze stelde zich voor hoe het in vieren gevouwen in het borstzakje zat van Santiago San Románs overhemd: een ongekreukt, smetteloos wit overhemd, de mouwen opgestroopt tot boven de ellebogen, met een zwier en een raffinement die in schril contrast stonden met de sociale klasse die de jongen probeerde te camoufleren.

Dokter Montserrat Cambra liep verward door de gang op de spoed. Ze hield haar hand op haar jaszak alsof ze bang was dat iemand de foto zou weggrissen die ze zojuist een dode afhandig had gemaakt. Even wist ze zelfs niet meer waar ze was. Ze had ineens het gevoel dat alle ogen op haar gericht waren. Maar niemand lette op haar. Ze ging de artsenkamer binnen en sloot de deur alsof ze werd achtervolgd. Ze had moeite met ademhalen. Ze ging zitten en nam een pil. Het was de laatste. De koffie die Belén uren geleden voor haar had ingeschonken stond er nog steeds. Ze dronk hem in één teug op en merkte niet eens dat hij koud was. Ze pakte de hoorn van de telefoon die op tafel stond, draaide het nummer van de receptie en zei met onvaste stem: 'Met dokter Cambra. Luister goed. Laat het me meteen weten als de echtgenoot van de vrouw van het vliegveld er is. Niet vergeten. Ook al ben ik bezig. Je moet me waarschuwen. Het is belangrijk. Bedankt.'

Toen ze de hoorn erop legde, liet ze haar hand in de zak van haar doktersjas glijden en raakte de foto aan. Ze ging zitten, haar hand nog steeds op de foto. Ze had het absurde idee dat hij ieder moment kon verdwijnen en dat alles dan als een droom in het niets zou oplossen: de zoveelste droom die in een nachtmerrie eindigde.

Om vier uur 's middags ligt het ziekenhuis van Smara er spookachtig bij. Buiten leggen de verzengende hitte en een droge, snijdende wind het leven stil. Binnen leidt een web van verlaten, schemerdonkere gangen naar het binnenste van het gebouw. Uit de verte lijkt het ziekenhuis in de barre hamada van de Sahara een luchtspiegeling.

Gekleed in een olijfgroen uniform loopt kolonel Mulud Lahsen het gebouw binnen. Hij klopt het stof van zijn kleren en trekt zijn tulband naar beneden om zijn mond vrij te maken. De bestuurder van de Toyota stapt niet uit en blijft in de volle zon op hem wachten. Mulud Lahsen houdt zijn zonnebril op in de donkere gangen. Eenmaal binnen lijkt de woestijn ineens ver weg. Het ruikt er naar ontsmettingsmiddel. De kolonel trekt zijn neus even op, alsof hij na al die jaren nog steeds niet kan wennen aan de penetrante geur. Hij kent het ziekenhuis als zijn broekzak, heeft het van de grond af zien verrijzen toen hier niets dan zand en stenen was. Zelfverzekerd loopt hij door de wirwar van gangen. Hij komt niemand tegen en blijft staan bij het kantoor van de ziekenhuisdirecteur. Hij gaat zonder kloppen naar binnen. De directeur is een kleine, beweeglijke man. Hij zit achter zijn bureau over een stapel papieren gebogen. Hij draagt een hoornen bril. Het weinige haar dat hem nog rest is grijs. Zijn huid is verweerd en donker van de zon. Wanneer hij de kolonel in de deur ziet staan, verschijnt er een brede glimlach op zijn gezicht. Ze beginnen elkaar uitvoerig in het Arabisch te groeten en de hand te schudden.

Kolonel Mulud Lahsen is groot en fors gebouwd. Naast hem lijkt de ziekenhuisdirecteur een kind.

'Mulud, Mulud, Mulud,' zegt de directeur wanneer de begroeting eindelijk ten einde is en ze elkaars hand loslaten.

'Je lijkt wel een arts met je doktersjas en bril.'

De directeur lacht. Ze kennen elkaar van jongs af aan, lang voordat ze hun land moesten verlaten.

'Jij bent wel de laatste die ik vandaag verwachtte,' zegt de directeur.

'Ik had al eerder willen komen, maar ik ben een tijd wegge-weest.'

'Zoiets hoorde ik, ja. Hoe is het met de minister?'

'Hij is grieperig,' biecht de kolonel breed glimlachend op.

'Griep? De minister van Volksgezondheid? We hebben hier bedden genoeg, dat weet hij toch?'

De twee mannen schateren. De kolonel zet zijn zonnebril af en legt hem op het bureau. Zijn ogen zijn ontstoken.

'Je weet hoe eigenwijs hij is.'

'Ja, ja, ik ken hem...'

Al pratende haalt de directeur een paar glazen uit een la en zet ze op het bureau. Vervolgens loopt hij naar de andere kant van de kamer en steekt een gasbrander aan. Hij vult een theekan met water en zet hem op het vuur.

'Hoe is het hier?' vraagt de kolonel.

'Goed, goed, zijn gangetje. We zijn de laatste apparaten aan het installeren. Iedereen is bezig om ze aan de praat te krijgen.'

'Daarom is het zo rustig.'

'Ja. Nou ja, er zijn ook geen patiënten vandaag. De verpleeg-sters leggen de laatste hand aan de bibliotheek en proberen uit te vinden hoe de nieuwe analyseapparatuur werkt. Alle reagen-tia en instructies zijn in het Duits.'

'En er zijn geen patiënten?'

'Vanochtend hebben we een jongetje met kiespijn ontslagen.'

'Verder niets?'

'O ja, jawel. Ik zou het bijna vergeten. We hebben al ruim drie weken een buitenlandse vrouw in huis. Doordat ik haar elke dag zie, ga ik bijna denken dat ze hier werkt. Haar leven heeft aan een zijden draadje gehangen.'

'Een vrouw? Een buitenlandse?'

De directeur laat de thee voor wat die is en loopt naar de

kolonel. Heel voorzichtig trekt hij Muluds oogleden wat omhoog.

'Laat die ogen eens zien.'

Kolonel Mulud laat zich geduldig onderzoeken. De directeur duwt zijn oogleden nog wat verder open en kijkt naar de traanklieren.

'Ik heb jullie een bericht gestuurd op de dag na haar komst. In mijn verslag stonden alle details rond haar opname. Ik vond het vreemd dat jullie niets lieten horen, maar ja, er gaat onderweg zo vaak iets mis.'

Terwijl hij Muluds ogen zorgvuldig onderzoekt, zegt de directeur: 'Je hebt een flinke conjunctivitis.'

'Komt door de wind.'

'En de zon. Gisteren had ik je oogdruppels kunnen meegeven, maar nu zijn ze op. Kom over twee weken maar terug, dan kan ik misschien iets voor je doen. Ik vind dat dit oog er niet goed uitziet.'

De kolonel tast in zijn binnenzak en haalt een brief tevoorschijn. Hij vouwt hem open op tafel. De directeur kijkt ernaar en herkent zijn eigen handschrift.

'Dus mijn verslag is wel in Rabouni[8] aangekomen.'

'Ik vond het gisteren tussen de papieren die ik op het ministerie moest doornemen. Ik zei net al, ik ben een tijd weggeweest. Maar wat hierin staat vond ik opmerkelijk.'

'Ik vind het ook een vreemde zaak. Daarom wilde ik weten welke procedure ik moest volgen.'

'Ze leeft nog, zeg je.'

'Ja. Daar zag het een week geleden niet naar uit.'

De twee mannen zwijgen. De directeur wrijft met een katoenen lap de twee glazen op.

'Het is moeilijk te achterhalen wat er precies met haar is gebeurd. Ik ben blij dat je hier bent, dat ik het met iemand kan bespreken.'

'Steek van wal. Ik ben nieuwsgierig.'

'Een kleine maand geleden leverde een legerpatrouille hier een vrouw af die op sterven na dood was.'

'Een patrouille?'

'Twee mannen in een terreinwagen. Ze zeiden dat ze die ochtend uit Smara waren vertrokken en op weg waren naar de Muur⁹.'

'Weet je hun namen nog?'

'Nee. Ik had ze nog nooit gezien en ze hebben zich ook niet gelegitimeerd.'

'Dat is merkwaardig. We hebben geen melding gehad dat die vrouw was gevonden of naar dit ziekenhuis was gebracht.'

'Ze zeiden dat ze deel uitmaakten van een konvooi dat op weg was naar de bevrijde gebieden. Uit het weinige dat ze loslieten begreep ik dat ze bij zonsopgang waren vertrokken en na ongeveer dertig kilometer midden in de woestijn in de verte een vrouw zagen. Een Saharawi. Ze stond te zwaaien om hun aandacht te trekken. Toen ze naar haar toe reden, zei ze dat ze op een dag lopen naar het noorden een stervende vrouw had achtergelaten, die volgens haar door een schorpioen was gebeten.'

'Een Saharawi? Een vrouw alleen, midden in de woestijn?'

'Dat zeiden ze.'

'Heb je haar gesproken?'

'Ze was niet ingestapt. Ze hadden haar achtergelaten waar ze haar hadden aangetroffen, op dertig kilometer van Smara. Er was niemand bij haar gebleven omdat het konvooi verder moest naar de Muur.'

'Heel merkwaardig.'

'Dat vond ik ook; daarom heb ik die brief naar het ministerie gestuurd. Ik had veel eerder een antwoord van jullie verwacht.'

Kolonel Mulud doet alsof hij dat laatste niet heeft gehoord. Hij zoekt naar een verklaring. Uiteindelijk vraagt hij: 'En geen van de soldaten kon je meer vertellen over die twee vrouwen?'

'Ze wilden zo snel mogelijk weer weg. Ze vonden het maar lastig allemaal. Ik heb nog geopperd dat ze een verslag moesten maken van wat er was gebeurd, maar dat kwam me op een dodelijke blik te staan.'

'Dat was anders wel hun plicht.'

De directeur van het ziekenhuis schenkt de thee in. De ruimte vult zich met het geluid van het water dat vanuit de hoogte in de glazen valt. Een tijd lang zeggen de mannen niets en staren ze peinzend naar het blinkende dienblad.

Even was Aza ervan overtuigd dat ze zou sterven. Ze probeerde niet in een rechte lijn te rennen. Dat ze tegen de zon in liep werkte in haar voordeel, maar haar benen konden niet zo snel als haar hoofd wilde. Ze maakte slingerende zigzagbewegingen terwijl ze uitkeek naar een verhoging, een heuvel, een kuil om te schuilen. Verdoofd van angst ging ze de verkeerde kant op. Ze was zo nerveus dat ze geen beslissingen kon nemen. Toen ze merkte dat ze over rul zand rende was het al te laat. Haar stappen werden steeds korter en trager. Bij iedere stap zakte ze weg tot aan haar kuiten. Ze wist dat haar voorsprong klein was, maar ze wilde niet omkijken om te zien hoe klein. Ten slotte wandelde ze, met haar blik op de grond gericht, in een rechte lijn. Haar schouders waren loodzwaar, haar benen brandden. Bovendien zat haar melahfa haar in de weg, maar ze wilde hem niet afgooien. Ineens hoorde ze heel duidelijk een metalen klik die haar bekend voorkwam. Iemand laadde een geweer, en hij maakte er geen haast mee. Ze haalde ergens de kracht vandaan om nog een paar meter te rennen. Op dat moment stak onverwacht de wind op. Toch hoorde ze de knal, vlakbij. Haar benen raakten verstrikt in haar melahfa en ze viel voorover in het woestijnzand. Het ging zo snel dat ze in eerste instantie niet wist of ze was gestruikeld of geraakt door de kogel.

Nu hoorde ze alleen het fluiten van de wind, die enorme stofwolken opjoeg. Haar lijf deed overal pijn, maar ze kon weer helder denken. Liggend op de grond kon ze haar belagers niet zien, wat betekende dat zij haar ook niet zagen. Ze bewoog en voelde zonder zich op te richten aan haar rug. Geen bloed, geen verwondingen: de kogel had haar gemist. Bijna instinctief drukte ze zich tegen de grond en begon met allebei haar handen te graven. Het zand was zacht en de wind hielp een handje. Ze was zelf verbaasd hoe snel haar brein ineens werkte. Al snel groeven ook haar voeten mee, haar benen, haar hele lijf. Na een paar minuten had ze een flinke kuil uitgegraven. Ze rolde in het gat en gooide zand over zich heen. Haar gezicht dekte ze af met de melahfa, die ze met veel moeite onder het zand bedolf. De wind deed de rest. Na een poos was ze volledig ingegraven, met haar gezicht amper een paar centimeter onder de oppervlakte. Ze kon de wind horen blazen, en wanneer hij van richting veranderde hoorde ze zelfs Le Monsieur en zijn mannen praten.

Aza had oudere familieleden dikwijls over de oorlog horen vertellen. Zo vaak zelfs dat ze op den duur was gestopt met luisteren, al was ze hun verhalen nooit helemaal vergeten. In de jaren zeventig hadden veel Saharawi's hun herdersbestaan opgegeven om strijder te worden en ze hadden de oorlogsgebruiken van hun voorouders in ere hersteld. Bij hinderlagen tegen de Marokkanen bedienden die zich vaak van ingravingstactieken. Ze had haar oom dikwijls horen vertellen hoe hij ooit, ingegraven in het zand, door een vijandelijke tank was overreden. Je moet er behoorlijk koelbloedig voor zijn, had hij gezegd. Onder het zand probeerde Aza zich zijn verhalen voor de geest te halen. Nu had ze spijt dat ze niet beter had opgelet, dat ze het nut van die guerrillatactieken niet had ingezien.

Haar hart ging tekeer als een tikkende tijdbom. Haar zenuwen waren haar grootste vijand, wist Aza. Ze probeerde aan iets leuks te denken. Ze dacht aan haar zoon, aan haar moeder. Aan de Malecón in Havana en de wonderbaarlijke stoet oude auto's die er altijd reed. De woestijnwind begon steeds meer te lijken op de Caribische wind die de beukende golven kapotsloeg tegen de stenen van de Malecón. Ze dacht aan haar trouwdag. Het ademen ging moeizaam, maar ze werd steeds rustiger; tot ze uit haar overpeinzingen werd opgeschrikt door de stemmen van de schoften die dachten dat ze haar vermoord hadden. Ze herkende onmiddellijk de stem van Le Monsieur, die iets in het Frans zei tegen de huurlingen die hem overal volgden. Af en toe vloekte hij in het Spaans. Ze wist dat ze wanhopig naar haar op zoek waren. Ongetwijfeld dachten ze dat het schot haar had geraakt. Haar lichaam was in geen velden of wegen te bekennen en daar gaven ze elkaar de schuld van. Even waren ze zo dichtbij dat ze hun adem bijna kon voelen. Het gescheld van Le Monsieur die dreigde dat hij hun de keel zou afsnijden klonk overal boven uit. Aza was bang dat haar hart haar zou verraden.

Ze probeerde diep, maar traag adem te halen. Soms vielen er zandkorreltjes door de stof van de melahfa. Ze wist dat ze het in deze benarde omstandigheden niet lang zou uithouden. Maar ze stierf nog liever onder het zand dan dat ze in de klauwen viel van die misdadigers.

Wanneer de stem van Le Monsieur dichterbij kwam, verstijfde ze en klemde ze verbeten haar kaken op elkaar. Op een gegeven moment klonk hij zo dichtbij dat ze vreesde dat hij bovenop haar zou gaan staan. De stemmen verwijderden zich en kwamen weer dichterbij. De mannen liepen in een cirkel rond de plek waar ze de Saharawi hadden zien vallen. Toen de huurlingen begonnen te bekvechten, liep de spanning even hoog op. Aza wist wat voor kerels dit waren, een belediging of een onschuldige woordenwisseling was genoeg om elkaar af te maken. Maar de legionair klonk overal bovenuit. Hij begon schor te worden van het schreeuwen. Ondertussen werkte de wind in Aza's voordeel. Haar voetstappen waren weggevaagd en op de onwaarneembare welving die haar lichaam in het terrein veroorzaakte kwam steeds meer zand te liggen, waardoor ze steeds beter verscholen lag.

Naarmate de stemmen zich verwijderden, dacht Aza na over haar overlevingskansen. Ze had al meer dan tien uur geen water meer gedronken, wat de situatie er niet beter op maakte. Bovendien was ze door haar bloedstollende vlucht voor de huurlingen gaan transpireren, het vocht stroomde uit haar poriën. Ook al waaide het, het zand was gloeiend heet. Iedere Saharawi wist wat het betekende om zonder water in de woestijn achter te blijven. Ze kende een paar mensen die aan uitdroging waren gestorven. Het was de ergste dood die ze zich kon voorstellen. Even vroeg ze zich af of sterven aan een schotwond erger was dan sterven van de dorst. Maar ze was te bang om een besluit te nemen. Als de mannen met hun wagens vertrokken, maakte ze weinig kans. Ze dacht vertwijfeld aan de teil vuil water die nog in die helse oase stond. En toen de geïrriteerde stemmen van haar belagers opnieuw dichterbij kwamen, besloot ze dat ze liever de afschuwelijke gevolgen van de dorst onderging dan dat ze in hun handen viel. Ondanks alles deed ze haar best de controle over haar lichaam en geest niet te verliezen. Ze deed haar ogen dicht en beeldde zich in dat ze met haar zoon in de *khaima*[10] zat. Ze probeerde uit alle macht aan iets anders te denken. Even was haar hartslag bijna normaal.

Toen ze de vrachtwagen en de terreinwagen hoorde, verstijfde ze weer. Er waren misschien een paar uur verstreken, ze wist het niet zeker. De wind was gaan liggen. Toch bleef ze het geronk van de motoren horen, alsof de wagens rondreden in wijde, en daarna steeds kleinere cirkels, tot ze vlakbij waren. Aza dacht aan de Spaanse vrouw die in de Toyota was achtergebleven. Hoewel ze geen schoten meer had gehoord, wist ze dat de vrouw het niet lang meer zou maken. Ze had de schorpioen gezien, maar ze had haar niet op tijd kunnen waarschuwen. Als de mannen haar niet al hadden vermoord, zou het gif zich via haar aderen verspreiden en uiteindelijk een hartstilstand veroorzaken. Ze had medelijden met haar. De ronkende motoren maakten haar nerveus. Hoe meer ze zich opwond hoe heviger de dorst in haar keel brandde. Soms voelde ze het zweet dat haar huid afscheidde. Ze had nog nooit zo'n vreselijke dorst gehad. Ze probeerde niet te denken aan wat er met haar zou gebeuren als die schoften haar niet vonden en ze zou zijn overgeleverd aan de woestijn. Ze wist dat de dorst begint wanneer het lichaam een halve liter water heeft verloren. Na twee liter krimpt de maag en kan die de benodigde hoeveelheid water niet meer opnemen. Ze had het vaak genoeg gezien, vooral bij ouderen. Ze stopten met drinken lang voordat hun lichaam genoeg had binnengekregen. 'Vrijwillige dehydratatie' noemden artsen het. Toch was dat niet het ergste. Bij vijf liter traden vermoeidheidsverschijnselen op, koorts, een versnelde hartslag en een rode huid. Gevolgd door duizeligheid, hoofdpijn, uitblijvende speekselvorming en een verslechterde doorbloeding, Aza wist het maar al te goed. Dat stadium bereikte je in een minder barre omgeving na ongeveer drie dagen, afhankelijk van je lichaamsbouw, maar in de schroeiende hitte van de Sahara vaak al na twaalf uur. Haar mond was droog en ze wist dat ze hevig transpireerde, maar ze kon met geen mogelijkheid inschatten hoeveel vocht haar lichaam al kwijt was. Op een bepaald moment raakte ze in paniek en had ze het gevoel dat haar huid aan haar botten kleefde en langzaam openscheurde. Even was ze er zelfs van overtuigd dat haar ogen met het verstrijken van de tijd steeds dieper wegzakten in hun kassen. Dat ze de geluiden in de verte nog steeds heel duidelijk kon horen stelde haar gerust. Haar grootste angst was ze dat ze zou gaan hallucineren; daarom probeerde ze zichzelf tot kalmte te dwingen om de hitte beter te kunnen verdragen. Aza wist dat je niet stierf van de dorst, maar door oververhitting: het bloed in de aderen werd stroperig en kon de warmte niet meer naar het huidoppervlak transporteren. Uiteindelijk schoot je lichaamstemperatuur omhoog en stierf je aan de hitte.

Ze was bijna ingedommeld toen ze wakker schrok van de stilte. Ineens hoorde ze niets meer, geen wind, geen stemmen, geen ronkende motoren. Het was ijzingwekkend stil. Ze voelde zich ellendig, alsof ze al dagen onder de grond lag. Het licht dat door het zand filterde leek minder fel. Ze legde haar kin op haar borst en wist met veel moeite haar hoofd vrij te maken. Zandkorrels gleden over haar lijf. Haar schouders en armen deden pijn. Ze zette opnieuw kracht en bevrijdde haar bovenlichaam. Ze deed de melahfa van haar gezicht en bekeek de verlaten, stille hamada. Nog twee uur en dan zou de zon achter de horizon zakken, de hitte was al minder. Met veel moeite stond ze op. Het zand liep van haar lichaam, maar ze was te bang om haar kleren uit te trekken en uit te schudden. Pas na een hele tijd was ze ervan overtuigd dat de huurlingen weg waren. Maar ze wist ze dat ze haar konden vinden, hoe onmetelijk de woestijn ook was. Overal om zich heen zag ze bandensporen: het was duidelijk dat ze urenlang hadden rondgereden, waarschijnlijk tot hun benzine dreigde op te raken. Ze wilde zo snel mogelijk weg van die plek, maar ze besloot verstandig te zijn en te wachten tot de zon helemaal onder was. Zodra de sterren aan de hemel stonden hoopte ze zich beter te kunnen oriënteren en zou haar lichaam minder vocht verliezen bij het lopen. Ze had zich net voorgenomen om zittend te wachten en goed te blijven opletten, toen ze in de verte een zwarte gestalte zag. In een reflex maakte ze zich klein en bleef stil zitten, maar ze begreep al snel wat het was. Ze ging erop af, op haar hoede, want het kon een valstrik zijn. Maar dat was het niet. Toen ze er nog honderd meter vandaan was, zag ze de Spaanse vrouw liggen. Ze wist niet eens meer hoe ze heette. Ze liep erheen en knielde naast haar neer. Waarschijnlijk lag ze er al ruim vijf uur. Met een reeks verwensingen die ze als klein meisje had geleerd, vervloekte ze de mannen die haar zo hadden achtergelaten. Ze draaide haar om en probeerde haar op te richten, maar de vrouw reageerde niet. Ze legde haar oor tegen haar borst, het ergste vrezend. Pas na een hele tijd hoorde ze een hartslag. Het hart klopte zwak en onregelmatig, alsof het waarschuwde dat het ermee op ging houden. Aza zocht vertwijfeld naar de schorpioenbeet. Maar het was al te laat om het gif uit te zuigen. De vrouw zou sterven en ze kon niets doen om het te voorkomen. Bij de gedachte aan de dood overviel haar opnieuw een panische angst. Ze probeerde kalm te blijven. Nog even en dan werd het donker, en zou ze meer kans hebben om weg te komen uit de woestijn.

Op het moment dat de verblindende lichtbol achter de einder verdween, ging Aza zonder om te kijken op weg. Al na een paar minuten begon de grond snel af te koelen. Steeds als de wind aanzwol, huiverde Aza. Ze had geen tijd meer te verliezen. Ze had nog een laatste keer gecontroleerd of het hart van de vreemdelinge nog steeds klopte en was toen in zuidwestelijke richting vertrokken. Al lopende dacht ze na over haar overlevingskansen. Ze kon moeilijk inschatten hoe ver het was tot een van de kampen. En het was bekend dat Saharawi's zich 's nachts perfect konden oriënteren in de woestijn, maar zij had nauwelijks de kans gehad om het te leren. Ze had haar halve leven op Cuba gewoond en gestudeerd. Ze voelde zich soms net zo verloren in de woestijn als een vreemdeling, ook al was ze er de afgelopen drie jaar niet meer weggeweest. Om bij een bepaald punt te komen moest ze zich nauwkeurig oriënteren en steeds in een rechte lijn blijven lopen; als ze ook maar enigszins afdwaalde zou ze zich kilometers kunnen verwijderen van haar doel. Ze liep in een rustig tempo om haar krachten te sparen. De dorst probeerde ze te negeren. Als ze niet te veel transpireerde en ging liggen zodra het licht werd, zou ze misschien nog één nacht kunnen lopen, dacht ze. Maar zeker weten deed ze het niet. Het lopen ging steeds moeizamer. Ze struikelde om de haverklap, viel voorover. Af en toe kreeg ze een waas voor haar ogen. Het was volle maan, maar ze had maar vijf à zes meter zicht. Ze had al ruim een dag niks gegeten. Een paar uur voor zonsopgang viel ze neer en kon niet meer opstaan.

Ze werd wakker van geluid, van getril. Haar oogleden zaten dicht en ze herinnerde zich niet waar ze was. Ze had zich in haar melahfa gewikkeld tegen de insecten. Ze had het ijskoud. Toen ze het geluid hoorde naderen, vreesde ze dat de hallucinaties waren begonnen. Ze had barstende hoofdpijn. Ze stond op en keek om zich heen. Niets te zien. De zon was al minstens twee uur op. Ze ging weer op de grond liggen en sprong op toen ze het geluid opnieuw hoorde. Nu wist ze het zeker: het was een vrachtwagen. Ze spitste haar oren, maar de wind was alweer van richting veranderd. Toch zag ze aan het opstuivende zand aan de horizon dat er meerdere voertuigen reden. Het kwam niet eens in haar op dat het Le Monsieur en zijn huurlingen konden zijn. Hoewel ze nog geen metaal zag glinsteren, maakte ze uit de hoogte van de stofwolk op dat ze stapvoets reden. Ze keek welke richting ze op gingen en begon ze in een rechte lijn tegemoet te lopen. Ze moesten ongeveer twee kilometer van haar vandaan zijn, maar de afstanden waren moeilijk te schatten. Al lopend klopte ze het vuil van haar kleren, maakte haar ogen en haar mondhoeken vochtig met speeksel, haalde het zand uit haar oren en schikte haar melahfa alsof ze net was opgestaan. Toen ze op vijfhonderd meter afstand was begon ze zo beheerst mogelijk met haar armen te zwaaien. Ze zagen haar meteen. Het waren vier overdekte terreinwagens en twee jeeps. Uit de verte zag ze de verbaasde gezichten van de jonge soldaten. Beschaamd bad ze dat geen van hen haar kende.

Toen het konvooi midden in de hamada een gebarende vrouw zag staan, veranderde het onmiddellijk van koers. De bestuurders en bijrijders geloofden hun ogen niet. Alle blikken waren op één punt gericht. Een van de jeeps versnelde en stopte een paar meter van de vrouw vandaan. Er stapte een militair uit. Aan zijn strepen te zien was hij de hoogste in rang. Hij zette zijn zonnebril af en deed zijn tulband wat losser. Terwijl hij ter begroeting op vlakke toon een lange reeks plichtplegingen afstak, nam hij de vrouw van top tot teen op. Het liefst had hij haar arm vastgepakt om zich ervan te overtuigen dat ze geen luchtspiegeling was, maar hij wist dat zijn mannen hem geen seconde uit het oog verloren. Pas toen de begroeting ten einde was, veranderde hij van toon en liet hij zijn verbazing blijken.

'Wat doe je hier? Waar kom je vandaan?' vroeg hij verwijtend.

'Ik ben verdwaald.'

'Verdwaald?' zei hij ongelovig. 'Hoezo verdwaald?'

'Dat is een lang verhaal en ik heb nu geen tijd,' antwoordde de Saharawi waardig.

De militair keek haar verbijsterd aan, alsof hij met een geest stond te praten. 'Hoe kom je hier? Hoe lang ben je al verdwaald?'

'Ik heb water nodig, ik kan niet meer.' De rest van het konvooi was in een lange rij tot staan gekomen en de soldaten stapten uit. De militair deed de terreinwagen open en gaf haar een mandfles. Aza dronk tot ze niet meer kon. Het water stroomde via haar mond naar binnen en langs haar poriën weer naar buiten, als bij een fontein. Ze zocht de schaduw van een van de wagens op. De soldaten bekeken haar niet-begrijpend. De militair stuurde hen met een schreeuw terug naar de voertuigen. 'Leg nu eens uit hoe het komt dat je verdwaald bent.'

'Dat is een lang verhaal, er zijn nu dringender zaken.'

'Dringender zaken?'

'Ja. Daar verderop ligt een vrouw op sterven. Een buitenlandse. Ze is bijna vierentwintig uur geleden gebeten door een schorpioen. Misschien is ze al wel dood.'

De militair werd zichtbaar nerveus. Hij riep de bestuurder van de jeep bij zich en vroeg Aza uit te leggen waar het precies was. 'Het is die kant op. Ik heb ongeveer acht uur in een rechte lijn gelopen. Jullie zijn er in twintig minuten.' De jeep vertrok onmiddellijk met twee soldaten. Ondertussen kwamen achter hen de anderen zo onopvallend mogelijk weer dichterbij. De militair begon zijn geduld te verliezen omdat de vrouw niets wilde loslaten.

'Ik moet zo snel mogelijk naar mijn *wilaya*[11]', zei Aza. 'Ik heb een zoontje van twee en hij heeft me nodig.'

'Waar woon je dan?'

'In Dakhla,' loog ze.

'Dan wens ik je veel succes, want zo kom je er nooit.'

'Waar komen jullie vandaan?'

'Uit Smara.'

'Is dat ver van hier?'

'Twintig kilometer.'

Gods hand, dacht Aza. Ze keek rond en bedacht welke kant het op was naar het kamp van Aousserd. 'Ik heb familie in Aousserd,' zei ze in een poging de waarheid te verdoezelen.

'We nemen je mee naar Smara. Zodra die vrouw is gevonden, brengt een van de wagens jullie naar het ziekenhuis. Je familie in Dakhla brengen we op de hoogte.'

Aza wist niet hoe ze zich hieruit moest redden. Ze geneerde zich zo voor de waarheid dat ze nog liever wegrende en in de woestijn stierf dan haar geheim prijs te geven. 'Ik kan niet naar Smara,' zei ze doodgemoedereerd. 'Mijn zus trouwt over vier dagen in Aousserd en ik moet naar haar toe.'

Die leugen maakte de militair woedend. 'Je gaat mee naar Smara, dan mag je het daar allemaal eens uitleggen.'

'Als je me meeneemt, stap ik naar de *wali*[12] en klaag ik je aan wegens wederrechtelijke vrijheidsberoving en ontvoering.'

De militair balde zijn vuisten en zette zijn bril op om zijn woede te verbergen. Hij keek om zich heen en beende toen weg. Aza begon weer te drinken, nu met kleinere slokjes. De jonge soldaten gaapten haar aan. De verschijning van zo'n mooie vrouw midden in de desolate hamada kon alleen een wonder zijn. 'Hebben jullie ook iets te eten?' vroeg de vrouw zonder enige schroom. De soldaten doken allemaal tegelijk in hun rugzakken en haalden maïskoeken, geitenkaas en suiker tevoorschijn. Aza ging in de schaduw van een van de wagens zitten en begon rustig te eten, genietend van iedere hap.

Binnen het uur was de jeep terug met de buitenlandse vrouw.

De militair die de leiding had over het konvooi keek ongelovig in de wagen. Het klopte wat de Saharawi had gezegd, en dus kon ze geen krankzinnige zijn, zoals hij had verondersteld.

'Is ze dood?' vroeg hij aan de bestuurder van de Toyota.

'Ik weet het niet zeker.'

De militair liep naar Aza en wees met een ferm gebaar naar de auto.

'Stap in. Mijn mannen brengen je naar Smara. Vandaar moet je zelf maar zien waar je heen gaat.'

Aza stond op, stopte het eten dat over was bij zich, dronk nog wat water en zei: 'Ik wil weten welke kant ik op moet voor Aousserd.' De militair sprong bijna uit zijn vel van woede. Hij beet zo hard op zijn lip dat die begon te bloeden. Als hij zijn poot stijf hield, zou die vrouw hem in het bijzijn van zijn manschappen belachelijk maken, vreesde hij.

'Al goed, wat je wilt. Het is die kant op, zorg dat je geen centimeter afdwaalt. Als je flink doorloopt, ben je over tien uur in Aousserd.' Die laatste zin gaf hij extra nadruk, in de hoop dat de vrouw zich zou bedenken. Maar Aza zette de waterfles op haar hoofd en liep naar de jeep waar de buitenlandse vrouw in lag.

'Haast je,' zei ze tegen de chauffeur, 'ze is al uren in coma.' En toen begon ze in een rechte lijn te lopen, haar blik constant gefixeerd op het punt aan de horizon dat de militair had aangewezen en dat Aza in haar hoofd had geprent als haar enige overlevingskans. De soldaten keken haar na tot ze het onheilspellende geschreeuw van hun bevelhebber hoorden.

Buiten schijnt een felle zon, maar de kamer waar de vreemdelinge ligt is donker. Leila zit op een tapijt op de grond, loom van de hitte. De ziekenhuisdirecteur gaat zijn vriend Mulud voor, de kamer in. Als ze hen ziet, staat de verpleegster op en knoopt haar jas dicht. Er volgt een eindeloze begroeting vol plichtplegingen tussen haar en de kolonel. Daarna kijken ze alle drie zwijgend naar de patiënte. Leila schikt ondertussen snel haar melahfa en bedekt haar hoofd. De vreemdelinge slaapt; ze ademt zwaar.

'Vandaag heeft ze wat gegeten,' zegt de verpleegster tegen de directeur. 'Ze slaapt het grootste gedeelte van de tijd.'

'Leila zit hier van 's ochtends vroeg tot 's avonds laat,' zegt de directeur.

'Als ik niets anders te doen heb,' vult Leila aan.

De kolonel glimlacht. Hij is benieuwd naar het verhaal van die vreemdelinge.

'Gaat het al beter met haar?' vraagt Mulud Lahsen.

'Ze heeft geen koorts meer,' zegt Leila. 'Ze ijlt soms wel, maar de koorts is weg. Ik weet alleen dat ze Montse heet en uit Spanje komt. Ze is door iets geobsedeerd, maar ik weet niet wat het is.'

'Geobsedeerd?' vraagt de kolonel.

'Ze praat in haar slaap en ze zegt de hele tijd "Aza".'

'Ze is geobsedeerd door die naam,' beaamt de directeur.

'Wanneer ze wakker is en ik ernaar vraag, zegt ze dat ze Aza vermoord hebben. Maar daarna is ze te overstuur om het uit te leggen.'

Kolonel Mulud staart naar de vreemdelinge. De zaak intrigeert hem, maar hij heeft het te druk en te weinig tijd.

'We moeten achterhalen hoe ze hier is gekomen,' zegt Mulud Lahsen. 'Ze reisde vast niet alleen. Iemand moet haar als vermist hebben opgegeven.'

'Ze is hier nu bijna een maand,' zegt de directeur. 'Iemand had haar allang moeten missen.'

'Dat is waar. Hoe meer ik erover nadenk, hoe onbegrijpelijker ik het vind.'

'Ik kan proberen wat meer uit te vinden,' zegt Leila. 'Ze voelt zich iedere dag beter, maar ze is heel erg geschrokken. Ik weet niet wat ze heeft meegemaakt, maar ze is doodsbang. Als ze ons vertrouwt, vertelt ze alles wel.'

'En tot die tijd?' vraagt de directeur, praktisch ingesteld.

'Tot die tijd kunnen we niks,' zegt de kolonel. 'We zullen het aan onze Spaanse collega's vragen. Als zij geen nieuws hebben, dan zullen we moeten wachten tot ze beter wordt en terug kan naar haar land.'

Wanneer hij is uitgesproken, staat Mulud Lahsen al bij de deur. De directeur volgt hem. Ze nemen met een korte groet afscheid, en de verpleegster blijft opnieuw alleen achter met de patiënte. Ze gaat op de rand van het bed zitten. Leila is gewend geraakt aan de aanwezigheid van de vreemdelinge. Ze is benieuwd naar haar verhaal. Ze legt een hand op haar voorhoofd en kijkt nog eens naar haar warrige haar, witte huid en verzorgde handen. Plotseling veert de vrouw op en doet haar ogen open. Ze weet niet waar ze is. Ze kijkt bang.

'Aza!' roept ze. Ze ijlt. 'Ze hebben Aza neergeschoten. Je moet het gaan zeggen.'

'Wie is Aza?' vraagt de verpleegster en ze probeert haar niet te laten schrikken.

'Aza? We zijn samen ontsnapt, maar ze hebben ons ingehaald. Die schoft heeft haar vermoord. Het is mijn schuld. Ik had alleen moeten gaan.'

'Wie heeft haar vermoord?' blijft Leila proberen.

De vrouw doet haar ogen dicht en zegt niets meer. Aan haar ademhaling is te merken hoe ze ligt te tobben. Leila knijpt in haar hand, vastbesloten om bij haar te blijven tot ze gekalmeerd is.

Voor Santiago San Román was de Oase het middelpunt van het universum. Wanneer hij aan de bar hing of aan een van de tafels met plastic kleedjes zat, leek het of de wereld om hem heen draaide. Zoiets had hij nog nooit ervaren. Meer dan een glas cognac en het gezelschap van Guillermo had hij niet nodig om de zorgen te vergeten die hij uit Spanje had meegebracht.

Officiers gingen in Laayoun naar het Casino Militar en de Parador Nacional. De Oase was voor de soldaten. Nergens in de stad of de provincie was het op zaterdagavond zo druk. De eigenaar was Pepe 'El Boli', een Andalusiër die overal lak aan had. Zijn bar was de enige waar prostitutie oogluikend door de officiers werd toegestaan. Je had er hoeren, bingo, poker, weddenschappen, knokpartijen, hasj en de goedkoopste cognac van de Westelijke Sahara. Op zaterdagavond was het er een slagveld. De als diensters vermomde hoeren kwamen handen te kort en de televisie schalde dwars door het geschreeuw aan de speltafels heen. Geen enkel café in de stad had zo'n trouwe clientèle. Wie een avond of weekend verlof had belandde vroeg of laat in de Oase.

In de Oase kon Santiago San Román zijn obsessies een paar uur lang vergeten. En in die tijd was dat er maar één: Montse, Montse die hem zo harteloos had verraden. Zodra hij zijn tweede glas cognac door zijn aderen voelde stromen had hij het gevoel dat hij de hele wereld aan kon. Montse raakte op de achtergrond en zijn gedachten waren alleen bij zijn vriend Guillermo en al wie tijdens zijn verlof hun gezelschap opzocht. Guillermo was inmiddels een trouwe vriend en bovendien de loyaalste persoon die hij ooit had gekend. Hij schreef Santiago's brieven aan Montse, luisterde wanneer hij stoom wilde afblazen, drong niet aan wanneer hij geen zin had om te praten.

Guillermo was tijdelijk als versterking ingelijfd bij de genisten van het Negende Gemengde Regiment der Genie. Hij stond de hele dag gaten en geulen te graven voor de toekomstige dierentuin van Laayoun. Zoals iedere legionair vond hij het maar niks om samen te werken met de reguliere troepen. Santiago was monteur bij een rijdende batterij van het Vierde Regiment Alejandro Farnesio. De door commandant Javier Lobo aangevoerde Tropas Nómadas kruisten toevallig zijn pad.

De Tropas Nómadas bestonden net als de Policía Territorial bijna volledig uit Saharawi's, op de officiers na. Ze waren Santiago meteen opgevallen. Voor iemand die net uit Spanje kwam waren die jongens met hun donkere huid, krullende haar en eigenaardige gewoonten uitermate fascinerend. De eerste keer dat hij met hen in contact kwam was toen vier Saharawi's op een dag een landrover van de Tropas Nómadas tot bij de smeerkuil duwden waar Santiago San Román aan het werk was. De mannen, van top tot teen onder het smeer, lieten de wagen daar staan en deden de kap omhoog. Santiago floot toen hij de motor zag, en dat wekte de nieuwsgierigheid van de andere monteurs. Het motorblok zat verborgen onder een wirwar van kabels en tape. 'Commandant Lobo stuurt ons,' zei een van de soldaten, en hij sprong in de houding alsof hij de eed aflegde. De andere monteurs waren al niet meer geïnteresseerd. Alleen Santiago San Román luisterde. 'Hij start niet. Als we hem niet aan de praat krijgen, worden we gearresteerd.' Santiago kon zijn ogen niet van het viertal afhouden. De andere monteurs legden ongeïnteresseerd hun gereedschap neer en gingen schaften, duidelijk niet van plan de mannen uit de brand te helpen. Santiago ergerde zich aan hun houding, maar hij had geen zin in een discussie. De Saharawi's keken hem aan als drenkelingen op volle zee. Zonder iets te zeggen stak hij zijn hoofd in de muil van de landrover en begon het kluwen te ontwarren.

Toen zijn maten terugkwamen, hing Santiago nog steeds ver voorovergebogen boven de landrover. Het viertal stond zwijgend toe te kijken, durfde hem niet te storen. Santiago praatte als in trance tegen de motor en zei af en toe iets tegen de soldaten. Ze keken elkaar aan en vroegen zich af of de legionair gek was geworden. Na een paar uur voor zich uit prevelen, onderdelen vervangen en controleren ging hij achter het stuur zitten. Toen hij de sleutel omdraaide, klonk er een ziekelijk gekuch. Hij trapte het gaspedaal een paar keer helemaal in, en al snel werd de zwarte rook lichter van kleur en klonk de motor normaal. Hij reed de garage uit en stopte bij de deur. 'Instappen,' zei hij. De vier gehoorzaamden alsof het bevel van hun commandant kwam. Santiago San Román reed een paar rondjes tussen de legertenten, testte de stuurinrichting en de remmen, en stopte voor de tent van de Tropas Nómadas. Hij liet de sleutel in het contact zitten, stapte uit en zei: 'Veel plezier ermee. Zeg maar tegen commandant Lobo dat dit beestje weer minstens tien jaar meegaat.' Hij liep weg en liet hen perplex achter. Toen hij al op enige afstand was, hoorde hij iemand roepen:

'Bedankt, vriend, bedankt.'

Hij keek om, maakte een afwerend gebaar en wilde doorlopen, maar een van de Saharawi's rende naar hem toe. Hij pakte zijn hand en liet hem niet meer los.

'Ik heet Lazaar.'

Santiago San Román zei hoe hij heette.

'Daar is onze barak. Kom langs wanneer je wilt, je bent van harte welkom. Je zult er een hoop vrienden vinden.' Toen Santiago die middag de mess in liep, had hij het gevoel dat de soldaat gemeend had wat hij zei.

Bij zijn eerste bezoek aan de Tropas Nómadas, dacht Santiago San Román dat hij een andere wereld betrad. Onttrokken aan het wakend oog van hun superieuren gedroegen de soldaten zich alsof ze in een grote khaima zaten. Bij de ingang stond een gasbrander. Eromheen zat een twaalftal soldaten thee te drinken en in het Hassaniya te praten. De sfeer was zo ontspannen dat de plek niets weg had van een legerbarak. Toen Santiago binnenkwam, betrokken de gezichten en verstomden de gesprekken. San Román wilde al op zijn schreden terugkeren toen hij tot zijn opluchting Lazaar zag zitten. 'Ik wil niet storen,' zei hij verontschuldigend. 'Ik wist niet...' Lazaar richtte zich in het Arabisch tot de anderen en meteen zwol het geroezemoes weer aan. De Saharawi legde zijn handen op Santiago's schouders en nodigde hem uit in de kring te komen zitten. Al snel voelde Santiago zich geen vreemde meer.

'Voetbal je?' vroeg een van de Saharawi's.

'Tuurlijk, van wie denk je dat Cruijff de kunst heeft afgekeken?'

Lazaar, ernstig: 'Ik ben voor Real Madrid.'

'O, maar Amancio heeft het ook van mij geleerd.'

Vanaf die dag was Santiago San Román elke avond keeper in het elftal van de Tropas Nómadas, en werd hij iedere keer dat ze de Spanjaarden klopten door zijn regimentsgenoten uitgemaakt voor verrader.

Hangend aan de bar in de Oase zag Santiago San Román de soldaten van de Tropas Nómadas voorbijkomen en met een mengeling van nieuwsgierigheid en minachting naar binnen kijken. Hij dronk zijn glas leeg en nam zich stellig voor niets meer te drinken waar de Saharawi's hem konden zien. Ineens schaamde hij zich diep. Sergeant Baquedano, de enige onderofficier die in de Oase kwam, stond zich uit te sloven tussen de diensters, kneep ze in hun achterste en raakte hun tieten aan. Over Baquedano, die altijd naar de drank stonk, deden vreselijke verhalen de ronde. Hij was om en nabij de veertig, en het was duidelijk dat het leven voor hem bestond uit legioen, drank en hoeren. Ooit zou hij een jonge soldaat die uit de pas liep in zijn voet hebben geschoten. Als je hem met zijn zatte kop tegen de hoeren zag oprijden, geloofde je het meteen. De meeste soldaten gingen hem uit de weg, op een paar uitslovers na die om zijn grappen lachten en hem overal achternaliepen om hem op te jutten en van drank te voorzien. Om vervolgens gelaten zijn vernederingen en beledigingen te ondergaan. De hoeren kenden hem inmiddels en meden hem als de pest. Sergeant Baquedano was de enige in dat café voor wie ze bang waren. Ze wisten donders goed dat als ze hem tegen zich in het harnas joegen, de kans bestond dat ze hun baan kwijtraakten of met een mes tussen hun ribben langs de kant van de weg naar Smara belandden. Sergeant Baquedano gedroeg zich als een soort godfather, al stond hij onder bevel van commandant Panta. Die moest toezicht houden op de prostitutie in de Oase, maar geen enkele officier zou goedkeuren dat iemand van zijn rang zich in een dergelijke tent ophield. Officiers deelden geen hoeren met soldaten. Korporaals en sergeants al evenmin. Maar tegelijkertijd moest voorkomen worden dat de maffia zich in Laayoun zou vestigen en vrouwen zou gaan importeren uit Spanje, Marokko of Mauritanië. Commandant Panta waakte over de gezondheid van het legioen en zorgde ervoor dat zich geen problemen voordeden. Maar de commandant had Baquedano nooit dronken tussen de tafels zien zwalken, allebei zijn handen op zijn ballen, kwijlend boven de borsten van de als diensters uitgedoste hoeren.

De paar keer dat Baquedano's blik de zijne kruiste, keek Santiago San Román weg. Toen hij hem zag vertrekken kon hij eindelijk ontspannen, ondanks de herrie die de soldaten maakten. De muziek vermengde zich met het lawaai van de televisie waar niemand naar keek, het tikken van flessen tegen het marmer van de bar, het gejoel aan de speeltafels, de bingonummers die werden omgeroepen en de luidruchtige gesprekken. Toen loste al het geluid op in een seconde stilte en ging de marsmuziek over in *Las Corsarias*, de favoriete paso doble van Pepe 'El Boli'. Bij het horen van de eerste maten voelde Santiago San Román de grond onder zijn voeten wegzakken. Meteen spookte het beeld van Montse weer door zijn hoofd. Ineens kwamen alle geluiden hem vijandig voor.

'Nog een cognac?' vroeg Guillermo.

'Nee, ik heb het zuur, ik hoef niet meer.'

'Een biertje dan?'

'Neem jij er maar een, ik heb last van mijn maag,' loog Santiago.

'Drink je de hele avond niets meer? Het is zaterdag.'

Santiago San Román keek zijn vriend doodernstig aan en Guillermo wist meteen hoe laat het was. Hij zei niets meer. Hij kende de melancholieke buien van zijn vriend inmiddels. Ze liepen de Oase uit en een koele februariwind kwam hen tegemoet. Ze slenterden doelloos, zwijgend rond. Alle straten waren ongewoon leeg, maar toen ze bij de Plaza de España kwamen, leek het of de hele stad zich daar verzameld had. Uit de cafés kwam lawaai. Wagens van de Policía Territorial patrouilleerden zo onopvallend mogelijk. Ze bleven staan voor de bioscoop. Onder het opschrift *Serpico* dreigde Al Pacino in full color van de filmposter te springen. Guillermo ging wijdbeens voor Pacino staan als een politieman uit de Bronx. Hij leek de schaduw van de acteur. Hij trok zijn muts over zijn voorhoofd en snoerde zijn kinband aan. De meisjes in de rij voor het loket keken giechelend naar hem.

'Doe niet zo idioot,' zei Santiago berispend. 'Zie je niet dat iedereen kijkt?'

Guillermo zette zijn duimen op de enorme zilveren gesp van zijn riem en wierp een kus naar de lachende meisjes.

'Guillermo, voor de laatste keer, doe me een lol.'

Guillermo's jolige bui was meteen over. Hij was het inmiddels gewend. Santiago sjokte met hangende schouders weg.

'We gaan, het wemelt hier van de sergeants.'

Iedere rang had zijn eigen buurt. Sergeants en korporaals meden de Parador en het Casino Militar om niet om de haverklap voor hun meerderen te hoeven salueren. De soldaten eerste klas lieten op hun beurt de hoofdstraten links liggen, waar de favoriete cafés van de onderofficiers zaten.

De twee vrienden liepen zonder iets te zeggen naar de Avenida de Skaikima. Ze wisten dat daar geen legionair te vinden was. Ze wandelden in stilte, alsof ze elkaars gedachten konden lezen. Bij een telefooncel bleven ze staan en Santiago haalde al het muntgeld dat hij bij zich had uit zijn zakken. Om de een of andere merkwaardige reden hing daar een geur van tijm in de lucht. Hij gaf het geld aan Guillermo.

'Wil je Montse eens proberen? Eerst...'

'Ik weet het, ik weet het,' onderbrak Guillermo hem ongeduldig.

'Zeg maar dat jullie samen studeren en dat je haar moet spreken...'

'Santi!' schreeuwde Guillermo. Hij had zin om hem een draai om zijn oren te verkopen.

'Wat?'

'Weet je hoe vaak ik je meisje al gebeld heb?'

'Ze is mijn meisje niet, Guillermo, dat heb ik al zo vaak gezegd. En als je het niet wilt doen...'

Guillermo sloeg troostend een arm om hem heen en probeerde zijn vriend te kalmeren.

'Al goed, al goed, ik bel haar. Maar je hoeft me niet uit te leggen wat ik moet zeggen, want dat heb je al honderd keer gedaan. Ik ben degene die belt, ik ben degene die schrijft, straks ben ik ook degene die...'

Guillermo slikte de rest in, had spijt van wat hij had gezegd. Zijn vriend was zo van de kaart dat hij het niet eens had gehoord. Guillermo liet het geld in zijn zak glijden en ging naar binnen. Santiago liep een paar meter van de telefooncel vandaan, alsof hij zich schaamde voor wat hij aan het doen was.

Hun laatste telefoongesprek was een drama geweest. Ook toen had hij vanuit een telefooncel gebeld, vlak bij het huis in de Vía Layetana. Toen Montse eindelijk aan de lijn kwam, was het bijna tien uur 's avonds en had Santiago al vier uur voor haar huis staan wachten. Het was begin december, vochtig en koud, en hij was tot op het bot verkleumd. Toen hij eindelijk haar stem hoorde, wist hij van de zenuwen niets meer uit te brengen. Uiteindelijk probeerde hij zich te vermannen.

'Met Santi,' zei hij met onvaste stem.

'Dat wist ik al. Wat wil je?'

'Ik probeer je al de hele middag te bellen.'

'Ik was aan het studeren in de bibliotheek, ik ben net thuis.'

'Lieg niet, Montse, daar kan ik niet tegen.'

'Bel je om me voor leugenaarster uit te maken? Jij hebt wel lef, weet je dat.'

'Nee, ik zeg niet dat je een leugenaarster bent, maar ik sta al vanaf zes uur bij je voor de deur en ik heb je niet naar buiten of binnen zien gaan.'

Een lange, dramatische stilte.

'Denk je nou echt dat ik aan jou verantwoording heb af te leggen?'

'Nee, Montse, daar bel ik niet voor, ik wil alleen zeggen dat ik wegga.'

'Nou, dag dan.'

'Naar Zaragoza.'

Opnieuw stilte.

'Ik ben opgeroepen door het rekruteringsbureau. Ik vertrek overmorgen.' Montse zei nog steeds niets, en dat gaf Santiago moed. 'Heb je al met je ouders gepraat?'

'Met mijn ouders? Waarover zou ik met mijn ouders moeten praten?'

Santiago viel uit: 'Over de baby, verdomme, onze baby.' Hij kreeg niet de kans nog meer te zeggen.

'De baby is mijn zaak, hoor je, mijn zaak alleen.'

'Ik heb er anders ook iets mee te maken, of niet?'

'Dat had je dan maar eerder moeten bedenken.' Montse was bijna in tranen. 'Dan had je die blonde del maar niet moeten gaan staan aflebberen...'

'Ik heb niemand afgelebberd.'

'Lieg niet.'

'Ik lieg niet, Montse, ik zweer het op mijn moeder, bij alles wat heilig is. Ze is een vriendin, meer niet.'

'Zo kus je een vriendin toch niet?'

'Ik heb je al honderd keer gezegd dat we lang geleden iets hebben gehad. Het stelde niets voor, we waren kinderen. Godverd...'

'Hoe heb ik ooit zo stom kunnen zijn!'

'Montse, het kind...'

'Het kind is van mij, hoor je me? Van mij. Vergeet dat je me ooit gekend hebt, vergeet het kind, vergeet alles.'

Toen hoorde hij niets meer en kort daarna klonk er een lange schelle kiestoon die te kennen gaf dat er niemand meer was aan de andere kant van de lijn. Santiago bonkte woedend met zijn hoofd tegen de ruit, zo hard dat het bloed over zijn gezicht drupte. De voorbijgangers op straat liepen in een boogje om de telefooncel heen toen ze de klap hoorden. Hij stond nog steeds verdwaasd met de hoorn in zijn hand. Uiteindelijk kwakte hij het ding tegen de telefoon aan, waarop het doormidden brak. Hij stormde ziedend de cel uit, keek woedend om zich heen. Hij was nog nooit zo vernederd, had zich nog nooit zo machteloos gevoeld. Hij kon niemand slaan, met niemand praten, hij wist niet hoe hij zo veel woede moest kwijtraken.

Guillermo keek ernstig. In zijn hand had hij de muntjes die hij niet had gebruikt.

'Ze is er niet.'

'Is ze er niet of wil ze niet aan de telefoon komen?'

'Wat maakt het uit?'

'Niets, maar ik wil het weten. Wie nam op?'

'Ik weet het niet. Haar zus, denk ik.'

'Wat heb je gezegd?'

'Dat ik een vriend was van de universiteit.'

'En wat zei ze?'

'Dat ze niet in Barcelona was. Ze vroeg mijn naam en telefoonnummer, dan zou ze haar laten terugbellen. Ik heb gezegd dat het niet dringend was, dat ik het zelf nog wel een keer zou proberen.'

Toen ze de Avenida de Skaikima verlieten, maakte het geluid van auto's plaats voor dat van de televisies op de benedenverdiepingen van de huizen. Het was een aangename nacht, op de af en toe opstekende gure februariwind na. Ze bleven op een hoek staan, ver van het centrum. Er reden nauwelijks auto's. In de verte spiegelde de maan zich in het weinige water van de Saguiya. Ze rookten in stilte. Guillermo durfde zijn vriend niet te storen in zijn overpeinzingen.

'Dit was de laatste keer. Ik zweer het je, de laatste keer,' zei Santiago San Román ineens. 'Ik wil niets meer met haar te maken hebben.'

'Is dat niet wat overdreven?'

Santiago leek zijn vriend niet te horen.

'Zo ben ik verdomme nog nooit behandeld. Vanaf vandaag is Montse dood. Voor altijd. Begrepen?'

'Begrepen.'

'Als ik haar naam noem of vraag of je haar wilt bellen of schrijven, dan sla je me de hersens in. Afgesproken?'

'Zoals je wilt.'

'Zweer het.'

'Ik zweer het.'

In een opwelling omhelsde Santiago zijn vriend en drukte hem tegen zich aan. Hij zoende hem op zijn wang.

'Wat doe je nou? Laat me los, man. Straks denken ze dat we flikkers zijn.'

Santiago liet hem los en lachte voor het eerst die nacht.

'Niks flikkers. Vannacht gaan we ertegenaan. Al slapen we in de cel.'

Daar had Guillermo wel oren naar.

'We gaan naar de Oase,' zei hij.

'Bekijk het even. Dat doen we iedere zaterdag. We gaan naar de hoeren. Maar wel klassehoeren.'

'En waar halen we het geld vandaan?'

'Wij zijn verloofden van de dood. Wat nou geld? Rot op met je geld.'[13]

Een patrouilleauto van de Policía Territorial reed de straat in. Meteen verstijfden de legionairs, alsof de Saharawi's hun gedachten konden lezen. De wagen passeerde stapvoets, maar stopte niet.

'Ben jij wel eens daarboven geweest?' Santiago wees naar de stenen huizen.

'Nee, ik ben niet gek. Trouwens, daar zijn geen cafés of hoeren.'

In Zemla, een wijk in het hoger gelegen gedeelte van de stad, woonden op een paar Canariërs na alleen Saharawi's. De buurt werd ook wel 'de stenen huizen' of Hata-Rambla, 'duinenrij', genoemd.

'Ben je dan niet nieuwsgierig?'

'Nee. Jij wel?'

'Kom, we gaan een kijkje nemen. Bij het legioen is iedereen te schijterig om erheen te gaan.'

'En jij niet?'

'Nee, ik niet.'

'Je bent niet goed wijs, vriend, niet goed wijs.'

'Ongelooflijk, ben je nou echt bang?'

'Ik ben niet bang, doe niet zo irritant. Je hebt zelf toch ook de verhalen gehoord.'

'Dat zijn allemaal leugens, man. Ken jij iemand die er wel eens is geweest?'

'Nee.'

'Nou, ik wel.'

'Saharawi's tellen niet, die wonen er. Weet je nog die betogingen? De mensen laten zich hersenspoelen door dat verdomde Polisario. Er zijn twee vrachtwagenchauffeurs ontvoerd. En Eg'jijimat. Daar zijn een heleboel legionairs omgekomen.'

Guillermo's smoesjes vermoeiden Santiago. Al vanaf het eerste moment dat hij door Laayoun had gelopen, had de haveloze wijk zijn nieuwsgierigheid gewekt.

'Dat was allemaal heel ver weg. Dit is de beschaafde wereld. Hier zijn geen verraders. Maar als je het niet zeker weet of als je niet durft...'

'Rot een end op. Ik ga terug naar de Oase.'

Guillermo liep boos weg en zijn vriend kwam hem lachend achterna. Santiago had het gevoel dat hij al zijn hele leven in die stad woonde, hem beter kende dan zijn eigen stad. Hij probeerde zich de buurt voor de geest te halen waar hij vandaan kwam, zijn huis, zijn moeders sigarenwinkel, maar de beelden bleven wazig. Plotseling dacht hij aan Montse en kon zich haar gezicht niet meer voor de geest halen.

Om acht uur 's avonds wemelde de Vía Layetana van de mensen en de auto's. De nieuwe eeuw leek als een race tegen de klok van start te zijn gegaan. Er was geen taxi te krijgen. De winkels waren afgeladen vol, de etalageruiten overtrokken met een waas van damp. Metro-ingang Jaume I braakte mensenstromen uit die terstond naar alle richtingen uitwaaierden. De Barrio Gótico zoog als een droge spons toeristen op. Bij het open- en dichtgaan van winkeldeuren drongen kerstliedjes en vlagen warme lucht door tot op straat. Montse moest wachten tot de mensenmassa de metro uit was voor ze kon doorlopen. Ze liep al meer dan een uur rond en haar voeten deden pijn. Ze wist precies waar ze heen wilde, maar ze stelde het weerzien met de spoken uit haar verleden liever nog even uit.

De woonkamer leek het decor van een horrorfilm. Na tien jaar oogde alles ouderwets en klein. Zelfs de lampen leken een flauw licht te verspreiden. Over de meeste meubels lagen lakens, wat de kamer een lugubere aanblik gaf. Het rook er muf. De opgerolde tapijten wasemden een doordringende vochtgeur uit. De gordijnen zagen er vaal en ouderwets uit. Ze wilde de straat zien en deed de luiken open. De balkondeuren gingen niet open omdat het hout was uitgezet. Er kwam zo veel lawaai van de straat binnen dat het leek alsof je op de begane grond stond. Toen Montse rondgekeken had, voelde ze zich verdrietig. De voorbije jaren had ze zo haar best gedaan niet aan het huis te denken dat het haar nu onwerkelijk toescheen, een nepdecor in fletse kleuren. Ze bedacht hoe lang het geleden was dat ze hier was geweest. Dat was gemakkelijk uit te rekenen. De laatste keer was na haar moeders dood, op de kop af tien jaar geleden. Ze trok de lakens van de meubels en legde ze op een fauteuil. Toen ze het dressoir vrijmaakte, zag ze zichzelf in de spiegel en schrok. Ze voelde zich niet op haar gemak, een indringer die door een gaatje in de tijd een heiligdom was binnengeslopen. Hoe vaak had ze niet voor het weggaan voor die spiegel haar diadeem opgezet? Haar kraag goed gedaan, haar pony gladgestreken? Of gewoon goedkeurend naar zichzelf gekeken, een mooie jonge meid vol plannen en woede. Ze sloot haar ogen en stootte in haar zenuwen een van de fotolijstjes om. Het dressoir leek wel een altaar, zo vol stond het met foto's. Ze bekeek ze. Daar stonden haar vader, haar moeder, haar grootouders, haar zus, haar zwager, haar twee nichtjes. Haar dochter. Ze pakte de foto van haar dochter op haar eerste communie. Ze voelde niets. Ze glimlachte teleurgesteld toen ze vaststelde dat haar moeder geen enkele foto van haar had. Ze keek zichzelf strak aan in de spiegel en probeerde zich ervan te overtuigen dat het haar niets deed. Toen draaide ze zich om en keerde haar spiegelbeeld de rug toe.

Haar slaapkamer was nog exact zoals ze zich herinnerde. Toen ze op haar oude bed ging zitten, overviel haar een bitter gevoel van heimwee. Huilen zou niet lukken, dat kon ze al ruim drie maanden niet meer. Ze liet zich achterovervallen met haar hoofd op het kussen en legde haar voeten op de sprei. Daar had haar moeder altijd zo'n hekel aan, schoot het door haar hoofd. Met een glimlach bedacht ze wat ze zou zeggen als ze haar nu zou kunnen zien. Ze herkende iedere barst in het plafond, alsof ze die de afgelopen twintig jaar nog iedere dag had gezien. In het licht van de luchter in het midden van de kamer kwamen ze tot leven: een hoge hoed bij het balkon; een slak in het midden; een zijaanzicht van de Caudillo. Ze lachte ontroerd. Haar geheugen bleef beelden en sensaties oproepen, ze kon ze niet tegenhouden. Ze sloot glimlachend haar ogen en beeldde zich in dat de tijd niet was verstreken, dat ze weer achttien was en haar leven nog niet ontspoord. Het straatrumoer drong beetje bij beetje haar dromen binnen en had het effect van een krachtig slaapmiddel.

Ze schrok wakker. Ze had gedroomd dat de telefoon ging en niemand opnam. Met ingehouden adem probeerde ze droom van werkelijkheid te onderscheiden. Ze had geen idee hoe lang ze had geslapen. De telefoon rinkelde nog na in haar hoofd, maar het was niet echt. Even dacht ze dat Mari Cruz de deur zou opendoen om op kribbige toon te zeggen: 'Juffrouw, telefoon voor u.' Maar de deur ging niet open, kon helemaal niet opengaan. De telefoon was al tien jaar afgesloten. Zij was inmiddels de veertig gepasseerd en doden konden niet zomaar opstaan uit hun graven alsof er niets was gebeurd. Ze ging zitten en haalde een sigarendoosje uit de la van het nachtkastje. Ze zette het op bed en pakte er een haarspeld uit, een luciferdoosje, oude postzegels, een muntje van vijf peseta, een museumkaartje, een lippenstift. De brieven waren samengebonden met een rood lint.

Zo had ze ze gevonden in het juwelenkistje van haar moeder. Ze wist het nog precies. Zij en haar zus tegenover elkaar aan tafel, het juwelenkistje als een net opgegraven doodskist tussen hen in. Ze waren geen van beiden van plan om hun moeders juwelen te dragen, maar ze waren te waardevol om ze in het huis achter te laten. Uiteindelijk maakte haar zus het kistje open en legde de juwelen als een professioneel taxateur op twee hoopjes. Ze had de stukken zo vaak gezien dat ze blind kon opsommen wat er in de kist zat en wat alles waard was. Toen ze het laatste parelsnoer tevoorschijn haalde, zei ze met een blik in de kist: 'Ik vrees dat dit van jou is.'

Montse keek haar wit weggetrokken aan, alsof ze de perfect geconserveerde vinger van een of andere heilige te zien zou krijgen. Ze tastte met haar hand in de kist en haalde er een pak brieven met een rood lint uit. 'Dit is niet van mij,' zei ze zonder opkijken.

Haar zus leunde achterover en stak een sigaret op. 'Nu wel.'

Er liep een rilling over Montses rug. Ze trok het lint los en zag haar eigen naam en oude adres in de Vía Layetana. De enveloppen waren vergeeld van ouderdom. Er zaten postzegels van drie cent met de kop van Franco op, en het waren er in totaal een stuk of vijftien, twintig, zo schatte ze. Ze begreep er niets van. Ze legde ze in een waaier op tafel. Ze waren allemaal ongeopend. Ze pakte er een, draaide hem om en bekeek de afzender.

De brief viel uit haar handen. Haar zus keek onbewogen toe, toonde geen verbazing. Ze draaide alle brieven om. Op allemaal stond dezelfde afzender: Santiago San Román Chacón, Vierde Regiment Alejandro Farnesio, Laayoun, Westelijke Sahara. Eerst kreeg ze het bloedheet, toen begon ze te trillen. Het was alsof de doden uit hun graven herrezen om haar pijn te doen. Ze keek naar haar zus, maar Teresa had al die tijd geen spier vertrokken. Het was niet Santiago's handschrift, dat wist ze zeker.

'Wat heeft dit te betekenen? Je gaat me toch niet vertellen dat jij afwist van deze brieven?'

Teresa gaf geen antwoord en streelde haar moeders juwelen alsof ze een kat aanhaalde. Uiteindelijk zei ze: 'Ja, Montse, ik wist ervan. De conciërge heeft er ook een paar aan mij gegeven. Andere zijn meteen bij mama terechtgekomen. Ik wist alleen niet dat ze ze al die tijd had bewaard.' Montse was stil. Het voelde niet als verraad, daarvoor was het te lang geleden, maar ineens bekeek ze haar zus als een vreemde. Ze keek naar de poststempel. De brieven waren geordend op chronologische volgorde: van december '74 tot februari '75. Ze durfde ze ten overstaan van haar zus niet open te maken. 'Jij zat in Cadaqués, vanwege je weet wel. Steeds als er zo'n brief aankwam, brak thuis de hel los.'

'Ja, maar je hebt het altijd...'

Teresa sloeg met haar hand op tafel, de twee juwelenbergjes zakten in elkaar. 'Nee, Montse, niks ik heb altijd dit of ik heb altijd dat. Jij mag door een hel zijn gegaan, maar ik heb ook mijn portie gehad,' zei ze woedend, 'en ik heb daar niets voor hoeven doen. Nou moet je eens naar me luisteren, in plaats van boos te worden alsof jij de heldin van het drama bent. Terwijl jij in Cadaqués zat om de schande van je moeder verborgen te houden, zat ik dag in dag uit met haar opgescheept. Dag in dag uit, hoor je me? Na iedere brief, na ieder telefoontje reageerde ze haar woede op mij af. Ík moest altijd op eieren lopen om niet op te vallen; ík ging altijd om negen uur naar bed om te ontsnappen aan haar rotkarakter; ík ging niet meer met vriendinnen uit omdat ik dan haar toestemming niet hoefde te vragen.

Kotsbeu was ik het gefoeter, de onterechte verwijten. Kotsbeu was ik het om de ideale dochter te spelen die moest boeten voor de zonden van haar zus.' Ineens stopte ze, met vertrokken gezicht, haar woede verbijtend. Montse was met stomheid geslagen. Ze had haar zus nog nooit in deze toestand gezien; buiten zichzelf, geïrriteerd, razend. Het leek haar belangrijker dan de brieven zelf. Teresa, het jongere zusje, had altijd de rol van oudste zus gespeeld. Ze was altijd als buffer opgetreden tussen haar moeder en haar. Op dramatische momenten bleef Teresa verstandig, beheerst, kalm. Nu ze haar zo zag voelde Montse de grond onder zich wegzinken. Ze keken elkaar een hele tijd aan, tot ze hun kalmte hervonden.

'Kies maar,' zei Teresa.

'Wat?'

'Welke van de twee wil je hebben.'

'Kunnen we niet beter loten?'

Teresa pakte een blaadje uit haar agenda en scheurde het in vieren. Ze krabbelde er twee cijfers op, maakte propjes en liet Montse er een kiezen. Vervolgens liet ze haar deel van de juwelen in een zakdoek glijden, knoopte hem dicht en deed hem in haar tas. Ze stond op. Montse voelde zich ongemakkelijk. Ze durfde niets meer te vragen.

'Ga je mee?' vroeg Teresa.

'Ik blijf nog even.'

'Vergeet de schakelaar niet wanneer je weggaat. En afsluiten met allebei de sleutels.'

Ze had ze meerdere keren gelezen en daarna hadden de brieven tien jaar met een rood lint eromheen in de lade gelegen van het nachtkastje in haar moeders huis. En nu waren ze daar weer, als oude, vergeelde fantomen uit een andere tijd. Ze trok het lint los en spreidde ze uit op het bed. Ze pakte er lukraak een tussenuit en maakte hem open. Hoe lang het inmiddels ook geleden was, ze herinnerde zich iedere zin als de dag van gisteren. Het was niet Santiago's handschrift, wist Montse, maar het leken wel zijn woorden. Waarschijnlijk had een vriend ze voor hem geschreven. In de meeste enveloppen zat ook een foto. Ze leken allemaal op elkaar: Santiago in legeruitrusting voor een tank; in een legertruck; met een wapen aan zijn schouder; terwijl hij de eed aflegt. Ze had het gevoel dat ze hem een maand geleden nog had gezien. Jarenlang had ze iedere nacht van dat gezicht gedroomd, tot ze er gek van werd.

Nu herinnerde ze zich details, gebaren, geuren waarvan ze dacht dat ze ze vergeten was. Even hoorde ze het driftige tikken van Mari Cruz's hakken op het parket. Een geluid dat net zozeer bij haar jeugd hoorde als het uitzicht vanaf het balkon van haar slaapkamer. Op die warme avond in juli had ze het gehoord, op en af door de gang, terwijl zij op haar bed zat te wachten en nagelbijtend van de zenuwen deed alsof ze las. Het was de eerste keer dat ze spijbelde. Ze was 's ochtends naar de Academia Santa Teresa gegaan, maar na de lunch had ze tegen Mari Cruz gezegd dat ze zich niet lekker voelde, dat ze vreselijke hoofdpijn had. Ze had gevraagd haar meteen te waarschuwen als er voor haar werd gebeld. Maar de uren gingen voorbij en niemand belde. Montse wist niet zeker of ze in haar slaapkamer de telefoon kon horen: daarom luisterde ze gespannen naar de voetstappen van de dienstmeid, alert op ieder geluid, iedere beweging. Door de openstaande balkondeuren hoorde ze de kerkklokken van de Barrio Gótico de uren wegslaan. Ze kon aan niets anders denken dan aan de jongen die haar de avond tevoren had thuisgebracht. Nu vond ze dat ze wel erg koeltjes was geweest bij het afscheid. Misschien had ze meer moeten zeggen toen ze haar telefoonnummer had gegeven. Misschien had ze hem verkeerd ingeschat, zijn donkere, mysterieuze blik verkeerd geïnterpreteerd. Misschien kon Santiago San Román alle meisjes krijgen, hoefde hij ze alleen maar net als haar een lift te geven in zijn witte cabrio. Geplaagd door twijfel en onzekerheid zocht ze in het telefoonboek de achternaam San Román op. Niet dat ze zou durven bellen, maar ze vond het een geruststellend idee te weten waar ze hem kon vinden. Af en toe schrok ze op van Mari Cruz's voetstappen. Minstens tien keer ging ze nerveus het balkon op. Misschien zat hij haar nu wel uit te lachen. Hij had natuurlijk een vriendin en had alleen zijn vriend Pascualín willen laten zien hoeveel succes hij bij de meisjes had. Misschien had ze hem niet moeten kussen. Misschien had ze zich moeten laten kussen. Naarmate de middag vorderde werd ze steeds meer een slaaf van haar eigen zenuwen. Ze was woedend op zichzelf wanneer ze eraan dacht dat ze vanwege die huichelaar niet naar de les was gegaan, en ze kon die minkukel die haar had willen imponeren maar niet uit haar hoofd zetten. Maar toen ze Mari Cruz's hakken sneller dan normaal hoorde naderen en stilhouden bij haar deur, en er zacht werd geklopt en een stem zei: 'Juffrouw Montse, telefoon,' was haar hart bijna uit haar lijf gesprongen. Ze sprintte als een waanzinnige naar de woonkamer, deed de deur dicht en pakte buiten adem met twee handen de hoorn op.

'Met Santiago San Román,' hoorde ze aan de andere kant van de lijn. 'Van gisteravond, weet je wel.'

'Santiago San Román?' Ze deed haar best zo natuurlijk mogelijk te klinken. Er viel een pijnlijke stilte, alsof er sprake was van een misverstand.

'Ik heb je gisteren thuisgebracht. En toen heb je me je telefoonnummer gegeven. Nou ja, gegeven, ik vroeg erom...'

'Ah, de jongen met de witte cabrio.'

Santiago's stem stokte. 'Ja, die, dat ben ik. Santiago. Ja. Ik vroeg me af of je zin had om iets te gaan doen?'

'Iets? Wat is iets?' Montse wilde niet gemeen doen, maar ze kon niet anders.

'Gewoon, iets, waar je zin in hebt. Iets drinken of zo.'

'Je vriend, jij en ik?'

'Nee nee. Alleen jij en ik. El Pascualín is aan het werk.'

Montse dwong zichzelf tot zeven te tellen voor ze antwoord gaf. 'Ik moet studeren. Ik lig heel erg achter met mijn Duits.'

Daar had Santiago niet van terug. 'O. Jammer. Dan bel ik een andere keer terug.'

Montse slikte en deed iets wat tegen haar principes indruiste. 'Wacht. Waar ben je nu?'

'In een telefooncel voor je huis.'

'Blijf daar, ik kom eraan.'

Dat was de laatste keer dat Montse naar de Academia Santa Teresa ging. Daarna werd het van zomer ineens lente, veranderden haar boeken in droogbloemen en de verstikkende hitte in een licht briesje dat maandenlang aangenaam op haar huid bleef kriebelen, zelfs nog toen de koude, vochtige zeelucht de Ramblas op sloop en bezit nam van de stad.

Montse had nog nooit zo'n dieprode lucht gezien als die avond. Santiago San Román droeg hetzelfde smetteloze overhemd als de dag ervoor, de mouwen opgerold tot boven zijn ellebogen. Hij leek langer, donkerder, knapper. Het had een uur geduurd voor ze eindelijk klaar was en naar beneden kwam, maar hij had er niets van gezegd: hij was niet van zijn plek bij de telefooncel geweken. 'Waar wou je me mee naartoe nemen?' zei Montse uitdagend toen ze voor hem stond. 'Heb je zin om een blokje om te lopen?' 'Te voet?' Die vraag had hij niet verwacht. 'Heb je je auto niet bij je?' Santiago werd rood. Voor het eerst leek hij kwetsbaar. Hij pakte Montses hand en ze liepen als een stelletje over straat. 'Ik ben niet met de cabrio,' zei hij terwijl hij het portier van een gele Seat 850 opendeed. 'Hij staat in de garage.' Montse stapte zonder iets te zeggen in. De auto rook naar sigaretten en smeer.

In de Seat, met de raampjes naar beneden voor verkoeling, voelde Montse zich net zo goed als de avond tevoren in de witte cabriolet. Ze wierp een steelse blik op Santiago, die aan het stuur zat alsof hij zijn hele leven niet anders gedaan had. Ze reden door de Barrio Gótico naar de Ramblas. San Román stapte uit en haastte zich om haar portier open te doen. Ze kon niet verbergen hoe leuk ze het vond dat hij zo attent was. Santiago wees naar een café en liet haar voorgaan. Montse kende de plek, maar ze was er nooit binnen geweest. Ze namen plaats aan de bar en Santiago bestelde zonder te vragen wat ze wilde twee biertjes. Hij voelde zich duidelijk op zijn gemak in deze omgeving, leek in zijn element. Montse was minder ontspannen. Ze had het gevoel dat iedereen op haar lette: de obers, de klanten, de mensen die langs de grote glazen ruiten liepen. Ze bedacht wat haar vriendinnen zouden zeggen als ze haar nu konden zien. Ze hoorde amper wat Santiago zei, die honderduit praatte en haar niet de kans gaf te reageren. Terwijl ze voor het eerst in haar leven bier dronk, probeerde Montse te raden wat er schuilging achter de woordenvloed van deze jongen. Ze dronk van haar bier alsof ze het bittere goedje heerlijk vond. Ze nam een sigaret aan en rookte zonder inhaleren om niet te hoesten. Alles was magisch aan die avond. Ze liet Santiago praten en vroeg niets. Toen ze rond tien uur 's avonds afscheid namen, liet Montse zich kussen. Voor het eerst huiverde ze onder de aanrakingen van een jongen. Ze stapte uit de auto met de smaak van bier, sigaretten en Santiago nog in haar mond. Ze was duizelig. Toen ze de voordeur opendeed zag ze San Románs spiegelbeeld in het hek: hij stond haar tegen de auto geleund na te staren, en ze dacht te zien dat hij glimlachte. Ze nam zich voor nooit meer bij hem in de auto te stappen, nooit meer met hem af te spreken. Over deze avond kon ze het nog maanden met haar vriendinnen hebben. Geen van hen had ooit zoiets meegemaakt. Toen ze voor de laatste keer omdraaide om gedag te zeggen, moest ze haar ogen halfdicht knijpen, zo knap was hij, zo charmant, zo indringend keek hij haar aan.

Nog vóór acht uur 's ochtends stond Montse bij de schoenwinkel op de hoek van de Vía Layetana uit te kijken naar Santiago's gele auto. Hij kwam in een rode. Toen ze de avond ervoor de huisdeur had opengedaan, had het dienstmeisje gezegd dat er telefoon voor haar was. Het was Santiago, vanuit de cel aan de overkant. 'Gaan we met elkaar?' vroeg hij onomwonden.

Montse sidderde over haar hele lijf. Ze voelde zich dronken van geluk. 'Ja,' antwoordde ze zo koel mogelijk.

'Dan wacht ik morgenochtend om acht uur op je bij de schoenwinkel op de hoek.'

Ze zei niets; ze hing op. Ze wist dat het niet eenvoudig zou zijn om die jongen te vergeten.

Haar boeken en map hield ze als een kussen tegen haar borst geklemd. In haar etui zaten behalve pennen ook lippenstift en mascara. Thuis had ze haar lippen niet durven te stiften. Ze was zo zenuwachtig dat ze tegen de etalage van de schoenwinkel moest leunen om het trillen van haar benen te laten ophouden. Ze besefte dat ze het verkeerd aanpakte, dat ze hem had moeten laten smeken, maar ze kon haar impulsen niet de baas. Toen ze een rode auto hoorde toeteren en Santiago's hoofd uit het raampje zag, stak ze haastig en zonder uitkijken over. Ze trok het achterportier open, gooide haar boeken op de achterbank en ging voorin zitten.

'Is deze ook van je vader?' Ze bedoelde er niets mee, maar Santiago bloosde, in verlegenheid gebracht. Montse gaf hem een vluchtige kus op zijn mond.

'Wat heb je daar?' vroeg hij.

'Mijn schoolboeken. Dan hebben ze thuis niet door dat ik niet naar de les ga.'

Santiago lachte. 'Slimme meid.'

'Hoef je vandaag niet te werken?' vroeg Montse, dit keer wel degelijk met een vileine ondertoon, maar Santiago had het niet in de gaten.

'Ik heb vakantie.'

Op die drukkende ochtend in juli struinden ze heel Barcelona af. Naarmate de uren verstreken zette de zon de kleuren van de straten en gebouwen in brand. Santiago had geen haast, hij zat aan het stuur alsof hij ergens aan de bar zat. Die dag voerde Montse het woord. Ze was extatisch. Alles trok haar aandacht: de sirene van een ziekenwagen, een zwerver op het zebrapad, een verliefd stel, een man die op haar oom leek. Santiago luisterde glimlachend zonder haar te onderbreken. Ze doorkruisten de stad van noord naar zuid en weer terug. Ze dronken iets op een toeristenterrasje. Toen Santiago voorstelde naar het attractiepark te gaan, kon Montse haar enthousiasme niet bedwingen.

Vanaf het uitzichtspunt op de Mont Juic overzag ze de haven als een keizerin haar imperium. Voor het uitstappen had ze in de achteruitkijkspiegel haar lippen gestift en haar ogen opgemaakt. Alles ging te snel om na te denken. 'Je lijkt wel een prinses,' zei Santiago San Román. Montse kreeg een week gevoel in haar maag. Toen hij haar in zijn armen nam liet ze hem begaan, en terwijl haar blik over de schepen gleed, dacht ze aan de jongens die ze tot dan toe had gekend. Geen van hen leek op Santiago. Nu vond ze hen kinderachtig, onvolwassen. Hij drukte haar stevig tegen zich aan. Als ze niet zo had staan beven, zou ze hebben gedacht dat het een droom was. Maar het was geen droom. Niemand kon begrijpen wat ze op dat moment voelde. Even zag ze het huisje in Cadaqués voor zich. Nu vond ze dat ze er al die zomers haar tijd had verdaan, denkende dat het daar allemaal gebeurde.

'Kun je zwemmen?' vroeg ze uit het niets.

'Nee, ik heb nog geen tijd gehad om het te leren. Jij?'

'Ik ook niet,' loog Montse.

Ze namen een suikerspin in het attractiepark. Ze waagden een kans in de schiettent en gingen in de botsauto's. Als een verliefd stel slenterden ze tussen de attracties. Santiago stelde iets voor en Montse liet zich leiden. In de achtbaan hielden ze elkaar zo stevig vast dat ze na afloop stramme armen hadden. Ze gingen op in de menigte, deden hun best niet op te vallen tussen de weinige toeristen. Montse kon van de zenuwen niet stoppen met praten. 'Ik heb zin om te roken,' zei ze. En Santiago haastte zich naar een kiosk om een pakje Chesterfield te kopen. Bij het afrekenen haalde hij iedere keer een pak honderdjes tevoorschijn, dat hij hanteerde als een bankbediende.

'Ben je echt rijk?'

'De rijkste man ter wereld. Ik heb jou toch?'

Om twaalf uur belde Montse naar huis om te zeggen dat ze bij Nuria bleef eten. 'Moet jij je ouders niet bellen?'

'Nee. Ik hoef me niet te verantwoorden. Ik kan gaan en staan waar ik wil.'

'Heb jij even geluk.' Ze lunchten in een duur restaurant. De hele dag deed Santiago zijn uiterste best om het Montse naar de zin te maken. Toen ze eenmaal thuis, met haar boeken tegen de borst geklemd de voordeur openduwde, duizelde alles om haar heen. Ze draaide zich om om afscheid te nemen, en merkte hoe hij haar zachtjes de hal in duwde.

'Wat doe je?'

'Wat denk je?' Ze kusten. Voor het eerst voelde Montse handen op plaatsen waar nooit iemand was geweest. Haar boeken vielen met een harde klap op de grond. Pas na een hele tijd wist ze zichzelf ertoe te brengen naar boven te gaan. Ze was doodop, maar kon de slaap niet vatten. Ze wilde eerst haar tanden niet poetsen om Santiago's kus zo lang mogelijk op haar lippen te proeven, maar ze vond de sigarettensmaak uiteindelijk ondraaglijk. Ze schreef in haar dagboek. Dagdroomde. 's Ochtends hield haar maar één ding bezig: dat haar ouders niets zouden merken.

Die ochtend vroeg belde Montse haar vader. Ze kreeg ook haar zusje Teresa en haar moeder aan de lijn. Ze vertelde hoe saai de lessen op de academie waren. Dat ze zin had om naar Cadaqués te komen. En stond klokslag halftien nerveus met haar boeken op de hoek voor de schoenenzaak. Die dag kwam Santiago met een witte auto, maar niet de cabriolet. Montse stapte routineus en glimlachend in, blij om weer bij hem te zijn. 'Ik geloof er niks van dat je bij een bank werkt en dat je vader de directeur is.' Hij gaf nerveus gas en voegde in. 'Santi, je liegt tegen me. Ik heb nog nooit tegen je gelogen.'

'Ik ook niet, Montse, ik ook niet. Ik lieg niet, echt niet.'

Ze zag hoe nerveus ze hem maakte. Ze leunde tegen de hoofdsteun en legde zacht haar hand op zijn been. 'Hé Santi, ben je op veel meisjes verliefd geweest?'

Santiago San Román glimlachte, probeerde zijn kalmte te hervinden. 'Nog nooit zoals op jou, schoonheid.'

Voor Montse was het alsof het bloemblaadjes regende. Ze sidderde en voelde haar knieën knikken. 'Je liegt dat je zwart ziet,' zei ze en ze kneep in zijn been, 'maar ik vind het wel leuk.'

'Ik lieg niet, dat zweer ik je. Ik zweer het op...'

De woorden bestierven op zijn lippen. Te oordelen naar de frons op zijn gezicht schoot er een donkere gedachte door zijn hoofd.

Een week lang reden Montses schoolboeken iedere dag op een andere achterbank. Ze voelde zich alsof ze van bovenaf op de wereld neerkeek. Ze zweefde boven de stad en daalde pas neer wanneer ze thuiskwam. Iedere avond voor ze uiteengingen, nam Santiago haar mee achter de wenteltrap. Daar gleden zijn handen over haar lijf. Ze kusten tot ze er buikpijn van kregen. Ze wilde duizend dingen vragen, maar was bang de betovering te verbreken. Het was duidelijk wat Santiago's achtergrond was. Hij praatte als een *charnego*, handelde impulsief, sprak zichzelf tegen. Al probeerde hij zijn handen te verbergen, zijn kapotte, zwarte nagels deden eerder denken aan een bankwerker dan aan een kantoorklerk. Maar als Montse erover begon, zat hij zo met de situatie verlegen dat ze hem niet verder wilde kwellen. Eenmaal thuis probeerde ze liggend op haar bed wat meer afstand te nemen van de dingen. Iedere nacht nam ze zich voor het er de eerstvolgende keer met Santiago over te hebben, maar als het zover was krabbelde ze terug, omdat ze bang was om hem weg te jagen.

Nu ze bijna zesentwintig jaar later op hetzelfde bed lag, was het net alsof ze nog steeds over hetzelfde probleem lag te piekeren. De foto's van Santiago in legeruitrusting hadden de klok stilgezet. Ze had het gevoel dat ze hem een paar uur eerder nog in de ogen had gekeken. Ze bekeek haar handen en voelde zich oud. Het was alsof ze een dode opgroef. Ze haalde de foto die ze in het ziekenhuis had gevonden tevoorschijn en legde hem op de sprei, naast de andere foto's. Het was Santiago San Román, zonder meer. Ze probeerde zich te herinneren hoe ze zich had gevoeld toen ze hoorde dat hij dood was. Ze zag het gezicht van de eigenaresse van de sigarenwinkel en haar man weer voor zich. Zou het Santiago's idee zijn geweest? Wilde hij wraak nemen door zijn eigen dood in scène te zetten? Was het een macabere grap, of een gerucht dat niemand de moeite had gevonden om na te trekken? Montses ogen brandden van het turen naar de foto's. Ze besloot te doen wat ze de hele dag al van plan was en pakte haar gsm uit haar tas. Ze zocht een haastig neergekrabbeld nummer in haar agenda en draaide het, haar maag week van de zenuwen. Ze had het gevoel dat ze een grafzerk optilde om te zien of het lijk er nog lag. Ze wachtte ongeduldig terwijl de telefoon overging. Een gebroken mannenstem nam op.
'Spreek ik met de heer Ayyach Elbachir?'
'Wie is dit?'
'U spreekt met dokter Montserrat Cambra. Is de heer Ayyach Elbachir er?'
'Dat ben ik. Ik ben Ayyach Elbachir.'
'Ik bel u vanuit het Santa Creu-ziekenhuis.'
'Het ziekenhuis? Is er nog iets gebeurd?'

'Niets, maakt u zich geen zorgen, er is niets gebeurd. Ik bel over uw vrouw.'

'Mijn vrouw is dood. We hebben haar eergisteren begraven.'

'Dat weet ik, meneer Elbachir. Ik ben degene die haar dood heeft vastgesteld.'

Het was stil aan de andere kant van de lijn. Montse voelde zich opgelaten. Ze haalde diep adem voor ze verderging.

'Ik bel om te zeggen dat er iets is achtergebleven in het ziekenhuis toen u de persoonlijke eigendommen van uw vrouw hebt meegekregen. Een foto. Ik zou u die graag persoonlijk terugbezorgen en even met u praten.'

'Een foto? Welke foto?'

'Een van de foto's die uw vrouw in haar tas had zitten.'

'Die hebben ze me in het ziekenhuis al meegegeven.'

'Het spijt me dat ik aandring, maar er was er een weggeraakt,' zei Montse zo stellig mogelijk. 'Ik weet dat dit niet het beste moment is, maar als u het goedvindt, kan ik met u afspreken om u de foto terug te geven. Als u wilt, kom ik hem brengen.'

Opnieuw stilte en wachten.

'Bij mij thuis? Hoe zei u dat u heette?'

'Montserrat Cambra. Uw adresgegevens zitten hier in het systeem. Ik heb ze nu voor me liggen,' loog ze weer. 'Carrer de Balboa. Dat klopt, nietwaar?'

'Ja, daar woon ik.'

'Nou, als u het niet erg vindt...'

'Ik vind het niet erg. Het is heel vriendelijk van u.'

Montse haalde opgelucht adem. Het was alsof iemand haar uit het drijfzand trok.

'Dan kom ik morgen even langs. Als dat uitkomt.'

'Dat is goed. Wanneer u wilt. U bent welkom.'

Montse hing op en stopte haar telefoon in haar tas. Ze bond het rode lint om de brieven en legde ze terug. Toen ze haar hand in de la stak, voelde ze iets. Het was een zwart uitgeslagen zilveren ring. Ze haalde hem eruit en hield hem als een prisma tegen het licht. Haar hart begon weer sneller te slaan en opgelucht stelde ze vast dat er een traan over haar wang liep en in haar mondhoek gleed.

Begin maart heerst er midden op de dag een brandende hitte in de vluchtelingenkampen. Het temperatuurverschil tussen de kamers en de binnenplaats van het ziekenhuis is behoorlijk groot. De vreemdelinge geniet ervan te zien hoe alles in het zonlicht baadt. Ze voelt de aangename warmte op haar huid. Zodra de gure ochtendwind opsteekt, begint ze langzaam aan haar toilet, volgens een vast stramien dat veel weg heeft van een ritueel. Ze heeft geleerd zich met amper een liter water van top tot teen te wassen. Ze neemt er de tijd voor, alsof ze zich klaarmaakt voor een belangrijke plechtigheid. Ze doet er meer dan een uur over. Haar bewegingen zijn traag en ze wordt snel moe. Haar arm optillen bij het kammen vergt al een enorme inspanning. Pas als ze eindelijk is aangekleed, gaat ze op een stoel zitten en kijkt in de spiegel. Ze herkent zichzelf niet. Hoewel ze er beroerd uitziet, bestudeert ze geamuseerd die onbekende in de spiegel. Haar haar is dor, haar huid verbrand, ze heeft zweren op haar gezicht, gesprongen lippen, bloeddoorlopen ogen. Ze is veel afgevallen. Toch voelt ze zich goed. Alles om haar heen voelt vertrouwd: de schilfers aan het plafond, het raampje, het matrasloze bed tegenover het hare, het metalen nachtkastje dat ooit wit moet zijn geweest. Het is de derde dag achtereen dat ze, nadat ze zich eerst heeft laten bekoren door de leegte in de gigantische kamer, op weg gaat naar de binnenplaats. Ze kent de weg. Vandaag hoeft er niemand mee. Ze schrikt even van de verlaten gangen. Maar er hangt er een vertrouwde geur. Ze voelt zich thuis.

Zodra ze de binnenplaats betreedt komt er een verpleegster naar haar toe. Ze kent haar, maar is vergeten hoe ze heet. Dankbaar aanvaardt ze de stoel die haar wordt aangeboden, dezelfde als de afgelopen twee dagen. De verpleegster spreekt alleen Arabisch, maar ze begrijpt dat ze haar goedendag wenst en vraagt hoe ze zich voelt. De Saharawi is al even opgetogen als zij zelf. Ze lacht constant. Aan de overkant zwaait een jongen wiens naam ze zich evenmin voor de geest kan halen. Ze weet zelfs niet zeker of ze hem ooit eerder heeft gezien, al komt hij haar vaag bekend voor. Ze gaat zitten, doodmoe van het aankleden en de wandeling. De zon doet haar goed. Nog twee uur en dan is het te warm om hier te zitten. Ze doet haar ogen half dicht. De wind is gaan liggen. Ze probeert zich te herinneren wat voor dag het is. Ze heeft het gisteren aan Leila gevraagd, maar is het alweer vergeten. Opeens schiet haar de maand te binnen: maart. Vandaag zat Leila voor het eerst niet aan haar bed toen ze haar ogen opendeed. Dat was vreemd. Ze is zo aan haar gewend geraakt dat ze haar mist. Ze sluit haar ogen en dommelt in.

Voor de zoveelste keer wordt ze door iemand uit haar nachtmerrie gered. De schorpioen in haar hals staat op het punt haar te steken, wanneer ze een koude hand op haar gezicht voelt. Het is Leila, glimlachend als altijd. Ze draagt geen verpleegstersjas, en dat bracht haar even in de war.

'Ik heb gehoord dat je je zelf hebt aangekleed.'

'Helemaal zelf. En ik ben hierheen gewandeld.'

Leila is blij met het nieuws. Ze gaat op haar hurken zitten en pakt haar hand.

'Ik had er wel bij willen zijn.'

'Morgen. Beloofd. Waar ben je geweest?'

Het gezicht van de verpleegster betrekt. Ze lijkt haast beledigd.

'Dat heb ik gisteren toch verteld. Weet je het niet meer?'

Leila's teleurstelling steekt Montse aan. Ineens voelt ze zich nutteloos, een last. De hiaten in haar geheugen verontrusten haar. Ze vindt het eng dat ze dingen niet onthoudt en dat ze zich alleen losse zinnen en beelden kan herinneren. Leila probeert haar teleurstelling te verbergen. Ze doet alsof het niet belangrijk is en praat verder alsof ze niets heeft gemerkt: 'Ik ben met de Raad gaan praten. Ze hebben bericht gekregen van Rabouni.'

Montse luistert aandachtig en doet alsof ze alles begrijpt.

'En wat zegt Rabouni?'

'Goed nieuws. Je bestaat weer. Ze hebben de vluchten van de afgelopen maanden nagetrokken en je gevonden. Je stond op de lijst van een vlucht die op 31 januari uit Barcelona aankwam. Montserrat Cambra Boch.'

'Dat zei ik toch.'

'Ja, dat weet ik. Maar het was zo gek dat niemand je als vermist heeft opgegeven.'

Montse kijkt somber.

'Zo gek is dat niet. Ik wilde tegen niemand vertellen dat ik naar de kampen ging. Alleen Ayyach Elbachir wist ervan: hij heeft me geholpen.'

Leila probeert haar verbazing te verbergen. De vreemdelinge blijft haar verrassen.

'De wali zegt dat alles in orde komt. Over tien dagen gaat er vanuit Tindouf een vlucht naar Spanje. Er worden papieren en een paspoort voor je geregeld zodat je weg kunt. Ze hebben ook contact opgenomen met de ambassade in Algerije. Morgen komt er iemand uit Rabouni foto's van je maken en al je gegevens noteren.'

Montse reageert niet. Aan haar gezicht is te zien dat het haar weinig kan schelen. Leila bedenkt hoe weinig ze weet van deze vrouw die toevallig haar pad heeft gekruist. In een reflex legt ze haar hand op haar voorhoofd om te kijken of ze koorts heeft.

'Hoe oud ben je, Leila?' vraagt Montse alsof ze net ontwaakt uit een diepe slaap.

Datzelfde had de verpleegster haar willen vragen zodra de gelegenheid zich voordeed.

'Vijfentwintig.'

'Jeetje, wat jong.'

Leila lacht haar glanzende witte tanden bloot.

'En jij?'

'Vierenveertig.'

'Vierenveertig? Je houdt me voor de gek.'

Montse glimlacht geamuseerd.

'Dat is heel lief van je, maar het is toch echt waar.'

'Waar is je man?'

Het duurt even voor ze antwoordt.

'Ik kan toch ook ongetrouwd zijn?'

'Jawel, ik denk alleen van niet,' zegt Leila eerlijk.

'Hij heeft me een paar maanden geleden laten zitten voor een ander. Een radiologe, jong, mooi en blond. We zijn uit elkaar. We scheiden binnenkort. Blonde vrouwen hebben me altijd ongeluk gebracht.'

Leila kijkt haar ernstig aan, probeert te lezen wat er achter de glinsterende ogen van de buitenlandse schuilgaat. Montse zegt quasi-luchtig: 'Ik kom er wel overheen. Hierna zeker.' Leila glimlacht. 'En jij? Ben jij getrouwd?'

'Nog niet. Ik trouw na de zomer. Ik ben op mijn elfde naar Cuba gegaan en ben zeven maanden geleden teruggekomen.'

Nu probeert Montse op haar beurt die mooie donkere ogen te doorgronden.

'Aza heeft ook op Cuba gewoond,' zegt Montse zonder erbij na te denken.

Leila kent die naam inmiddels goed. Ze gaat op de grond zitten en wacht tot Montse meer vertelt over die mysterieuze vrouw. Maar Montse staart voor zich uit, alsof ze te moe is om verder te praten.

'Bestaat die vrouw echt?' vraagt Leila, bang dat haar vraag haar misschien beledigt.

Montse kijkt naar haar. Leila lijkt op Aza. Misschien was Aza wat donkerder. Maar hun blik straalt dezelfde rust uit.

'Ik weet het niet. Ik weet niets zeker. Soms denk ik dat het allemaal een nachtmerrie is en dat er helemaal niets is gebeurd. Dat het niet echt is, Aza, het vliegtuig, al die mensen die ik steeds in mijn dromen zie. Als mijn lichaam niet zo zwak was, zou ik denken dat ik gek ben geworden.'

'Ik denk niet dat je gek bent. Dat denkt niemand. Maar we maken ons zorgen over die vrouw. Je zei dat je haar hebt zien sterven.'

Montse kijkt de verpleegster verontschuldigend aan.

'Waarom vertel je niet wat je nog weet?' oppert Leila ten slotte. 'Misschien doet het je wel goed.'

'Misschien, maar er zijn zo veel dingen uit mijn geheugen gewist...'

'Weet je nog wanneer je in Tindouf aankwam? Heb je Aza in het vliegtuig leren kennen? Weet je nog iets van de vlucht, van het vliegveld?'

Hoe zou ze het kunnen vergeten? Wat een ervaring. Ze stond als eerste op de passagierstrap. Een kurkdroge wind sloeg haar in het gezicht. Het kostte haar moeite haar longen vol lucht te zuigen en adem te halen. De lucht was loodgrijs. Het leek of ze zou worden weggeblazen en op een van de vliegtuigen zou neerkomen die ze in de verte op de startbaan zag staan. Ze had geen besef van tijd. Het kon 's ochtends of 's avonds zijn, dag of nacht. Alle notie van tijd was vervaagd toen ze voet aan de grond zette. Een soldaat wees hen de weg. Montse had haast, ze wist zelf niet goed waarom. De terminal was een okergeel, koloniaal gebouw. Het was amper tweehonderd meter lopen van het vliegtuig naar de paspoortcontrole. De passagiers verdrongen zich voor de smalle ingang, waar ze onmogelijk met zijn allen tegelijk door konden. Algerijnen sloegen de wachtenden met een grimmige blik gade, geleund tegen de gevel of gehurkt op de stoep. De zwarte en blauwe tulbanden, de jurken, de ondoorgrondelijke gezichten, de legeruniformen, de martiale houding van de douanebeambten en de wapens leverden een lugubere aanblik op. Ze ergerde zich aan de lange, trage rij. Ze kende niemand en had geen zin om een praatje te maken. De tijd kroop voorbij. Ze had het gevoel dat het wachten langer duurde dan de vlucht. Toen een jonge soldaat eindelijk haar paspoort in ontvangst nam, besefte ze dat dit geen toeristische bestemming was. De soldaat bekeek honderd keer opnieuw haar pasfoto om zeker te weten dat het gezicht op de foto toebehoorde aan de vrouw aan de andere kant van het glas. Vervolgens vergeleek hij de gegevens die Montse voor de Algerijnse politie had ingevuld met die in het paspoort. Hij stipte de puntjes op de i aan, de komma's, de streepjes. Sommige cijfers zette hij wat extra aan om verwarring uit te sluiten. Meer dan twintig spannende minuten gingen voorbij, hij zei geen woord, keek alleen, en ze had geen idee wat er door zijn hoofd ging.

Toen ze met haar koffer in de hand de parkeerplaats opliep, was ze doodop. Ze werd nerveus van de stemmen van de andere Spanjaarden, de bergen rugzakken, het heen en weer geren. Ze zocht in haar tas het papiertje waarop ze de naam had geschreven van degene die haar kwam ophalen. Het zou in deze drukte niet gemakkelijk zijn om haar te vinden. De Saharawi's die uit Barcelona waren gekomen verdeelden de reizigers over twee vrachtwagens en een bus. Beetje bij beetje loste de drukte voor de ingang van het vliegveld op. De buitenlanders zaten al in de voertuigen te wachten. Een Saharawi die bij een van de vrachtwagens stond riep: 'Mevrouw, gaat u niet mee?' Montse schudde van nee. De Saharawi leek geïrriteerd. Hij hield op met waar hij mee bezig was en kwam naar haar toe.

'Ik wacht op iemand,' legde Montse uit voor hij iets kon vragen.

'Wordt u opgehaald?'

'Ja, ik word opgehaald.'

'Naar welk kamp gaat u?'

Montse gaf hem het papier met de gegevens. Voor haar leken alle plaatsnamen op elkaar.

De Saharawi ontcijferde het handschrift. 'Dat is heel ver van het onze. Wij gaan naar Dakhla. U kunt mee, dan brengen we u morgen of overmorgen.'

'En wat als ze me komen halen?'

De Saharawi keek naar de vrachtwagen. De bestuurder riep en bleef maar toeteren. Alles was klaar voor vertrek. 'Kijk, mevrouw, wie weet zijn ze al geweest en weer weggegaan. De vlucht had twaalf uur vertraging. De tijden zijn op het laatste moment veranderd en zij weten misschien van niks.'

Het geroep dat uit de vrachtwagen kwam werkte Montse op de zenuwen. 'Gaat u maar, ze wachten op u. Ik blijf hier. Als het lang duurt, zie ik wel wat ik doe.'

De Saharawi liep weinig overtuigd weg. Hij stapte in en de wagen vertrok.

Voor de uitgang, met de koffer aan haar voeten, werd Montse aangegaapt door mannen die kennelijk niets beters te doen hadden. Ruim twee uur bleef ze staan, goed in het zicht, maar er kwam niemand naar haar toe. Uiteindelijk ging ze verslagen op haar koffer zitten. Ze was te moe om na te denken. Het begon donker te worden en er stonden steeds minder auto's bij de ingang. Ze kon nergens om inlichtingen vragen. In de verte zag ze lichtjes van een stad, maar het vliegveld had zijn deuren gesloten toen de passagiers van de laatste vlucht waren vertrokken. Radeloos liep ze, haar hand om het hengsel van haar koffer geklemd, naar een van de weinige auto's die er nog stonden. Er zat een man achter het stuur met het portier open, alsof hij op iemand wachtte. Montse vroeg of er ergens een hotel was waar ze kon overnachten. De man begreep het niet. Hij zei wat in het Frans en ging toen verder in het Arabisch. Montse begon in het Engels, maar de Algerijn verstond het niet. Toen ze het met gebaren probeerde, keek de man haar met grote ogen aan en slaakte een kreet. Het leek of hij een gebed opzei. Hij pakte Montses koffer en gooide hem op de achterbank. Vervolgens wees hij naar de bijrijdersplaats. Ze wist niet zeker of hij begrepen had wat ze wilde, maar stapte toch in. Hij riep en een jongen kwam zonder iets te zeggen op de achterbank zitten, naast de koffer. De man startte de auto en begon te rijden, met alle vier de raampjes omlaag gedraaid. De twee Algerijnen voerden luidkeels een gesprek. Montse begreep er geen woord van. Haar verwarring nam toe en ze was bang, maar ze deed haar best kalm te lijken. Over een weg die op het woestijnzand geschilderd leek gingen ze op weg naar Tindouf.

De auto was oud en liet een zwarte rookwolk achter zich. Hij rammelde aan alle kanten. Het dashboard zat onder het zand. Toen ze de eerste straten van de stad inreden, kreeg Montse het te kwaad. Het was al donker, en in het licht van de weinige straatlantaarns zagen de gebouwen er angstaanjagend uit. Er reden nauwelijks auto's. Er was bijna niemand op straat. Af en toe zagen ze een fietser of een ezel met een kar. Montse had het gevoel dat ze door een stad reed die net gebombardeerd was. De twee mannen riepen nog steeds tegen elkaar alsof ze ruzie hadden. Soms zag ze in de verte een gebouw dat er iets beter aan toe was.

Toen ze het centrum van Tindouf eenmaal voorbij waren, werd de stad steeds troostelozer. Ze kwamen door straten waar kapotte lantaarns aan de houten palen bungelden. De huizen waren van baksteen, en niet afgewerkt. Waar de deuren en ramen hadden moeten zitten, zaten gaten. En toch woonden er mensen in. Daarna zag ze bouwsels van blokken die zonder specie op elkaar waren gestapeld. Twee meter hoge kubussen met een gordijn als deur. Ze stopten. Het was pikdonker op straat. Ergens ging een hond tekeer. Montse zag dat de jongen haar koffer pakte en een van de geïmproviseerde woningen binnenging. De ander gebaarde dat ze hem moest volgen. Ze gehoorzaamde, durfde niets te vragen. Toen ze zag wat er achter het gordijn schuilging, huiverde ze. Zes, zeven kinderen keken haar vanaf de grond met grote ogen aan. In het midden van de benauwde ruimte brandde een kleine gaslamp. Twee vrouwen waren op een verschoten tapijt eten aan het klaarmaken. Achterin zat een oud, waarschijnlijk stokdoof vrouwtje dat niets leek te merken van wat er om haar heen gebeurde. Buurtkinderen kwamen een kijkje nemen, maar werden door de man die haar had meegenomen als kippen naar buiten gesmeten. De vrouwen stonden op en met hun ogen op de vreemdelinge gericht luisterden ze naar wat de man hun vertelde. Vervolgens gingen ze zonder te reageren zitten en bogen zich weer over het eten.

Montse probeerde de twee mannen duidelijk te maken dat ze een hotel moest vinden. De Algerijnen praatten erdoorheen en ze raakte steeds meer in de war. De vrouwen bemoeiden zich nergens mee. Montse pakte in een vlaag van wanhoop haar koffer en wilde het huis uit lopen. Een van de mannen greep haar bij haar arm en trok haar weer naar binnen. Ze struikelde over een kind en viel op de grond. De mannen stonden nog steeds tegen haar te praten, ze wezen naar de straat, naar het eten, riepen met boze stemmen. Montse slikte haar tranen in. Ze probeerde rustig te blijven. Ze stond niet meer op, deed geen poging meer om iets uit te leggen. Er kwam een jongen binnen die bij de vrouwen ging zitten. Hij leek niet verbaasd over haar aanwezigheid. Hij sprak kort met de twee mannen. Voor Montse goed en wel begreep wat er gebeurde, reikte een van de vrouwen haar een bord dadels en een kom melk aan. De rest van de familie at uit een schaal die in het midden stond. Montse wist niet wat ze moest doen. Ze had geen honger, maar pakte toch een dadel en beet er een stukje af. De vrouw pakte er ook een en liet Montse zien hoe ze hem in de melk doopte. Montse deed haar na. Haar maag was van streek, maar als ze het eten afsloeg werd dat misschien als belediging opgevat, dacht ze. Ze was zo moe dat ze pijn in haar kaken kreeg van het kauwen. Niemand zei nog iets tegen haar, niemand keurde haar nog een blik waardig. Op straat was alleen het geblaf van honden te horen en er huilde een kind. Montse wist nog steeds niet wat er aan de hand was, maar ze gaf zich over aan de slaap tot ze niet meer wist waar ze was.

Toen ze haar ogen opendeed dacht ze dat het maar een droom was geweest. Maar het was echt. De eerste zonnestralen filterden schuchter door het gordijn in de deuropening. De oude vrouw van de nacht ervoor zat nu in het midden van de kamer. Ze was met een afwezige blik in haar ogen thee aan het zetten. Naast haar herkende ze de jongen, die haar nu onafgebroken aanstaarde. Hij kwam naar haar toe en reikte haar een keihard stuk brood aan. Verder was er niemand. De koffer stond nog op dezelfde plaats, haar handtas lag naast haar. Ze keek of haar paspoort er nog in zat. Ze stond op. Haar lijf deed overal pijn. Toen ze naar buiten keek, schrok ze opnieuw van wat ze zag. Overal dezelfde raamloze blokken met een gordijn als deur. Halfnaakte kinderen speelden tussen wrakken van achtergelaten auto's, motoren en aanhangers zonder wielen. Buiten bij het huis stond een geit met één poot vastgebonden aan ijzeren paaltje. Het beest kuchte alsof het niet lang meer te gaan had. Zijn vacht was kaal. In het huis aan de overkant sloeg een hond aan. Ze zette een paar stappen langs de gevel, toen een gesluierde vrouw met haar handen voor haar gezicht gillend op haar af rende. Ze trok Montse aan haar arm het huis in. Het was een van de vrouwen die de avond ervoor het eten hadden klaargemaakt. Ze verstond geen woord van wat ze zei. Ineens voelde ze zich opgesloten tussen die vier ruwe muren. Ze probeerde duidelijk te maken dat ze een telefoon moest hebben. De vrouw bleef maar praten in het Arabisch en het Frans. Wanhopig rende Montse naar de deur en liep weer de straat op. Ze wilde om hulp roepen, maar toen ze alle buurvrouwen streng naar haar zag kijken, durfde ze niet meer. De vrouw des huizes kwam haar tierend achterna. Montse klemde haar handtas onder haar arm en liep weg, de koffer had ze al opgegeven. Ze troostte zich met de gedachte dat ze haar geld en papieren bij zich had. Ze nam grote stappen, liep zo snel als ze kon, tot ze het geschreeuw van de vrouw niet meer hoorde. Alle kinderen uit de straat liepen in een stoet achter Montse aan. Ze lachten en joelden, aapten haar na. Doordat alle straten op elkaar leken duurde het een eeuwigheid voor ze een uitweg vond uit de doolhof van bouwvallen.

Ze was opgelucht toen ze eindelijk op een geasfalteerde weg uitkwam. De kinderen bleven achter, op drie meisjes na. Ze draaide zich om en herkende een meisje van de nacht ervoor. 'Naar huis,' schreeuwde ze. 'Naar huis! *À la maison, à la maison!*' De meisjes keken haar ernstig aan. Ze bleven even staan en begonnen toen weer achter haar aan te lopen. De oudste was nog geen tien. Wanhopig ging Montse op de stoep zitten. De meisjes bleven aan de overkant van de straat staan. Ze wenkte hen. Na lang nadenken staken ze over. 'Ik wil bellen, snappen jullie dat? Bellen, te-le-foon.' De meisjes keken haar met grote ogen aan. Automobilisten minderden vaart om het ongewone schouwspel te bekijken. 'Telefoon. Telefoon. Waar?' Het oudste van de drie wees naar het einde van de straat. Daarna deden de andere twee hetzelfde. Montse stond op en ging op weg. Opeens voelde ze dat het kleinste meisje haar hand vastpakte. De andere twee volgden op de voet. Naarmate ze verderliepen, werden de straten drukker. De voorbijgangers gaapten Montse aan. Mannen stopten en draaiden zich om. Vrouwen bedekten hun mond met hun hoofddoek. Er was nergens een telefooncel of belwinkel te zien. Een man op een ezel viel tegen haar uit zonder dat ze begreep waarom.

Ze bleef staan bij een armetierige bar. Bij de ingang stonden smerige witte plastic tafels. Twee oude mannen die zaten te roken staarden haar ongegeneerd aan. Een van de twee droeg een bril met maar één glas. Hij kneep een oog dicht om Montse beter te zien. Ze raapte al haar moed bij elkaar en ging het café in. Binnen zaten een stuk of twaalf mannen in groepjes te praten en te roken. Toen ze haar in de gaten kregen, verstomden de gesprekken. Ze probeerde hun blik te ontwijken. De twee oude mannen kwamen nieuwsgierig achter haar aan naar binnen. Aan de muur hing een oude telefoon. Montse probeerde tevergeefs uit te maken wie de baas was. 'Telefoon,' zei ze schor, wijzend op het toestel. 'Ik moet telefoneren.' Een van de mannen liep naar haar toe, pakte haar bij haar arm en duwde haar naar de deur. Montse verzette zich. Ineens was er grote opschudding en begreep ze er helemaal niets meer van. De mannen begonnen ruzie te maken. De chaos was compleet. Ze gebaarden, schreeuwden en dreigden zelfs met elkaar op de vuist te gaan. De twee oude mannen lieten zich niet onbetuigd en begonnen tegen haar te schreeuwen. Montse was zo geschrokken dat ze de uitgang niet meer kon vinden. Ze voelde dat twee mannen haar bij haar armen pakten. Ze begonnen haar allebei een andere kant op te trekken. Haar tas viel op de grond. In paniek begon ze te gillen. Ze kon niet meer en wilde zich net op de grond laten vallen, toen de mannen haar loslieten. Iemand pakte haar bij haar middel en trok haar mee. Voor ze het wist stond ze buiten. De jongen die ze in het huis had gezien gaf haar een duw, maakte duidelijk dat ze moest rennen. Montse luisterde naar hem alsof hij haar beschermengel was. Achter zich hoorde ze nog steeds het geschreeuw van de mannen die elkaar voor de bar stonden uit te schelden. Om de hoek bleef ze staan en ging weer op de stoep zitten. De jongen volgde met haar tas aan zijn schouder. Hij gaf hem aan Montse alsof hij er zo snel mogelijk vanaf wilde. De drie meisjes waren aan de overkant van de straat op de stoep gaan zitten en volgden alles met grote ogen. De jongen zei iets, maar Montse had niet eens de kracht om hem aan te kijken.

Toen ze weer bij het huis waren, zaten de vrouw en de grootmoeder in het midden van de kamer. De vrouw keek haar afkeurend aan, maar zei niets. Haar koffer stond er nog. Ze plofte op het tapijt en liet haar tas los. De jongen was de vrouwen ongetwijfeld aan het uitleggen wat er was gebeurd. Een paar buurvrouwen kwamen binnen. Kinderen gluurden nieuwsgierig door het gordijn. Montse barstte in tranen uit. Ze had zich al die tijd ingehouden, vanaf het moment dat ze alleen was achtergebleven voor de terminal op het vliegveld van Tindouf.

Leila knijpt in Montses hand. De zon wordt feller. Gek genoeg glimlacht Leila als ze is uitverteld.

'Ook al ben je niet in je eigen land, je hoeft niet bang te zijn,' zegt Leila met een bittere ondertoon.

'Wat bedoel je?'

'Dat de gewoontes van moslims voor een buitenstaander moeilijk te begrijpen zijn. Die mensen dachten vast dat je een slaapplaats wilde. En hoe arm ze ook waren, ze hebben je aangeboden wat ze hadden. Voor sommigen is het niet eenvoudig om onze gewoontes te begrijpen. Gastvrijheid is heilig voor moslims.'

'Dat begrijp ik wel.'

'En als je hun gastvrijheid aanvaardt, moet je ook hun regels aanvaarden.'

'Wat wil je daarmee zeggen?'

'Algerijnse vrouwen zijn niet zoals wij. Ze zijn van de oude stempel. Zeg je dat zo? Voor hen is het ondenkbaar dat een vrouw alleen de straat op gaat, zeker als ze te gast is, of niet van hier. En een mannencafé binnengaan... Dat is voor sommigen net zo zondig als met blote armen over straat lopen.'

Montse denkt na. Beetje bij beetje wordt ze door droefheid overmand. Leila merkt het meteen. Ze legt een hand op haar voorhoofd, al weet ze dat ze geen koorts heeft.

'Niet verdrietig zijn. Binnenkort kun je thuis alles als een spannende film aan je familie navertellen.'

Montses gezicht betrekt. Leila is ongerust. Haar plotselinge stemmingswisselingen blijven Leila verontrusten.

'Gaat het, Montse?'

'Nee, het gaat niet. Ik begrijp het zelf niet eens.'

'Probeer het uit te leggen. Misschien begrijp ik het.'

Montse slikt moeizaam. Ze gaat met haar handen door haar haar.

'Ik heb geen zin om terug te gaan. Bij de gedachte alleen al word ik depressief.'

'Heb je geen kinderen?'

'Een dochter, maar zij heeft me niet nodig,' zegt Montse zonder aarzelen.

'Heb je een baan?'

'Ja, maar ik ben met onbetaald verlof. Er zit thuis niemand op me te wachten. Als ik voor altijd verdwijn, is er niemand die me mist.'

Ze zijn weer stil. Een paar verpleegsters die het plein oversteken zeggen gedag. Leila zegt iets in het Arabisch. Daarna zijn ze weer alleen.

'Wil je met mij mee?' vraagt Leila. 'Ik kan je formeel uitnodigen. Volgende week is het Offerfeest. Op dat soort dagen moet je bij de mensen zijn van wie je houdt. Dan kun je mijn familie leren kennen.'

Montses gezicht klaart op.

'Meen je dat? Ik bedoel, kan dat?'

'Natuurlijk kan dat. Ik kan het zo vragen. Dan ga je gewoon met de volgende vlucht terug, of die daarna. Wanneer jij wilt. Mijn familie zou het heel leuk vinden.'

Montse omhelst haar. Het kost veel moeite, ze is nog steeds moe.

'En knip je dan mijn haar?' vraagt ze als een schoolmeisje.

'Je haar?'

'Ja. Kijk dan, het ziet er niet uit. Knip je het voor me?'

'Ja hoor. Ik kan het rood verven als je wil. Ik heb heel veel henna in huis voor het Offerfeest. Dus je komt?'

'Ja, Leila. Het is de leukste uitnodiging die ik ooit heb gehad.'

Terwijl ze dat zegt, voelt ze toch weer een waas van treurigheid.

Santiago San Román keek om de haverklap op zijn horloge, alsof de tijd zo sneller zou gaan. Nog nooit had een halfuur zo lang geduurd. Hij vroeg zich af wat hij daar op een zaterdag om twee uur 's nachts zat te doen, wachtend aan het stuur van een Seat 124 tot hij een teken kreeg en er spoorslags vandoor moest gaan. Hoe langer hij erover nadacht, hoe minder hij begreep dat hij zich had laten strikken. Hij was er als een groentje in getrapt. Hij was woedend en in paniek. Hij voelde het wapen in de binnenzak van zijn jack branden en had zin om het over het tuinhek te gooien en weg te rennen. Maar bij de gedachte aan sergeant Baquedano zonk de moed hem in de schoenen.

Tegen de orders in stapte hij uit en ijsbeerde over het trottoir om te kalmeren. Hij voelde zich opgelaten in zijn burgerkleren. Hij wist dat hij het reglement overtrad, maar hij had nu wel wat anders aan zijn hoofd. Hij liep binnen een straal van vijftig meter van de Seat op en neer. Op het nummerbord stond SH, er was niets waaraan je kon zien dat de auto iets met het leger te maken had. Toen hij nerveus het handschoenenkastje doorzocht, vond hij het rijbewijs en de identiteitskaart van een Saharaanse koopman die hij niet kende. Dat was een veeg teken. Hij begon te vermoeden dat de oudere legionairs een grap met hem uithaalden om zijn vrije weekend te verpesten. Maar het pistool onder zijn kleren zei iets anders. Waarom gaven ze hem een wapen als ze hem alleen een loer wilden draaien?

Hij ging weer achter het stuur zitten. Hij draaide het raampje open, stak zijn laatste sigaret op en gooide het lege pakje op de achterbank. Hij weerstond de neiging nog eens op zijn horloge te kijken. In plaats daarvan richtte hij zijn blik op het punt waar hij Baquedano en de twee anderen de hoek om had zien gaan.

Hij was er nu van overtuigd dat die drie mannen kwaad in de zin hadden. Hij bedacht wat er zou gebeuren als hij het voor gezien hield en ervandoor ging. Er flitste een beeld door zijn hoofd van zijn dode lichaam, zijn maag opengereten, achtergelaten langs een verlaten weg. Guillermo was de enige die hem zou missen, en als ze hem eindelijk zouden gaan zoeken, zou hij allang onder de stekende zon zijn weggerot. Nee, hij had niet de moed om de benen te nemen. Hij vond zichzelf een laffe klootzak. Hij had geen nee durven zeggen tegen sergeant Baquedano, toen die vrijdag ineens voor zijn neus stond en op hem in begon te praten. Hij had er niet onderuit gekund.

Op vrijdag- en zaterdagavond heerste er een ander soort drukte in het kamp dan de rest van de week. Het vooruitzicht van een vrij weekend of een vrije avond zorgde voor een vrolijke sfeer. Die avond was Santiago San Román als laatste in de barak. Hij wist dat haasten geen zin had, want hij zou hoe dan ook voor de slagboom bij de poort in de rij moeten staan om zijn pas te laten zien. Hij deed alle Varon Dandy op die nog in het flesje zat, trok zijn muts tot over zijn voorhoofd en haalde het riempje onder zijn kin aan. Toen hij zijn achternaam hoorde, dacht hij dat het een van zijn maten was die wilde weten waar hij bleef. Hij draaide zich om en versteende toen hij sergeant Baquedano zag staan. Hij vond het vooral verontrustend dat de onderofficier zijn naam kende. Ze hadden nog nooit een woord of blik met elkaar gewisseld. 'San Román, geef acht!' Santiago rechtte zijn rug, deed zijn borst vooruit, trok zijn buik in, sloeg zijn hakken tegen elkaar, bracht zijn hand naar zijn hoofd en salueerde. De sergeant stond een paar meter van hem af, wijdbeens, zijn handen op de gesp van zijn riem. 'Plaats rust. Wat ik te zeggen heb is strikt vertrouwelijk.' Hij nam Santiago van top tot teen op en schraapte zijn keel voor hij verderging. Het was voor het eerst dat Santiago Baquedano nuchter zag. 'Ik heb gehoord dat u de beste chauffeur van het legioen bent. Klopt dat?'

'Monteur, sergeant, ik ben monteur.'

'Dat doet er niet toe, val me niet in de rede. Ik heb gehoord dat u een auto binnen de gele strepen kunt laten rondspinnen.' Hij pauzeerde, terwijl hij de soldaat onafgebroken aankeek. Commandant Panta heeft een aantal dingen over u gehoord en hij heeft uw diensten nodig.'

Er liep een zweetdruppel over Santiago's voorhoofd, van muts naar wenkbrauw. Het zinde hem niet dat Baquedano iets over hem had gehoord. 'Sergeant, de mensen overdrijven graag. Bovendien, in een auto die niet van jezelf is, is het is gemakkelijk rijden.'

'U hoeft tegen mij niet bescheiden te zijn, soldaat.' Baquedano legde een hand op zijn schouder en tutoyeerde hem voor de eerste keer: 'Kijk, San Román, ik had je ook naar het kantoor van commandant Panta kunnen laten komen; ik ben niet voor niets hierheen gekomen. We willen dat je iets voor ons doet zonder dat iemand het merkt. Begrijp je wat ik bedoel?'

Santiago kreeg niet de kans om te reageren.

'Daar ben ik blij om. Het legioen heeft je nodig, jongen, en voor een verloofde van de dood is dat een eer, iets om trots op te zijn. Maar als iets van wat wij bespreken deze kamer verlaat, snij ik je ballen eraf en stuur ik ze aangetekend met bericht van ontvangst naar je pappie. Begrepen?'

Santiago begreep er helemaal niets van, maar hij kon geen woord uitbrengen.

'Soldaat San Román heeft morgen geen verlof. We hebben een koelbloedige, ervaren chauffeur nodig. Ik hoef er niet op te wijzen dat het om een belangrijke, geheime missie gaat. Hoe minder je weet, hoe beter het is voor iedereen. Je hoeft alleen te weten dat ik je morgenavond om tien uur tiptop in uniform in de hangar verwacht. Zorg dat je niets bij je hebt waarop staat wie je bent. En neem een tas mee met burgerkleding, voor het geval we niet op mogen vallen. De rest hoor je morgen bij de briefing van de andere dappere legionairs die meegaan. Je stelt geen vragen en je praat hier met niemand over, óók niet met commandant Panta. Begrepen?'

Santiago was niet in staat om iets te zeggen.

'Begrepen?'

'Ja, sergeant. Tot uw orders, sergeant.'

Baquedano streek met zijn hand over Santiago's kaalgeschoren hoofd, alsof hij hem op zijn manier zijn zegen gaf. 'Je zult trots zijn op het uniform dat je draagt. O ja... commandant Panta geeft de vrijwilligers voor deze missie een verlofbrief voor zeven dagen. Zeven dagen, San Román, zeven dagen om te doen waar je zin in hebt. En dat alleen omdat je je plicht vervult.'

'Tot uw orders, sergeant.'

Baquedano wilde zich omdraaien, maar bedacht zich. 'Nog iets, San Román: als er geen officiers bij zijn wil ik niet dat je me sergeant noemt. Je noemt me "meneer". Ik ben hier meneer. Begrepen?'

'Ja, meneer. Tot uw orders, meneer.'

Guillermo kwam Baquedano in de deur tegen. Met ingehouden adem sprong hij in de houding en salueerde. Toen hij Santiago eindelijk vond, was die lijkbleek. Hij stond met uitpuilende ogen en zwaar ademend tegen zijn kastje geleund. 'Is er iets, Santi?' 'Nee, niks, ik heb verdomme alweer last van mijn maag.'

Guillermo geloofde het. 'We zijn de laatsten, iedereen is al weg. Als we niet opschieten is het bier straks op.'

'Ja, we gaan.'

Guillermo bracht zijn toevallige ontmoeting met Baquedano bij de deur van de barak en het vreemde gedrag van zijn vriend niet met elkaar in verband. Omdat Santiago geen zin had om naar de Oase te gaan, maakten ze een ommetje. Ze liepen naar de dierentuin in aanbouw. Guillermo was trots op het complex alsof het van hemzelf was. In Barcelona had hij in de bouw gewerkt, maar aan zo'n groot project had hij nog nooit meegewerkt. Ze zaten te roken op een paar betonblokken en beeldden zich in hoe de dierentuin er straks uit zou zien. Santiago zei niet veel. Hij kon sergeant Baquedano niet uit zijn hoofd zetten. Hij had een slecht voorgevoel. Als commandant Panta erachter zat, had het ongetwijfeld met prostituees te maken. Maar als het Baquedano zelf was, kon het van alles zijn: hasj, sigarettensmokkel, lsd. 'Ik kan morgen niet weg,' zei hij ineens. 'Ik heb dienst.' Guillermo leek niet verrast. 'Dan hebben ze je mooi verneukt.' 'Nee, helemaal niet. Ik krijg zeven dagen verlof.' Nu was hij wel verbaasd. 'Wat ben jij toch een bofkont. Ik ken niemand die zo veel mazzel heeft als jij.' San Román had zin om te praten, maar hij kon zichzelf er niet toe brengen om over zijn gesprek met Baquedano te beginnen. Hij hoopte dat zijn vriend iets zou vragen, nieuwsgierig zou zijn, het gevoel zou hebben dat er iets niet klopte. Maar dat was niet zo.

'Kom, we gaan wat drinken, straks is het te laat.'

Ineens stond Santiago op en begon nerveus, driftig te lopen. 'We gaan naar de stenen huizen.' Hij bedoelde Zemla, de wijk waar de Saharawi's woonden.

'Begin je nou weer? Je bent niet goed bij je hoofd, Santi. Rot op met je Saharawi's.'

Santiago liep door. Na een tijdje bleef hij staan en draaide zich om. 'Je bent een lul, Guillermo, te schijterig om ooit iets nieuws te proberen.'

Dat was raak. Guillermo liep rood aan en klemde zijn kaken op elkaar. Hij wilde iets terugroepen, maar hield zich in. Santiago liep weg en keek niet meer achterom. Hij was van plan om eindelijk eens een einde maken aan zijn obsessie met het hoger gelegen gedeelte van de stad.

Hij schrok toen hij Guillermo's stem hoorde. 'Dit is niet eerlijk, Santi. Je vergeet wel erg snel wat ik allemaal voor je heb gedaan.' Hij draaide zich om. Guillermo liep al een kwartier als een hondje achter hem aan. Santiago San Román wist dat zijn vriend zijn uitval niet had verdiend. Hij had spijt. Hij legde zijn hand op zijn schouder en trok hem naar zich toe. 'Geen nichtenstreken, Santi. Daar hou ik niet van, dat weet je.' Santiago deed alsof hij zijn vriend wilde kussen en rende toen weg, terwijl Guillermo hem achtervolgde en probeerde te schoppen.

Zemla, dat de Saharawi's 'Hata-Rambla' noemden, leek een schiereiland dat zich had losgebroken van het moderne gedeelte van de stad, waar vooral gebouwen met vier verdiepingen stonden. Uit de verte leken de stenen huizen een decor van bordkarton. De meeste hadden maar één verdieping. Ze slenterden door de nauwe straatjes en lieten de halve eieren achter zich; huizen met witte daken die eruitzagen als omgekeerde eierschalen en waarin de warmte zich boven in het dak verzamelde. Omdat het een islamitische feestdag was, was het die avond ongewoon stil op straat. Kinderen waren – waar het vlak genoeg was – op straat aan het voetballen en stoven weg zodra ze de soldaten in het oog kregen. Vrouwen gingen naar binnen en gluurden nieuwsgierig vanachter de tapijten die in de deuren en sommige ramen hingen. Mannen liepen de straat op om naar hen te kijken. Ze staarden hen uitdagend aan, alsof ze zo hun vijandigheid wilden laten blijken. Ze voelden zich geen van beiden op hun gemak, maar Santiago wist het beter te verbergen. Hij praatte met Guillermo en keek de Saharawi's die ze tegenkwamen niet in de ogen. Hij kende hun gewoonten een beetje en wist inmiddels dat ze zich het beste zo natuurlijk en onopvallend mogelijk konden gedragen. Een man met een tulband kwam naar hen toe en ging voor hen staan. Hij had een opvallende koperen pijp tussen zijn tanden. 'Hebben jullie vuur, jongens?' vroeg hij zelfverzekerd, alsof hij dagelijks legionairs tegenkwam in die steegjes. Santiago San Román gaf hem een doosje lucifers. Hij had meteen gehoord dat de man een van de Canariërs moest zijn die in de wijk waren blijven wonen. De meeste waren vrachtwagenchauffeurs of afgezwaaide legionairs die niet waren teruggekeerd naar hun eiland. De Canariër bracht de brandende lucifer naar het uiteinde van zijn pijp. Het was een gestreept koperen buisje dat breed uitliep. 'Het legioen is er wel op vooruitgegaan. In mijn tijd kregen we niet van die mooie uniformen en geld voor eau de cologne hadden we al helemaal niet.'

Santiago begreep meteen dat hij het over de Varon Dandy had. 'Tijden veranderen, beste man, zelfs in het leger.'

Guillermo voelde zich ongemakkelijk onder de vorsende blik van de man, die gekleed was als een Saharawi. Zijn rotte tanden en lijzige manier van spreken werkten Guillermo op zijn zenuwen. De ander had het in de gaten en gaf Santiago de lucifers terug. 'Dat kun je wel zeggen. Een paar jaar geleden had niemand van ons zich hier op een feestdag in zulke kleren durven vertonen.'

Guillermo trok zijn vriend zachtjes aan zijn arm. De Canariër wist dat de legionair hem niet vertrouwde.

'Laat een voormalig drager van het uniform van het legioen jullie een raad geven: als jullie niet van plan zijn om in Hata-Rambla te gaan wonen, kom er dan ook geen wandelingetje maken. De mensen zijn hier lichtgeraakt, begrijpen jullie, en ze kunnen het als een provocatie opvatten. Het zijn moeilijke tijden. De Arabieren zijn niet zoals jullie, jongens.' De man draaide zich om en liep weg. Als je hem zo zag wegslenteren, leek hij een Saharawi.

Santiago trok zijn vriend aan zijn mouw. Hij deed zijn best om zich niet als een toerist te gedragen, maar alles wat hij zag fascineerde hem. Bij veel huizen waren de deurstijlen en bovendorpel omlijst met een strook indigoblauw die fel afstak tegen de bepleisterde muren. 'Kom, we gaan sigaretten kopen.' San Román wilde wel eens een van die winkels vanbinnen zien waarover hij de Tropas Nómadas zo vaak had horen praten. Blijkbaar kon je het zo gek niet bedenken of je kon het er krijgen, en waren ze alle dagen van het jaar dag en nacht geopend. Toen hij er een zag, gebood hij Guillermo hem te volgen. Ze gingen een kamer binnen die tot het plafond stond volgestouwd met allerhande waren. Een doordringende lucht van leer en henneptouw kwam hen tegemoet. Ze keken hun ogen uit. Een Saharawi kwam overeind toen hij hen zag.

'*Assalamou alaykoum*,' zei Santiago.

'*Alaykoum assalama*,' antwoordde de winkelier verrast.

Santiago verontschuldigde zich: '*Asmahlim*,' en de Saharawi heette hem welkom in zijn winkel: '*Marhaban*.' Guillermo geloofde zijn oren niet en begon te denken dat hij in de maling werd genomen.

'*Choukrane*, bedankt'.

'Voor iemand die hier niet vandaan komt spreek je mijn taal goed.'

'Ik heb Saharaanse vrienden,' legde San Román uit. 'En ik leer snel.'

'Wat kan ik voor jullie doen?'

De sigaretten waren niet meer dan een smoes geweest om naar binnen te gaan, maar Santiago wilde geen pottenkijker lijken. 'Een pakje sigaretten graag.'

De man pakte er een aan de andere kant van de toonbank. 'Dit zijn heel goede. Amerikaanse. Net binnen gekregen. Probeer ze maar eens.' De man lachte aan één stuk door. Santiago gaf hem eveneens glimlachend een briefje van honderd peseta en nam zijn wisselgeld in ontvangst. Toen hij gedag wilde zeggen, kwam de man achter de toonbank vandaan en ging in de deur staan. 'Zo mogen jullie Sid Ahmeds huis niet verlaten.' Santiago begreep wat hij bedoelde, maar Guillermo werd nerveus. 'Jullie moeten mijn tabak roken en mijn thee drinken.' Sid Ahmed ging de winkel uit door een valse deur achter een gordijn.

'Kom op, Santi, ben je niet goed wijs?' zei Guillermo, van streek. 'Die kerel wil ons hasj verkopen.'

'Hou je kop, idioot, denk je dat ik achterlijk ben?' Guillermo durfde niets meer te zeggen, hij wist niet hoe hij moest reageren. Sid Ahmed kwam terug met een theekan en kleine glaasjes. Hij zette een dienblad met gebruikte glazen weg en nodigde de soldaten uit bij hem op het tapijt te komen zitten, terwijl hij het water aan de kook bracht. Guillermo deed zijn mond niet meer open. Het gesprek werd uitsluitend gevoerd door Santiago en Sid Ahmed. Ze rookten dunne, lange sigaretten. Terwijl het water kookte, sprak de Saharawi over zijn winkel, voetbal, over hoe duur het leven was. Hij wees op een foto van een voetbalelftal die aan de koopwaar hing. 'Met een handtekening van Santillana,' legde Sid Ahmed uit. 'Real Madrid is mijn club. Die Miljanic is een goeie. Als wij hier zo'n coach hadden, zouden we in de eredivisie spelen, *fahem*? We hebben spelers die net zo goed zijn als Amancio of Gento, maar we hebben geen goede coach.' Sid Ahmed reikte hun de glazen aan met de eerste ronde thee. '*Men fadlek*. Proef maar eens. Mijn vrouw is de expert, maar ze is naar een bevalling, dus ze kan niet voor jullie zorgen.' Sid Ahmed was de hele tijd aan het woord. Santiago leek het allemaal prachtig te vinden, maar Guillermo vrat zich op van ergernis. Hij zat te wachten op het moment dat de Saharawi de hasj tevoorschijn zou halen om die met veel gefleem en een gladde tong aan de man te brengen. En dus was hij verbaasd toen ze afscheid namen in de deur en elkaar de hand schudden.

'Tot een volgende keer, Sid Ahmed,' zei Santiago.

'*Incha Allah*. Ik kijk ernaar uit.'

Het was al donker toen ze de winkel uit gingen. Ze hadden meer dan twee uur met Sid Ahmed zitten praten. Aan het einde van de onverharde straat, op de hoek, brandde een armetierige lantaarnpaal. Ze liepen er in het maanlicht heen. Guillermo leek nu meer op zijn gemak. 'En waar heb jij dat Marokkaans geleerd?'

'Het is geen Marokkaans, Guillermo, het is Hassaniya.'

'Het klinkt anders Marokkaans.'

Santiago lachte en toen greep Guillermo ineens met allebei zijn handen naar zijn hoofd. Zijn muts rolde over straat. San Román keek niet-begrijpend om zich heen terwijl zijn vriend zich op één knie liet zakken en met een hand op de grond steunde. Er was weinig licht. Alles gebeurde razendsnel. Guillermo haalde zijn hand van zijn hoofd en er droop een straaltje bloed over zijn gezicht langs zijn hals naar beneden. 'Jezus, Guillermo, wat is er?' Maar voor Guillermo antwoord kon geven, zette hij ook zijn andere knie op de grond en zakte toen bewusteloos in elkaar. Ze waren nog een paar meter van de lantaarnpaal af. Santiago zag op de grond naast zijn vriend een Engelse sleutel glimmen. Hij keek om zich heen, maar er was niemand te zien. Iemand moest het ding vanuit een van de ramen naar hen hebben gegooid, maar in geen van de huizen brandde licht. Santiago bleef om zich heen kijken en probeerde te zien hoe ernstig de wond was. Er zat een gapend gat net boven zijn slaap, het bloed gutste eruit. Hij probeerde Guillermo's hoofd op te richten, zodat er geen zand in de wond kwam. Guillermo deed zijn ogen open, maar kon niet spreken. Santiago pakte hem op en nam hem op zijn schouders. Hij kwam niet verder dan de hoek; hij was te zwaar. Opnieuw werden er voorwerpen op straat gegooid. Dit keer waren het stenen en een bloempot, die op een kei kapot sloeg.

Santiago was bang. In paniek sleepte hij zijn vriend naar de volgende hoek. Zijn handen en uniform kwamen onder het bloed te zitten. Hij schrok toen hij Guillermo in het licht van een lantaarnpaal bekeek. Hij begon vertwijfeld om hulp te roepen, uitzinnig van angst. Er was niemand op straat, niemand die uit het raam keek. Hij vervloekte het ogenblik waarop hij had voorgesteld om naar Zemla te gaan. Hij wilde Guillermo weer op zijn schouders tillen toen hij iemand 'pst' hoorde roepen. In een deur zag hij het silhouet van een man met een tulband, maar hij durfde niet om hulp te vragen. De man bleef hem roepen en wenken. Santiago stond aan de grond genageld. Uiteindelijk ging de deur helemaal open en kwamen er twee jongens naar buiten. Ze droegen Guillermo het huis in en gebaarden Santiago hen te volgen. Een andere man deed de deur achter hen dicht en vergrendelde hem met een dwarsbalk. Zes gezichten gaapten de legionairs verbouwereerd aan. Het waren twee jongens en vier oude mannen met een zwarte tulband en een doorgroefd, ernstig gelaat. Niemand zei iets: ze keken naar Santiago San Román en twee van hen legden Guillermo in het midden van de kamer. Het was een rechthoekige ruimte met kale witte muren en overal tapijten. Tegen de muur stond een lange bank van iets minder dan een halve meter hoog met kussens erop. Het enige licht kwam van een tlbuis. Santiago kon zijn angst niet verbergen. Hij stamelde: 'Help me, alsjeblieft, mijn vriend is gewond.' De mannen keken nieuwsgierig van Santiago naar Guillermo en weer terug. De oudste begon bevelen uit te delen, maar niemand luisterde. Santiago wist niet wat hij moest doen en knielde neer bij zijn vriend. Hij schrok van het vele bloed in zijn gezicht en zijn weggedraaide ogen. Even dacht hij dat hij dood was. Hij keek de zes mannen smekend aan. De Saharawi begonnen door elkaar te praten in het Hassaniya. Het was duidelijk dat ze ruziemaakten.

Ineens werd er hard aangeklopt. Iemand stond op straat uit alle macht op de deur te bonzen. De zes keken elkaar aan en stopten met ruziën. Er kwam een vrouw de kamer in, die het kloppen had gehoord. Ze zei iets tegen de jongens en een van hen zette de deur op een kier. Het was Sid Ahmed, zichtbaar van streek. Zonder iets te zeggen keek hij Santiago aan en knielde neer bij Guillermo. Hij legde zijn oor tegen Guillermo's borst en toen hij zich weer oprichtte, zat zijn wang onder het bloed. Schreeuwend begon hij bevelen uit te delen. De mannen kwamen nu zonder morren in actie. Er kwamen nog twee vrouwen binnen. Ook tegen hen ging Sid Ahmed tekeer. Santiago zat erbij en keek ernaar. Hij kon niet geloven dat dit dezelfde man was die even tevoren in zijn winkel onafgebroken glimlachend met hen had theegedronken en sigaretten gerookt.

'Iemand heeft een Engelse sleutel naar zijn hoofd gegooid, Sid Ahmed. Het was donker, ik kon niets zien. Hij bloedt als een rund.' Sid Ahmed maakte hem duidelijk dat hij zijn stem niet moest verheffen en begon toen met de Saharawi te praten alsof hij razend was. Hij schreeuwde in het Hassaniya en de anderen schreeuwden terug. Even dacht San Román dat ze op de vuist zouden gaan, maar dat gebeurde niet. Sid Ahmed pakte Santiago bij zijn hand en trok hem mee naar de deur achterin.

'Hij komt erbovenop, maak je geen zorgen. Zij verzorgen en hechten zijn wond.'

Al pratend nam Sid Ahmed Santiago mee naar een kleine binnenplaats, omgeven door een lemen muur. Het rook er naar beesten en urine. Ze sprongen over een ingestort stuk muur naar de binnenplaats van het huis ernaast. Toen ze zo twee, drie huizen hadden gehad, zei Santiago: 'Waar gaan we heen, Sid Ahmed? Ik kan Guillermo daar niet zomaar achterlaten.'

De winkelier keek hem geruststellend aan. 'Maak je geen zorgen. Je vriend is in goede handen. Er wordt voor hem gezorgd.'

Santiago durfde er niet tegenin te gaan of iets te vragen. Hij vreesde dat hij zichzelf diep in de nesten had gewerkt. Ineens besefte hij dat hij over een uur terug moest zijn in de kazerne. Zonder vergunning om buiten de kazerne te slapen kon hij worden beschuldigd van desertie. Hij wond zich zo op dat hij over een van de muurtjes struikelde en op de grond viel. Sid Ahmed hielp hem overeind. Uiteindelijk liepen ze een kamer in waar een hele familie naar een storende televisie zat te kijken. Niemand keek op van de legionair en de winkelier die als twee schimmen uit het donker opdoemden. Sid Ahmed richtte zich tot de oudste des huizes, en weer leek het of hij kwaad was. De man wees naar de voordeur. Ze liepen de straat op en staken over. Santiago rende als een bang kind achter de winkelier aan. Sid Ahmed bleef voor een deur staan en klopte. Een jongetje deed open. De Saharawi duwde de deur open en trok de soldaat naar binnen. En toen begreep Santiago er helemaal niets meer van. Een groep mensen zat voor de televisie thee te drinken en een van hen stond op en liep naar hem toe.

'Santiago, wat doe jij hier? Wat is er gebeurd?'

Het duurde even voor Santiago doorhad dat de jongeman in zijn smetteloze witte *darraha* en blauwe tulband Lazaar was. Hij was sprakeloos. Sid Ahmed deed zijn schoenen uit en ging zitten. Hij sprak zo snel dat Lazaars familie moeite had om hem te volgen. Santiago knielde neer op het tapijt, zijn benen trilden. Toen de winkelier was uitgepraat, was iedereen stil. Een van de ouderen stuurde de vrouwen en kinderen weg. Vijf man bleven over in de kamer. Iemand gaf de legionair een glas thee en na de eerste slok voelde hij zich al wat beter.

'Guillermo en ik moeten terug, maar ik weet de weg niet.'

Lazaar dacht even na. 'Je vriend is in goede handen. Daar kun je van op aan. Maak je geen zorgen.' Hij legde zijn handen op zijn schouders. 'Maar jullie hadden hier nooit in die uniformen moeten komen. Niet iedereen heeft goede bedoelingen.'

'We waren alleen maar aan het wandelen...'

De Saharawi vloekte: '*Al-la yarja mmum*! Weet je dan echt niet wat er speelt tussen jouw volk en het mijne?'

Santiago had Lazaar nog nooit kwaad gezien. Hij schrok ervan.

'Doe die kleren uit,' beval Sid Ahmed. Santiago begreep er niets van.

'Kom, geef me je kleren,' drong Lazaar aan. 'De vrouwen wassen het bloed eruit.'

'Maar ik moet terug naar het kamp.'

'Wil je zo terug? Als je zo gaat, word je gearresteerd en krijg je allerlei vragen.'

Santiago begon zich uit te kleden, blind vertrouwend op Lazaar.

'Morgenochtend zijn ze schoon en droog. Dan brengen we je naar de kazerne.'

'Morgen? Hoezo morgen? We moeten ons over een halfuur melden.'

Lazaar verhief voor het eerst zijn stem: 'Doe niet zo idioot. Wil je ons allemaal in de problemen brengen? Vannacht slaap je hier.'

Santiago stelde geen vragen meer en ontdeed zich van de rest van zijn kleren. Ze lieten hem alleen in de kamer. Hij voelde zich idioot en hulpeloos in zijn onderbroek en sokken. Hij wist niet waar hij zijn handen moest laten. Het gordijn ging open en een meisje met donker haar en zwarte ogen kwam binnen. Ze nam de legionair van top tot teen op alsof er niets aan de hand was. Vervolgens lachte ze haar grote witte tanden bloot. Zonder iets te zeggen stopte ze hem een blauwe tuniek in de handen en deed een paar stappen achteruit. Lazaar kwam binnen met een tulband. 'N'guiya, wat doe jij hier?'

Nu was het meisje verlegen en beschaamd. Ze wees op de darraha die Santiago in zijn handen had. 'Ik kom kleren brengen voor de Spanjaard.'

'Dan kun je nu weer gaan. Hij is mijn gast, niet de jouwe.'

N'guiya boog haar hoofd en liep beschaamd de kamer uit. Santiago vond het onredelijk van Lazaar, maar durfde er niets van te zeggen.

'Wie was dat?'

De Saharawi begreep de vraag eerst niet, maar Santiago bleef maar naar de deur kijken.

'Mijn zus. Nieuwsgierig en brutaal, zoals alle vrouwen in mijn familie.'

'Je hebt nooit verteld dat je een zus had. Je hebt het altijd alleen maar over je broers.'

Lazaar keek hem niet-begrijpend aan. 'Er is een heleboel wat je niet weet.'

Santiago deed de darraha aan en wikkelde de tulband om. Hij had het zo vaak zien doen dat hij het blind kon. 'Ik heb er altijd al zo een willen dragen.'

'Vanaf nu kun je hem dragen wanneer je wilt; alles wat je aan hebt is voor jou,' zei Lazaar, voor het eerst glimlachend. 'En deze baboesjes ook. Een cadeau van een vriend. En nu gaan we slapen, het is al laat.'

Santiago keek op zijn horloge. Het was pas negen uur. De

Saharawi deed het tl-licht uit en ging op het tapijt liggen. Santiago deed hem na.

'En je familie?'

Het duurde even voor Lazaar antwoord gaf. 'De vrouwen zijn je uniform aan het schoonmaken, en de mannen slapen al.'

'Ik lig toch niet op hun plek?'

'Nee, je bent mijn gast en je moet comfortabel liggen. Mijn opa snurkt. Je zou geen oog dichtdoen.' Ze begonnen te lachen alsof de Tropas Nómadas net een doelpunt hadden gemaakt.

Santiago was eigenlijk niet in staat om zijn ogen dicht te doen. Daarvoor had hij te veel meegemaakt, was het allemaal te snel gegaan. Hij was te moe om helder te denken. Hij vroeg zich af hoe het met Guillermo zou zijn. Hij wist niet of hij er goed aan had gedaan om hem bij onbekenden achter te laten. Bovendien maakte hij zich zorgen over wat er zou gebeuren wanneer ze hen bij de taptoe zouden missen. Meteen moest hij aan sergeant Baquedano en diens onheilspellende woorden denken. Even hoopte hij dat hij gearresteerd zou worden omdat hij niet naar zijn regiment was teruggekeerd; dan hoefde hij niet deel te nemen aan de missie die Baquedano voor hem in gedachten had. In de stilte van de nacht kropen de uren voorbij. Soms blafte er in de verte een hond. Zodra hij licht zag door de spleet van de gordijnen, stond hij op en liep de binnenplaats op. De morgenschemering kleurde de toppen van de daken rood. Alleen een geit bewoog in zijn ren van ijzerdraad. De ijzige ochtendkou deed hem goed. Hij zag zijn uniform onder een golfplaten afdak hangen; het leek het enige bewijs dat het allemaal echt gebeurd was. Hij had zin in een sigaret. Rechts en links van de binnenplaats waren twee lage deuren waarvoor een gordijn hing en waarachter Lazaars familie waarschijnlijk lag te slapen. Hij probeerde zich te herinneren hoeveel leden de familie telde, toen N'guiya haar hoofd door een van de gordijnen naar buiten stak. Ze had slaapogen en haar haren zaten in de war. Toen ze de Spanjaard zag, lachte ze. Santiago zei zacht goedemorgen, om niemand wakker te maken. N'guiya kwam naar hem toe.

'Sta je altijd zo vroeg op?' vroeg San Román vriendelijk.

'Altijd. Ik ben de oudste dochter en ik heb het erg druk.' Ze zei het ernstig en trots. Ze pakte Santiago's kleren en begon ze zorgvuldig op te vouwen. Ze bracht de stof naar haar lippen en zei: 'Ze zijn droog. Als de rest wakker is, kun je weg.'

'Wil je me nu al weg hebben?'

N'guiya lachte haar witte tanden bloot. 'Dat zei ik niet. Je bent mijn broers gast.'

'Hoe oud ben je, N'guiya?'

Ze dacht even na. 'Zeventien.' Ze keek ernstig. Ze drukte hem zijn uniform in de handen en verdween achter het gordijn. De legionair stond er verbouwereerd bij en dacht dat hij haar had beledigd. Ze had vast gelogen over haar leeftijd omdat ze niet wilde dat hij dacht dat ze een klein kind was. Maar opeens kwam N'guiya terug en lachte alweer. Ze pakte Santiago's hand en legde er een ketting in. Hij keek haar niet-begrijpend aan.

'Dat is voor je vriendin. Een cadeautje van N'guiya.'

'Ik heb geen vriendin.'

'Ook niet in Spanje?'

'Nee, ook niet in Spanje.'

'Dat geloof ik niet. Alle soldaten hebben een vriendin.'

'Nou nee, niet allemaal, dus.' Santiago moest lachen om haar naïviteit. 'Tenzij jij de vriendin van een legionair wilt zijn natuurlijk.'

N'guiya keek heel ernstig: zo ernstig dat Santiago spijt had van zijn tactloze opmerking. Om het goed te maken hing hij de ketting om zijn nek, maar lachen deed ze niet meer. Een vrouw stak haar hoofd naar buiten en viel uit tegen N'guiya. Ze schrokken allebei. N'guiya liep de kamer in en Santiago ging terug naar Lazaar.

Het was nog maar net licht toen er op straat hard werd getoeterd. Lazaar keek naar buiten. 'Het is Sid Ahmed. Je vriend is bij hem.' Prompt liepen er allerlei vrouwen en kinderen door de kamer. Santiago rende naar buiten. Guillermo zat met zijn hoofd in het verband op de achterbank van een Renault 12. Santiago omhelsde hem door het raam heen. Guillermo zag er slecht uit, maar voelde zich kennelijk goed. Lazaar nam in zijn uniform plaats achter het stuur en Sid Ahmed ging naast hem zitten. Bijna de hele familie stond op straat. Een van Lazaars broers kroop op de achterbank, naast Guillermo, en gebood Santiago ook in te stappen. San Román voelde aan zijn hoofd en miste iets. 'Mijn muts, Lazaar, ik heb mijn muts niet op.' Hij rende naar binnen, de binnenplaats op en kwam N'guiya tegen, die de geit rauwe linzen voerde. Ze keek boos. 'Mijn muts, N'guiya, heb je mijn muts gezien?' Het meisje wees kribbig naar de waslijn, waar zijn kleren de hele nacht te drogen hadden gehangen. Santiago griste zijn muts van de lijn en zette hem op. N'guiya kwam de ren uit en ging voor Santiago staan.

'Ja, ik wil wel,' zei ze heel ernstig.

'Wat wil je wel?'

'Jouw vriendin zijn. Ik wil wel jouw vriendin zijn.'

Ondanks zijn haast moest hij lachen. 'Daar ben ik blij om. Heel blij. Het hele legioen zal jaloers op me zijn. Er is geeneen legionair met zo'n mooie vriendin als ik.'

N'guiya lachte nu weer. Santiago gaf haar een vluchtige kus en nam afscheid, maar voor hij wegging hoorde hij haar zeggen: 'Kom je me opzoeken?'

'Natuurlijk, N'guiya, ik kom terug.'

Die ochtend traden Guillermo en Santiago San Román als eersten aan. Niemand vermoedde dat ze de nacht buiten de kazerne hadden doorgebracht. Zoals ze dat zelf al zo vaak hadden gedaan, hadden hun maten hun de avond tevoren de hand boven het hoofd gehouden en ervoor gezorgd dat hun afwezigheid niet werd opgemerkt. En toch vroeg niemand iets. Ze waren binnengekomen door een gat in de muur dat de Saharawi's hun hadden gewezen. Lazaar had gezegd wat ze moesten doen. Ze waren achter de barak van de Tropas Nómadas langs gelopen en stonden toen de reveille werd geblazen in het gelid. Het ging allemaal te snel om bij na te denken. Later in de mess waren de twee legionairs nog steeds verbaasd dat je het kamp zo gemakkelijk in en uit kon komen en dat de Saharawi's geheimen leken te kennen die voor hen verborgen bleven.

Santiago San Román hield zijn adem in toen hij de gestalte van Baquedano zag opdoemen in het donker. Zonder uniform bleef er van het ontzag dat de sergeant in de kazerne inboezemde weinig over. Hij droeg een blauw jack met opstaande kraag en een terlenka broek met wijde pijpen. De twee legionairs die met hem meegegaan waren kwamen achter hem aan. Ze liepen met grote passen, renden net niet. San Román verstarde. Nog een geluk dat hij in de auto zat zoals Baquedano hem had opgedragen. Toen de sergeant instapte, had Santiago de sleutel al omgedraaid.

'San Román, rijden. Als de bliksem,' riep hij.

Santiago trapte het gaspedaal in en liet tegelijkertijd de koppeling los. De auto reed met piepende banden weg, een lucht van verbrand rubber achterlatend. Santiago wist niet welke kant hij op moest.

'Niet daarheen, idioot. Naar het plein,' schreeuwde Baquedano. 'Ik wil dat je daar twee rondjes rijdt. Zorg dat iedereen je ziet. Laat hem rondspinnen, laat maar eens zien wat je kunt.'

Voor het eerst keek Santiago opzij naar de sergeant. Hij zag een blauwe reistas tussen zijn benen staan.

'En bedek je gezicht, jullie!' zei hij tegen de twee legionairs op de achterbank.

San Román zag in de achteruitspiegel dat ze zo'n zelfde tas als Baquedano voor hun gezicht hielden. Baquedano deed dat nu ook met de zijne. Terwijl Santiago de auto op de Plaza de España liet slippen en spinnen, voelde hij zich bekeken door een groep jongeren die op het gras zat. Hij begreep niet wat er gebeurde. De sergeant zette de tas weer neer, aan het gerammel te horen zat er iets van metaal in.

'Naar de weg naar Smara!' schreeuwde Baquedano weer. 'Plankgas!'

Santiago had geen tijd om na te denken en deed wat hem gezegd werd. Toen ze langs de Parador Nacional kwamen zag hij een luitenant uit een wagen stappen. Hij durfde niet aan Baquedano te vragen wat er aan de hand was. Zijn angst voor de man verlamde hem.

Ze lieten de lichten van de stad steeds verder achter zich. De weg naar Smara leek een verlengstuk van de woestijn. Hij voelde de hand van de sergeant op zijn schouder.

'Goed gedaan, jongen. Dat is pas lef.'

Na vier kilometer sloeg Santiago een onverharde weg in. Al snel zag hij de landrover waarin ze Alejandro Farnesio hadden verlaten. Hij volgde Baquedano's instructies, deed de lichten uit en zette de motor af. Het duurde even voor hun ogen gewend waren aan het maanlicht.

'Trek je uniform aan en zorg ervoor dat je eruitziet alsof je net van verlof terugkomt.'

Terwijl ze zich aankleedden, keek San Román vanuit zijn ooghoek naar de twee ouwe stompen. De ene leek opgetogen, de ander keek strak voor zich uit en zei geen woord. Baquedano liep van achteren op hem toe en dwong de legionair op te kijken.

'Ben je een lafaard?'

'Nee, meneer, natuurlijk niet.'

'Wat ben je dan?'

De legionair aarzelde en schreeuwde toen uit volle borst: 'Ik ben een verloofde van de dood, meneer.'

'Zo mag ik het horen. Als je maar weet wie je moeder is,' en hij wees op de Spaanse vlag op zijn uniform, 'en wie je verloofde.'

'Meneer...' zei de legionair en hij slikte de rest in.

Baquedano las zijn gedachten en schreeuwde: 'Wat? Heb je nog nooit iemand een ander zien doden?'

'Nee, meneer, nooit. Dit was de eerste keer...'

'Bedank me dan maar, nu weet je tenminste hoe je aanstaande eruitziet.' De aderen in Baquedano's hals zwollen op van het schreeuwen. Toen hij was uitgeraasd haalde hij diep adem en begon te zingen: *'Bij niemand in het Regiment/ was de jongeman bekend/ die plots zo onvervaard en koen/ getekend had voor het legioen. '*

Aangespoord door hun sergeant vielen de andere twee in: *'Niemand kende zijn verleden/ maar 't legioen dat zag als reden/ dat zijn jong en dapp're hart/ verteerd werd door 'n bitt're smart.'*

'Harder!' riep Baquedano. *'En vroeg men hem wat drijft je voort/ werd er één antwoord maar gehoord.'*

Ook Santiago begon angstvallig mee te zingen.

'Ik ben een man door 't lot beroofd/ geluk en liefde uitgedoofd,/

ik ben nu met de dood verloofd,/ ik ben een man die binnenkort/ met zijn trouw' lief herenigd wordt.'

Terwijl ze zich verder aankleedden en zongen alsof hun leven ervan afhing, zette Baquedano de drie reistassen achterin de landrover. Hij haalde iets uit een van de tassen en zette het op de auto. San Román begreep er niets van. Het was een zilveren beker. Vervolgens overhandigde de sergeant hun alle drie een papier.

'Hier hebben jullie de beloofde week verlof. Ik wil jullie de komende zeven dagen niet in de buurt van de kazerne zien. Alleen wij vieren weten hiervan en de eerste die zijn mond voorbijpraat, maak ik af.'

Santiago liep naar het bijrijdersportier om de sleutels te pakken, maar Baquedano was hem voor. Hij nam hem apart en zei bijna fluisterend: 'Jij blijft hier. Je wacht tot we weg zijn, en dan rij je de Seat in die droge bedding daar. Je steekt hem in brand en je gaat weg. Maar je gaat pas weg als hij helemaal is uitgebrand. Begrepen? Binnen een uur ben je weer in Laayoun.'

Santiago durfde hem niet tegen te spreken. Bovendien was hij blij dat hij van hem verlost was. Voor hij achter het stuur ging zitten, gaf de sergeant hem de zilveren beker die hij uit een van de tassen had gehaald.

'Dit leg je op de achterbank. Niet vergeten.'

Het zag eruit als een miskelk. Hij hield hem tussen zijn vingertoppen en streek voorzichtig, alsof het ding gloeiend heet was, langs de gedreven versieringen. Ondertussen reed de landrover weg en begonnen de twee legionairs aangemoedigd door Baquedano weer te zingen: '*Liefste opdat ik op een dag,/ met jou herenigd worden mag,/ verloofde ik me met de dood,/ die ik vast in mijn armen sloot,/ haar liefde was mijn vlag.*'

Het liefst wilde Santiago de kelk wegsmijten en ervandoor gaan, maar hij durfde niet. Hij haalde diep adem en ging in het maanlicht op zoek naar de plek die de sergeant had aangewezen. Als een robot stapte hij in, gooide de kelk op de achterbank en reed de auto in een kleine laagte waar hier en daar wat struiken stonden. In de vochtige, koele nacht hing er een doordringende aardgeur. Een haas bleef verblind door het licht van de koplampen voor de auto zitten. Santiago dacht even dat hij zichzelf zag in de bange ogen van het beest. Hij deed de lichten uit. Hij was ten einde raad. Hij had het gevoel dat zijn uniform op zijn huid brandde. Hij kleedde zich uit en trok zijn burgerkleren aan. Toen draaide hij de dop van de benzinetank, gooide er een brandende lucifer in en week achteruit voor de steekvlam.

Hij liep dwars door het veld tot aan de weg. Achter zich zag hij in de verte de hoog opschietende vlammen. Hij ging op weg naar Laayoun. Onderweg kwam hij niet één auto tegen. Eén uur voor zonsopgang kwam hij aan. Het was zondag en hij voelde zich verloren. Hij plofte neer op een bank onder een palmboom op de Plaza de España. En toen drong tot hem door wat er gebeurd was. Er was een opstootje voor de deur van de kerk. Mensen dromden er samen als voor de bioscoop. Santiago ging erop af, bang en nieuwsgierig tegelijk. Hij hoorde dat er was ingebroken in de kerk. De politie probeerde de omstanders op afstand te houden. Een brancard met een lichaam met een deken eroverheen werd juist de kerk uit gedragen.

'Is het de pastoor?' vroeg een vrouw.

'Nee, de koster. Het schijnt de koster te zijn. Ze hebben alles van waarde meegenomen uit de sacristie. Die stakker lag er waarschijnlijk te slapen. Hij heeft niks gemerkt.'

Santiago liep van de menigte vandaan, moest zich inhouden om niet te rennen. Hij voelde zich bedrogen, woedend, bang. Hij wist niet waar hij heen moest of wat hij met zijn zeven dagen verlof aan moest. Zonder erbij na te denken liep hij in de richting van Zemla. Terwijl hij de straatjes beklom deed hij de tas open waarin zijn uniform en bagage zaten; hij haalde de tulband eruit die hij van Lazaar had gekregen en zette hem op. Hij slenterde doelloos rond door de nog verlaten straten. Niemand lette op hem. Hij ging een winkel binnen en kocht sigaretten. Hij probeerde de gebeurtenissen van de vorige nacht te reconstrueren. Halverwege de ochtend herkende hij de Renault 12 en Lazaars huis. In een opwelling klopte hij op de deur, die open was. Twee vrouwen zaten op het tapijt hun vingers met henna te beschilderen.

'*Assalamou alaykoum*,' zei Santiago.

Ze groetten terug, blijkbaar niet verbaasd over het onverwachte bezoek. Ze vroegen hem binnen. Hij dacht dat een van de vrouwen Lazaars moeder was, maar in hun melahfa leken de vrouwen zo op elkaar dat hij het niet zeker wist. Ineens kwam N'guiya het huis in gestormd. Ze had gerend. Ze moest Santiago uit de verte hebben zien aankomen. Ze lachte hijgend. Ze ging de binnenplaats op en riep iets. De mannen van de familie kwamen de kamer in en gaven een voor een Santiago een hand. N'guiya stak de gasbrander aan en zette theewater op.

'Lazaar is er niet,' zei N'guiya lachend. 'Nu ben je mijn gast.'

Overal in de stad stond het verkeer muurvast, er was geen doorkomen aan. De stoplichten hadden geen enkel nut. Verkeersagenten slaagden er niet in orde in de chaos te scheppen. Aan alle kanten stroomden kinderen voorbij die hun ouders meetrokken door de menigte om naar de intocht van de Drie Koningen te gaan kijken. In de winkels werd tegen de klok gewerkt. Dokter Montserrat Cambra werd draaierig van de drukte en het enthousiasme van de kinderen. Ze had er bijna een uur over gedaan om een taxi te vinden en toen er eindelijk een stopte, had die kilometers moeten omrijden om Barceloneta[14] te bereiken. Toen ze er eenmaal was, had ze moeite met slikken en voelde ze een knoop in haar maag. Ze kende de symptomen, maar ze schrok ervan alsof het de eerste keer was.

Jaren geleden hield de stad op bij het Estación de Francia. Het ijzeren web van het emplacement was een kil, troosteloos gordijn waarachter je de vervallen pakhuizen en gigantische reservoirs kon zien liggen en soms de zee. Nu was het alsof ze door een andere stad liep. De Carrer de Balboa kende ze goed, maar ze voelde zich te benauwd om erheen te lopen. Ze besloot het Palau del Mar binnen te gaan. Ze was er maar een keer eerder geweest, negen jaar geleden bij de opening. Haar dochter Teresa en haar man Alberto waren er toen ook bij geweest: het ideale gezin. Teresa was nog geen tien. Even zag ze haar in het restaurant tussen de tafels door rennen. De herinnering deed haar pijn. Ze nam de lift naar de bovenste verdieping. In de stijgende lift nam de druk op haar borst toe. Ze moest bijna overgeven. Ze ging voor de ingang van het Museo Histórico zitten en onderdrukte met moeite haar braakneigingen. Ze haalde rustig adem en probeerde niet toe te geven aan de paniek die ze voelde opkomen. Ze sloot haar ogen en deed ze meteen weer open omdat ze duizelig werd. Haar hartslag versnelde. Ze was bang dat ze zou flauwvallen. Ze pakte een potje pillen uit haar tas, stopte er twee in haar mond en slikte ze gretig door.

Door het enorme raam leek Barceloneta op een filmdoek geprojecteerd. Montserrat Cambra probeerde de stad uit haar herinnering te reconstrueren. Zesentwintig jaar geleden stond op de plek van dat gebouw een vervallen pakhuis dat ieder moment in zee dreigde te storten. Er zaten enorme ratten die niet bang waren voor mensen. Op straat hoorde je transistor-radio's en neuriënde vrouwen. Op de daken was het een wirwar van scheve antennes en wasgoed.

Opeens dacht ze dat ze haar dochter samen met Alberto het museum uit zag komen. Het was zo echt dat ze haar ogen dicht-deed om het niet te zien. Ze had frisse lucht nodig. In paniek liep ze het gebouw uit. De winterse kou bracht haar weer bij haar positieven. Ze liep over de boulevard naar het huis van Ayyach Elbachir. Ondanks de metamorfose die de wijk had ondergaan, kwam alles haar bekend voor. Ze vond het adres meteen. Toen iemand de deur uit kwam, ging zij naar binnen. De geur in de hal riep allerlei herinneringen op. De huizen leken nog steeds allemaal op elkaar. Ze ging op de trap zitten en wachtte tot het licht uitging. Toen legde ze haar hoofd tussen haar knieën en haalde zich moeiteloos haar eerste bezoek aan die wijk voor de geest.

Op een ochtend kwam Santiago San Román zonder auto naar de schoenwinkel op de hoek. 'Vandaag had ik zin om te wande-len,' zei hij tegen Montse. Ze vond het prima. Ze zei niets, liep met haar boeken tegen zich aan geklemd naast Santiago. Voor het eerst in al die weken keek de jongen ernstig. Toen ze langs een prullenbak kwamen, gooide ze haar map en boeken weg.

'Wat doe jij nou?'

'Ik ben uitgestudeerd.' Ze pakte zijn hand en ze liepen de Vía Layetana uit. 'Ik ga een paar dagen naar mijn ouders in Cadaqués. Ze willen me graag zien,' loog Montse.

Santiago bleef fronsend staan. 'Wanneer?'

'Zaterdag. Mijn vader komt me halen.'

San Román kon niets uitbrengen. Zijn gedachten waren van zijn onthutste gezicht af te lezen. Hij stond erbij als een vis op het droge. 'Zaterdag! Je gaat zaterdag weg? Voor hoe lang?'

Montse liet hem nog even spartelen. 'Weet ik niet. Tot september. Ik zie wel.'

Santiago sperde zijn ogen open en kreeg haast een rolberoerte. 'Tenzij...'

'Tenzij wat?'

'Tenzij je me de waarheid vertelt.'

San Román slaakte een diepe zucht. Hij bloosde. Zijn handen en stem trilden. 'Hoezo de waarheid?' Montse versnelde haar pas en hij liep achter haar aan, probeerde haar bij te houden. 'Wacht even, joh, loop nou niet weg. Ik zweer dat ik niet weet waarover je het hebt. Ik lieg niet tegen je...' En hij stopte met praten toen zij zich omdraaide en hem woedend aankeek.

Ze dronken hun laatste biertje van de zomer op een terras. Santiago had nog één briefje van honderd. Hij gaf het aan de ober alsof hij hem zijn ziel overhandigde.

'Ga je me nu alles vertellen?'

Santiago bestudeerde zijn nagels en nam een slok. 'Oké, het is waar: ik werk niet bij een bank. Dat heb ik verzonnen.'

'Dat wist ik al,' zei Montse. 'Ik wil weten wat je wel doet. Want ik begin te denken dat al die auto's gestolen zijn.'

Santiago werd nerveus. 'Ze zijn niet gestolen. Dat zweer ik. Ze zijn van de garage. Ik neem ze 's ochtends mee en breng ze terug als ik jou heb thuisgebracht.'

'De witte cabriolet ook?'

'Ja, die ook.'

'Dus je werkt in een garage.'

Santiago liet zijn schouders hangen en zei zacht: 'Werkte.'

Montse bleef het raadsel verder ontwarren. 'Ben je van baan veranderd?'

'Zoiets. Nee, ik ben ontslagen.'

Dat was het moment om hem wat respijt te geven. Ze pakte zijn hand en gaf hem liefdevol een kus. Santiago was blij dat hij eindelijk zijn hart kon luchten en flapte alles eruit. 'Toen de baas gisteren terugkwam, merkte hij dat er een auto weg was.

Die had ik natuurlijk. Hij stond me bij de ingang van de garage op te wachten. Hij zegt dat hij naar de politie stapt, en ik krijg nog geld van hem, maar dat wil hij niet betalen. Het is een vuile klootzak. Ik heb sinds januari geen loon meer gekregen.

'En dat geld dat je bij je hebt dan?' vroeg Montse nieuwsgierig.

'Ik heb zo mijn manieren om aan de kost te komen, wat dacht jij? Ik repareer slooponderdelen, maak ze weer zo goed als nieuw. Oude spullen die je nergens meer vindt. Pascualín kon zijn mond niet houden, de hufter.'

'Werkt Pascualín ook daar?'

'Ja.'

'Ik vond al dat hij er niet echt als een bankmedewerker uitzag,' zei Montse in een poging hem op te beuren.

'Bankmedewerker? Hij kan nog niet tot tien tellen. Hij heeft de baas over de auto's verteld. Hij heeft gezegd dat ik al een hele tijd alleen maar naar de garage kom om een auto te halen en hem 's avonds weer terug te brengen.'

'En je baas was al die tijd niet in de garage geweest?'

'Nee, nee. Die hufter koopt gestolen auto's, haalt ze uit elkaar en verkoopt de onderdelen in Marokko. Hij neemt het ervan daar in Tanger tussen de hasj en hoeren.' Santiago besefte dat hij te veel gezegd had. Nu keek Montse ernstig. Ze wilde Santiago op zijn woord geloven, maar dit was te ver van haar wereld verwijderd. 'Wat? Je wilde toch de waarheid horen? Nou, dit is de waarheid.'

Montse zocht naar woorden. 'Het kan me allemaal niet schelen. Ik wilde alleen bij jou zijn. Maar ik vind het heel erg dat je tegen me liegt.'

San Román stopte zijn handen in zijn zakken. Hij had spijt en vreesde dat het te laat was. 'Ga je zaterdag nou naar Cadaqués?'

Zij besloot eruit te halen wat erin zat. 'Dat hangt van jou af. Als je bewijst dat het je spijt, blijf ik bij jou.'

'Zeg maar hoe ik het moet bewijzen.'

'Stel me aan je ouders voor.'

San Román zei niets. Dat was het laatste wat hij had verwacht. Montse stond beledigd op. 'Dat dacht ik al. Altijd mooie praatjes, maar als puntje bij paaltje komt, ho maar.' Ze liep weg. Ze was in alle staten.

San Román rende achter haar aan en pakte haar bij haar schouders. 'Hé, ho even, ik heb toch geen nee gezegd.'

Montse ging met haar armen over elkaar staan en keek hem uitdagend aan. 'Ik heb je anders ook geen ja horen zeggen. En de uitdrukking op je gezicht zegt genoeg.'

'Goed. Aan mijn vader kan ik je niet voorstellen, want die heb ik nog nooit gezien. Ik denk dat hij dood is. Ik weet het niet. Ik neem je mee naar mijn moeder. Maar ze is niet in orde: ze is overspannen en ze vergeet dingen.'

Het was de eerste keer dat Montse aan de andere kant van het Estación de Francia kwam. Als Santiago er niet was geweest, zou ze nooit benieuwd zijn geweest naar die wijk die een hele andere stad leek. Transistorradio's speelden liedjes van Antonio Molina die op straat te horen waren. Het rook er naar stoofschotel, stookolie van de pakhuizen en het rottend zeewier van de Dársena del Comercio. Santiago pakte niet één keer haar hand. Hij slofte met hangende schouders een meter voor haar uit, en groette bekenden met tegenzin.

De moeder van Santiago San Román had een sigarenwinkel in de buurt van de Carrer de Balboa. Vanaf daar werd het leven in de wijk overschaduwd door de depots van het gas- en elektriciteitsbedrijf. Het was een kleine, slonzige winkel met kapotte plavuizen op de grond. De toonbank en kasten waren oud en donker van de vele lagen vernis. De ruiten in de deur zaten los. Santiago gaf zijn moeder een zoen en zei met tegenzin: 'Mama, dit is Montse.'

De vrouw keek haar aan alsof ze vanaf de bodem van een diepe put naar boven keek. Daarna keek ze naar haar zoon. 'Heb je al gegeten, Santi?'

'Nee, mama, het is pas twaalf uur. Ik eet straks wel wat.'

Santiago pakte een pakje Chesterfield en stopte het in zijn zak. Montse deed haar best de ongezond ogende, van top tot teen in rouwzwart gehulde vrouw niet aan te gapen, maar ze kon haar ogen niet van haar afhouden. Santiago's moeder ging aan een rond tafeltje zitten en pakte twee breipennen en een kluwen wol. De jongen gebaarde dat hij zo terugkwam en verdween in de achterkamer. Montse voelde zich opgelaten. Ze wist niet wat ze moest zeggen tegen de vrouw, die opging in haar breiwerk. Ze stond daar maar en keek naar de stapels sigaretten. De tijd kroop voorbij. Ineens zei het meisje: 'Vandaag wordt het vast niet zo benauwd.'

Santi's moeder keek op, legde de pennen op tafel en kwam overeind. 'Sorry, ik had je niet horen binnenkomen,' zei ze, alsof ze haar voor het eerst zag. 'Waar kan ik je mee helpen?'

Het meisje versteende van schrik. Het duurde even voor ze reageerde. 'Niets, ik hoef niets. Ik ben Montse, een vriendin van Santi.'

'Ah, Montse, ja natuurlijk. Santi is nog niet thuis. Hij is in de garage. Als je wilt zeg ik hem bij de lunch dat je bent geweest.'

Montse knikte. De vrouw ging zitten en pakte haar breiwerk weer op. Santiago kwam terug met één hand in zijn broekzak. Hij gaf zijn moeder een zoen. 'Mam, ik ga.' Zijn moeder zei zonder opkijken gedag.

Op straat deed Montse haar best te glimlachen. 'Je hebt een heel knappe moeder.'

'Dan had je haar een paar jaar geleden moeten zien. Ik heb foto's van toen ze naar Barcelona kwam, van toen zij en mijn...' Santiago's gezicht betrok. Hij haalde zijn hand uit zijn zak en liet haar een zilveren ring zien. Hij pakte Montses hand en schoof hem om de vinger waaraan hij het beste paste.

Ze lachte. 'Is die voor mij?'

'Ja. Het is een ring uit onze familie. Mijn oma heeft hem aan mijn moeder gegeven en nu is hij voor jou.'

Montse pakte Santiago's handen. 'Wat heeft je moeder, Santi? Is ze ziek?'

'Ik weet het niet. Volgens de dokter is ze overspannen. Ik ken haar niet anders, ik ben het gewend.' Santiago wipte nerveus op zijn tenen. 'Laten we gaan, in deze buurt is het veel te warm,' zei hij.

Toen Santiago San Román zijn ogen opendeed, scheen de zon al op het balkon van Montses slaapkamer. Het duurde even voor hij weer wist waar hij was. Hij schrok toen hij Montses lichaam naast zich voelde. Hij had een zoete smaak in zijn mond. De lakens en kussens roken naar Montse. Hij snoof haar geur diep op. Ze was zo mooi dat hij haar niet wakker wilde maken. Hij glipte uit bed en kleedde zich aan terwijl hij naar haar keek. Het huis was gehuld in stilte. Het was nog heel vroeg. Santiago wist dat de hulp, die de dag ervoor vrij had gehad, pas om tien uur zou komen, na de markt. Hij liep door de gangen en bekeek de schilderijen en meubels alsof hij in een museum was. Het was de eerste keer dat hij in een huis was met tapijten op de vloer. De woonkamer rook naar het leer van de stoelen en het fluweel van de gordijnen. Hij talmde wat in een kantoor waar één wand vol stond met boeken en de andere bedekt was met tal van oorkondes en diploma's. Opeens voelde hij zich een indringer. Hij liep terug door de gangen, vond de voordeur en rende de trap af. Op straat stak hij zijn handen in zijn zakken: hij had maar zes peseta's. Hij liep de straat in en bleef staan bij een prullenbak. Hij stopte allebei zijn handen erin en viste Montses boeken en map eruit.

Toen ze de deur opendeed, had het meisje rode ogen van het huilen. Ze keek Santiago aan alsof hij een spook was. 'Klootzak,' zei ze met haar hoofd tegen de deurstijl.

Santiago snapte niet wat er aan de hand was. Hij liet haar de boeken zien. 'Deze zijn van jou. Ik wil niet dat mijn vrouw net zo stom is als ik.'

Montse huiverde. Ze pakte zijn hand en trok hem naar binnen. 'Kom, we moeten ontbijten voor Mari Cruz er is.'

Ze stonden in de keuken een pannetje melk op te warmen toen ze de sleutel in het slot hoorden. Montse spitste haar oren als een jachthond. Santiago's hart bonsde in zijn keel. 'Is dat de hulp?'

'Ja,' zei zij zo rustig mogelijk. 'Ze is te vroeg. Het is pas negen uur.' Meer konden ze niet zeggen, want toen kwam Mari Cruz al bezweet binnen met een mand in haar hand. Ze bleef in de deur staan, haar ogen op Santiago gericht. 'Dit is Santiago, hij gaat ook naar de academie. Hij komt me ophalen, want we nemen dezelfde bus.' Mari Cruz zette zwijgend haar mand op tafel en liep de keuken uit.

'Ze gelooft er niks van,' zei de jongen.

'Kan me niet schelen. Van haar hebben we niks te vrezen, geloof me.'

Toen Montse zich ging klaarmaken, liep de dienstmeid weer de keuken in. Het leek alsof ze om de hoek had staan wachten. 'Ik ken jou,' zei ze op dreigende toon.

'Nee, dat kan niet. Ik ben hier nog nooit geweest.'

'Nee, maar ik ken je uit de buurt.'

Santiago hield zijn adem in en durfde niet weg te kijken.

'Ben jij niet de kleinzoon van Culiverde?'

De jongen wilde wegrennen zonder iets te zeggen, maar iets verlamde hem.

'Ben jij niet de zoon van Maravillas van de sigarenwinkel?'

'Nee, nee. Ik weet niet wie dat is.'

Mari Cruz ging met haar handen in de zij in de deur staan. 'Luister, jochie, ik weet niet precies wat je in je schild voert, maar ik kan het wel raden. Jij zoekt meisjes met centen om je leuter in te steken. Dan ben je hier aan het verkeerde adres. Eén misstap en ik ga naar de politie. Dit is een fatsoenlijk huishouden. Ga liever je moeder helpen, dat kan ze wel gebruiken' Mari Cruz zweeg abrupt toen ze Montses voetstappen achter zich in de gang hoorde. Het meisje pakte haar boeken en map van tafel en wenkte Santiago. Ze zei de dienstmeid gedag. 'Dag juffrouw. Eet u vandaag weer niet thuis?'

'Nee. Ik ga naar Nuria.'

Dokter Cambra schrok van het licht in de hal dat aan ging. Ze deed haar ogen open en keek op. Een oude vrouw kwam voorzichtig dichterbij.

'Voelt u zich wel goed, mevrouw?'

Montserrat Cambra ging staan alsof er niets aan de hand was. 'Ja hoor, dank u wel. Ik wacht op iemand.'

De oude vrouw klampte zich vast aan de leuning en begon moeizaam de trap te bestijgen. Ze was astmatisch, hoorde Montse aan haar ademhaling. Haar paniek was weg. Hoewel ze wist bij welk appartement ze moest zijn, haalde ze nog een keer het adres van Ayyach Elbachir uit haar tas.

De Saharawi was slank, met uitgesproken gelaatstrekken en een donkere huid. Hij had heel kort haar en een stoppelbaard. Hij moest rond de vijfentwintig zijn en zag er heel gewoon uit, hij droeg een spijkerbroek en een oude wollen trui. Hij gaf Montse een slap handje en vroeg haar binnen te komen. Het was een eenvoudig huis, met uitgesleten vloeren en kale muren. Ze kwamen in een ruime woonkamer waarin nauwelijks meubels stonden: een fauteuil, twee stoelen, een laag tafeltje, een wandmeubel uit de jaren zeventig en een lamp die duidelijk ouder was dan de rest van het meubilair. Op de grond lag een groot tapijt met felle kleuren. De kamer had een klein balkon. Voor het kleine raam hingen geen gordijnen. De woonkamer leek ingericht met restjes uit andere huizen. Het wandmeubel was leeg, alsof de bewoners net aan het verhuizen waren. In het midden van de kamer stond een gasbrander en een dienblad met kleine glaasjes en een theekan. Toen ze binnenkwamen stond er een jongen bij het raam. Hij was een stuk magerder dan Ayyach en jonger. Ayyach stelde hen aan elkaar voor, maar zijn naam ontging Montse. Ze nam plaats in de fauteuil, Ayyach Elbachir op een stoel. De jongen ging op het tapijt zitten en stak zonder iets te zeggen de gasbrander aan en zette water op. Aan de andere kant van de muur krijste een kind zonder ophouden.

Na wat plichtplegingen haalde Montserrat Cambra de foto tevoorschijn en gaf hem aan Ayyach. De Saharawi bekeek hem zonder een spier te vertrekken. Hij streek met zijn vingers over het papier, alsof hij zijn vrouw probeerde aan te raken. Montse zweeg eerbiedig. Ze wist niet waar ze moest beginnen.

'Ik heb u over de telefoon niet alles verteld, omdat ik wilde wachten tot ik met u over de foto kon praten. En eigenlijk weet ik nu niet goed hoe ik het moet zeggen.'

Ayyach keek haar niet-begrijpend aan. De andere Saharawi was nog steeds met de thee bezig; hij leek niet te horen wat Montse zei.

'Ik begrijp het niet,' zei de Saharawi.

'Ik zal met de deur in huis vallen. Een van de mannen op de foto, die in djellaba, heb ik vroeger gekend.'

'De man in de darraha.'

'Maar die man is jaren geleden gestorven in de Sahara. Tijdens de Groene Mars. Ten minste, dat is wat mij is verteld. De nacht dat uw vrouw verongelukte vond ik de foto toevallig tussen haar spullen. Ik wist meteen dat hij het was. Volgens de datum die achterop staat is de foto van na zijn dood, als hij inderdaad is gestorven. Maar ik weet dat mensen niet zomaar uit de dood herrijzen.'

Montse had spijt van haar ongelukkige woordkeus. Ayyach Elbachir zag dat ze zich opgelaten voelde. Ze keken elkaar zwijgend aan, tot de Saharawi weer naar de foto keek.

'Die man is niet dood,' zei hij stellig. 'Ik ken hem, hij is drie jaar geleden op mijn bruiloft geweest.'

Montse haalde diep adem en vroeg Ayyach Elbachir nog eens naar de foto te kijken. Dat deed hij.

'Ja, hij is een oom van mijn vrouw.'

'Van Mamia Salek?'

Hij glimlachte, dankbaar dat ze de naam van de overledene had onthouden. Hij leek aangedaan.

'Ja, inderdaad. Ik heb hem op onze bruiloft voor het laatst gezien. Mijn vrouw hield van hem als van een vader. Hij woonde in de *daira*[15] Bir Gandouz, in de wilaya Aousserd.'

Montse kon haar teleurstelling niet verbergen. Ze liet haar hoofd hangen en keek naar de jongen die thee zette.

'Dan heb ik me toch vergist,' zei ze zacht. 'De man die ik bedoel was een Spanjaard. Maar ze lijken zo op elkaar...'

'Ik heb alleen gezegd dat hij Mamia's oom was, niet dat hij een Saharawi was. Mijn vrouw had u alles over hem kunnen vertellen. Het enige wat ik zeker weet is dat deze man in Spanje is geboren.'

'Weet u zijn naam nog?'

'Youssouf. Hij werd Youssouf genoemd. Maar zijn christelijke naam ken ik niet. De andere man op de foto is Lazaar Baha, zijn zwager. Hij is net als onze leider omgekomen bij de aanval op de hoofdstad van Mauritanië[16]. In mijn geboortejaar.'

'Zegt de naam Santiago San Román u iets?'

'Nee, nooit van gehoord.' Ayyach Elbachir keek weer naar de foto. 'Ik kende hem amper. We hebben elkaar maar een paar keer gesproken: ik kan het me niet meer herinneren. Mijn vrouw had recentere foto's van hem. Hij is erg veranderd. Hij is zwaargewond geraakt in de oorlog. Ik vond het een bijzondere man. Het schijnt dat hij sinds de dood van zijn echtgenote in de war is.'

De jongen stak Montse een klein dienblad toe. Ze pakte een glas, Ayyach Elbachir deed hetzelfde. Haar handen beefden toen ze het naar haar lippen bracht. Het gehuil zwol aan. Ze besefte dat het een vergissing was geweest hier te komen. Aan het verleden viel niet te tornen. Zelfs aan dat van jezelf niet. Toch moest ze het vragen: 'Was hij getrouwd?'

'Ja, met de tante van mijn vrouw. Ze heeft een dochter die in Libië studeert, haar zoon is verongelukt toen hij bij de muur op een mijn stapte.'

Welke muur? Waar lag Aousserd? Wat was een wilaya? Montse probeerde er niet aan te denken, maar ze had zo veel vragen. Er kwam een vrouw binnen, die bleef staan toen ze Montse zag. Ze droeg een spijkerbroek en had lang, zwart haar. Ze verontschuldigde zich en zei in het Arabisch iets tegen Ayyach Elbachir. De andere jongen mengde zich met een bezorgde blik in het gesprek. De vrouw leek ongerust. Het drietal sprak met gedempte stem, alsof ze bang waren om te storen. Ayyach verliet de kamer. De jongen zette nog een kan thee. Hij keek glimlachend op en wijdde zich vervolgens weer vol overgave aan zijn taak. Ayyach kwam weer binnen en verontschuldigde zich: 'Sorry. Fatma's zoontje is ziek, en ze maakt zich zorgen omdat ze niet weet wat hij heeft.'

'Is dat Fatma's zoontje dat huilt?'

De Saharawi knikte. Montse stond op en legde haar handtas in de fauteuil. De twee mannen keken haar niet-begrijpend aan. Ze keek ineens ernstig en geconcentreerd, boos haast.

'Waar is hij?'

'In de kamer van de vrouwen.'

Montse liep de gang op en ging op het gehuil af tot ze bij een kamer kwam waar Fatma en een oudere vrouw op de grond zaten en een baby probeerden te sussen. Ze ging naar binnen en vroeg of ze het kind mocht oppakken.

'Je hoeft niet bang te zijn: ik ben arts.'

Fatma's gezicht klaarde op. Ze stond op en gaf haar het kind. Montse legde het op een matras. Het was een baby van vier, vijf maanden.

'Hij huilt al de hele middag. Hij wil niet aan de borst,' zei Fatma, nu zelf snikkend.

'Wanneer heeft hij voor het laatst gedronken?'

'Om tien uur,' zei de andere vrouw meteen.

De twee mannen keken in de deur bezorgd toe, durfden niets te zeggen.

Terwijl de arts het kind onderzocht kon je een speld horen vallen. Ze deed zijn kleertjes uit, maakte zijn luier los en duwde op zijn liezen, maag en borst.

'Hij heeft vocht nodig. Anders droogt hij uit.'

'Hij wil zijn mond niet opendoen,' zei Fatma in tranen.

De arts legde het kind op zijn buik en bekeek de uitwerpselen in de luier.

'Hij heeft een flinke koliek. Niet huilen, hoor, het is niets ernstigs. Je moet hem een aftreksel geven van venkel, kamille en anijs. Bij baby's is de blaas nog niet volgroeid en zijn dit soort dingen heel gewoon. We zullen hem nu alvast wat kamillethee geven, met een spuitje zodat hij slikt. Wat bij een kat werkt, moet bij een baby ook lukken,' zei ze, in een poging de spanning te doorbreken en de moeder op te beuren.

Fatma was gestopt met huilen. Ayyach Elbachir stond onbeholpen naar Montse te kijken en wist niet wat hij moest zeggen. De foto had hij nog in zijn handen. Even probeerde hij zich in te denken welk verhaal er achter die vrouw schuilging.

'Morgen bel ik naar Rabouni,' zei de Saharawi. 'Als deze man de Spanjaard is die u bedoelt, moet mijn vader het weten. Hij heeft een geheugen als een olifant: hij kan uit het hoofd alle namen opnoemen van de doden die hij in ons land heeft begraven toen hij moest vluchten.'

Dokter Montserrat Cambra glimlachte dankbaar en onzeker tegelijk.

De vrachtwagen glijdt over de hamada als een schip op wielen dat op het punt staat te vergaan. Het is niet ver van het ziekenhuis in Smara naar de daira Bir Lahlou, maar voor Montses gevoel duurt de rit een eeuwigheid. Ze zit voorin tussen de bestuurder en Leila. Achterin zitten drie jongens die een geit vasthouden. De man naast haar heeft de hele weg nog geen woord gezegd. Nu Bir Lahlou in zicht is, zegt hij iets tegen Leila. Zij reageert boos, maar daar trekt hij zich zo te zien niets van aan. Hij lijkt het zelfs wel grappig te vinden dat ze kwaad is. Montse begrijpt niet wat ze zeggen en durft het ook niet te vragen.

De wagen rijdt een kleine helling op en stopt voor een eenvoudig, witgepleisterd gebouw van baksteen en beton. Leila stapt uit en helpt Montse uit de cabine. De chauffeur grijnst met zijn pijp tussen zijn tanden. De verpleegster smijt ten afscheid het portier dicht en roept iets wat als een belediging klinkt.

'De idioot,' zegt ze tegen Montse. 'Hij weigert ons naar mijn khaima te brengen. Dan is hij te laat thuis, zegt hij. Het is een vriend van mijn vader; ik wilde niet met hem trouwen toen ik terugkwam naar de Sahara.'

'Maakt niet uit,' sust Montse geamuseerd. 'Het is hier prachtig.'

Bij zonsondergang lijkt Bir Lahlou in rustige kleuren op het diepe oker van de woestijn geschilderd. Vanaf de kleine heuvel waarop een school voor bijzonder onderwijs is gebouwd overzie je als op een wachttoren de onmetelijke woestijn. De daken van de khaima's breken de horizon. De waterreservoirs glinsteren fel in het laatste zonlicht. Er waait een aangename, nauwelijks voelbare warme wind. Af en toe wordt de doodse stilte verbroken door een mekkerende geit. De blauwgroene khaima's steken af tegen de armzalige lemen bouwsels.

Montse haalt diep adem. Ze is moe. De ruige schoonheid van het landschap doet haar huiveren. De woestijn en de lucht vervloeien tot een nauwelijks zichtbare lijn.

'Kijk,' zegt Leila, en ze wijst naar beneden. 'Daar woon ik.'

Montse kijkt. Ze vindt alle khaima's er hetzelfde uitzien. 'Wacht, ik wil deze lucht even opsnuiven,' zegt ze.

Leila pakt haar melahfa bijeen en gaat op de grond zitten. Montse doet hetzelfde. Langs een van de wijken in het kamp staat een bijna volledig met zand bedekte lemen muur die een paar hectare bomen en tomatenplanten omgeeft. Montse verbaast zich over die oase midden in de woestenij.

'Die moestuin hebben wij aangelegd. Het lijkt wel een tekening, maar hij is echt. Het water is hier erg zout, maar er groeien tomaten en een paar kroppen sla.'

'En deze school?' vraagt ze wijzend op het bakstenen gebouw.

'Voor zieke kinderen. Nou ja, zwakbegaafde.'

'Jullie hebben ziekenhuizen en scholen gebouwd, en toch wonen jullie na vijfentwintig jaar nog steeds in tenten?'

Leila glimlacht. Het lijkt alsof ze op die opmerking zat te wachten.

'We zouden funderingen kunnen leggen, gebouwen optrekken, wegen aanleggen, een rioleringssysteem. Maar dan geven we ons gewonnen. We zijn hier tijdelijk, omdat ons land bezet is door de vijand. Zodra de oorlog voorbij is gaan we terug. En dan wordt dit allemaal verzwolgen door de woestijn. De tenten hebben we in twee dagen afgebroken en we kunnen in een week weer terug in ons land zijn.'

Montse weet niet wat ze moet zeggen. Zo veel moed en vastberadenheid had ze achter die tengere vrouw niet gezocht. Ze knipoogt en pakt haar hand. Leila kijkt weer even lief als altijd.

'Gisteren heb je weer in je slaap gepraat,' zegt de Saharawi, terwijl ze haar melahfa achter haar oren schuift. 'Je hoeft nergens bang voor te zijn. Die vrouw is vast een hersenspinsel. Als ze echt was, hadden onze soldaten haar al gevonden. Je denkt misschien van wel, maar doden verdwijnen niet zomaar in de woestijn. En van een schorpioenbeet ga je hallucineren.'

Montse tuurt naar beneden, naar de rij khaima's.

'Je hebt gelijk. Ik wil best geloven dat het een hallucinatie is. Maar daarmee is het raadsel van de nachtmerrie in Tindouf niet opgelost. Dat is echt gebeurd. En ik voel me nu zo stom...'

Uiteindelijk had de vreemdelinge toegegeven en haar hoofd bedekt voor ze naar buiten ging. Maar ze had nog geen stap gezet of de vrouw des huizes kwam al achter haar aan, en hoewel Montse alleen wilde zijn om een telefoon te zoeken, week het mens niet meer van haar zijde. De Algerijnse keek nors en leek het vervelend te vinden dat Montse in haar eentje de straat opging. Soms vond Montse de situatie zo absurd dat ze er bijna om moest lachen. En soms moest ze zich inhouden om niet midden op straat in huilen uit te barsten. De kinderen volgden op een paar meter afstand. Wanneer Montse stopte, deed de vrouw hetzelfde. Wanneer ze haar pas versnelde, zette de vrouw een tandje bij. Ze leken allebei boos en geïrriteerd. Ze had besloten niets meer tegen haar te zeggen. De Algerijnse sprak nauwelijks Frans en Montse kon zelf ook maar een paar zinnetjes brabbelen.

Nadat ze op iedere hoek had gekeken of ze een telefooncel of belwinkel zag, dacht ze dat ze iemand in het Spaans hoorde vloeken. Ze draaide om. Bij een benzinepomp stond een vrachtwagen te tanken. Het was een oude vrachtwagen met een versleten zeil over de laadbak. Ze liep er meteen heen. Dit keer liet ze zich niet tegenhouden door het geschreeuw van de Algerijnse. Een man gekleed in delen van diverse militaire uniformen was in gesprek met de pompbediende. Hij liep tegen de zestig. Een grijze baard hing over zijn borst en zijn armen stonden vol met tatoeages. Montse herkende zijn muts van het legioen en de Spaanse vlag die op allebei de mouwen was genaaid. Ze liep op hem af als een drenkelinge die op volle zee een stuk drijfhout ziet om zich aan vast te klampen.

'Komt u uit Spanje?'

De man draaide zich verbaasd om. Montse deed haar hoofddoek af. Hij zette zijn handen op de gesp van zijn riem en nam de vrouw van top tot teen op. Het duurde even voor hij iets zei. 'Waar komt u in godsnaam vandaan?'

Montse was zo aangedaan dat haar uitleg niet te volgen was. Ze probeerde de onbekende het hele verhaal te vertellen maar was niet in staat zich samenhangend uit te drukken. De Algerijnse stond aan de overkant van de straat ongelovig toe te kijken en durfde niet over te steken. 'Ik moet bellen. Ik had gisteren opgehaald moeten worden op het vliegveld, maar er kwam niemand opdagen. Mijn koffer staat bij die vrouw thuis en ze willen me niet laten gaan.'

De Spanjaard keek in de richting van haar wijzende hand. Toen de Algerijnse begreep dat ze het over haar hadden, bedekte ze haar gezicht en maakte ze zich uit de voeten. 'Maakt u zich geen zorgen, mevrouw, bij mij bent u veilig. Ik ben een echte legionair. U hebt geluk dat u me bent tegengekomen. Gelooft u me, u hebt geluk gehad.'

De man stonk, maar Montse kon hem wel om de hals te vliegen. 'Weet u waar ik een telefoon kan vinden?'

'Ik weet nog iets beters. Ik breng u naar de Spaanse consul, die regelt alles wel voor u.'

Montse kon niet geloven dat na alle angsten die ze had uitgestaan alles ineens zo eenvoudig was. In gedachten kneep ze zichzelf om zeker te weten dat het geen droom was. 'Mijn koffer staat bij die mevrouw thuis die net wegliep,' zei Montse nog eens. 'Ik weet waar het is, maar ik zou het enorm op prijs stellen als u met me meegaat. Ik begrijp niet wat ze van me willen.'

'Zit er iets van waarde in de koffer?'

Montse dacht even na voor ze antwoord gaf. Haar instinct zei haar voorzichtig te zijn. 'Nee. Ik heb nauwelijks geld bij me en mijn paspoort heb ik hier.'

De man dacht na. Hij stak de pompbediende een paar vuile, kreukelige biljetten toe en zei iets in het Frans. 'Stapt u maar in, mevrouw. We gaan.'

Montse deed wat haar gezegd werd en al snel begreep ze dat het niet zo eenvoudig zou worden als ze in eerste instantie had gedacht.

Zodra de anachronistische legionair zijn handen op het stuur legde, klauterden er twee mannen de cabine in. Het waren moslims met een tulband op en legerkistjes aan. Montse hoorde achter haar nog meer mannen in de laadbak springen. 'Het zijn brave lieden, mevrouw. Echte patriotten,' zei hij, doelend op de Algerijnen. De vrachtwagen reed weg en de vrouw zat tussen de bestuurder en de andere twee mannen ingeklemd. De stank was niet om uit te houden. Het lawaai van de motor werd overstemd door het geschreeuw van de mannen achterin.

'Het huis is aan het eind van deze straat links. Bij die grijze blokken,' zei Montse. De legionair bleef strak voor zich uitkijken, klemde een sigaar tussen zijn tanden en knauwde erop. Toen ze de straat voorbijreden, werd Montse ongerust. 'Het is daarachter, bij die huisjes.'

De legionair glimlachte. 'Maakt u zich geen zorgen, mevrouw: het loont de moeite niet om die wijk in te gaan. Sorry, maar daar wonen mensen van het laagste allooi. Dieven en hoeren, mijn excuses voor het taalgebruik. En verder niks. Als er niets waardevols in uw koffer zit, zet u hem maar beter uit uw hoofd. Geloof me.'

Toen ze de laatste huizen van Tindouf achter zich lieten, had Montse gemengde gevoelens. Aan de ene kant was ze blij dat ze eindelijk weg was uit die hel, maar aan de andere kant vroeg ze zich af of het wel verstandig was geweest om in te stappen bij een man van wie ze niet wist of ze hem kon vertrouwen. Terwijl haar achterdocht groeide, praatte de legionair honderduit. Met zichtbaar genoegen diste hij het ene na het andere sterke verhaal op over zijn tijd bij het legioen. De andere twee zaten onverstoorbaar te roken en zeiden geen woord. Toen de legionair even zijn mond hield vroeg Montse: 'In welke stad is er een consulaat?' Het duurde even voor de legionair antwoordde. Montse had de indruk dat hij tijd probeerde te winnen. Vervolgens zei hij een naam in het Arabisch die ze niet begreep.

'Is dat ver van Tindouf?'

'Mevrouw, in de woestijn weet je nooit of iets ver weg is of dichtbij. Het hangt er maar vanaf waarmee je het vergelijkt. En u zei dat u uit Madrid komt?'

'Nee, dat zei ik niet.'

'O, dat dacht ik.'

'Ik kom uit Barcelona.'

De legionair viste naar details over Montses reis. Naarmate zijn vragen begonnen te lijken op een heus verhoor nam haar argwaan toe. Ze probeerde om de waarheid heen te draaien, maar hij was zo gehaaid dat ze zichzelf begon tegen te spreken. Montse besloot alleen nog met ja of nee te antwoorden en te doen alsof ze hem door het geraas van de motor niet kon verstaan.

Het was moeilijk te zeggen of ze twee of drie uur hadden gereden. Het asfalt had plaatsgemaakt voor een droge, stoffige weg die na een paar kilometer geleidelijk vervaagde. De vrachtwagen volgde nu de sporen van andere auto's of kliefde door het ongerepte zand. De bewoonde wereld leek steeds verder weg. Op het moment dat Montse echt bang begon te worden, meende ze in de verte een stad te ontwaren. Ze zag donkere vlekken afsteken tegen het oker van het woestijnzand. In het felle middaglicht kon ze het niet goed zien, maar ze wist zeker dat ze aan de horizon tekenen van beschaving zag. Ze dacht zelfs dat ze daken zag schitteren in de zon. 'Is dat het?' vroeg Montse enigszins gerustgesteld. 'Ja, mevrouw, daar is het. Nog vijf minuten en dan kunt u uitrusten.'

Naarmate ze de fata morgana naderden, voelde Montse het bloed naar haar hoofd stijgen. Op iets meer dan een kilometer ervandaan besefte ze dat het helemaal geen stad, dorp of iets dergelijks was. De donkere vlekken en glinsteringen die ze had gezien kwamen van duizenden op elkaar gestapelde autowrakken. Samen vormden ze een monsterachtig kerkhof midden in de Sahara, compleet met straten en kruisingen.

Montse kon geen woord uitbrengen. Ze voelde dat het mis was. Ze kruiste haar armen en klemde ze tegen haar borst, zich vastklampend aan iets wat alleen in haar verbeelding bestond. Toen de mannen uit de wagen sprongen, stapte ze doodsbang uit en probeerde zich niet te laten verlammen door de angst: 'U had beloofd dat u me naar het consulaat zou brengen.'

'Alles op zijn tijd, mevrouw, alles op zijn tijd. We moeten een paar zaakjes afhandelen en daarna breng ik u naar de consul.'

'Mijn echtgenoot moet nu al in Tindouf zijn. Hij is waarschijnlijk al naar de Algerijnse politie gestapt.' Ze klonk als een wanhopig kind dat liegt. Met een snelle beweging griste de legionair een paar papieren uit Montses zak. De vrouw probeerde weg te rennen, maar twee mannen pakten haar bij haar armen zodat ze geen kant op kon. Ze wilde gillen, maar haar stem stokte. Een derde doorzocht de rest van haar zakken en haalde haar portemonnee en paspoort te voorschijn. Als een hond die zijn baasje de buit brengt gaf hij de spullen aan de legionair. Hij bekeek ze en borg ze op in een van de vele zakken van zijn bijeen geraapte uniform.

'Haal geen stommiteiten uit. Zelfs al zouden we je vrij laten, hier kom je te voet niet ver. Voor je het weet, ben je omgekomen van honger en dorst.'

De legionair liep weg en de twee huurlingen sleepten Montse achter hem aan. Tussen de autowrakken stond een armzalig hok met een dichtgespijkerd raam. De legionair maakte de twee hangsloten aan de deur open en zijn mannen duwden Montse naar binnen. Ze viel voorover op haar gezicht. 'Je kunt krijsen wat je wilt. Hier hoort niemand je.' Ze wilde het uitschreeuwen van de pijn, maar beheerste zich. Ze wist dat het geen zin had zich te verzetten, maar ze kon niet eens schreeuwen. Ze kermde en richtte haar hoofd op. Ze had een bloedneus. 'Alstublieft, alstublieft, alstublieft,' smeekte ze nauwelijks hoorbaar. De deur ging dicht. Montse kwam overeind en begon fluisterend om hulp te vragen, bang haar stem te verheffen. Ze merkte al snel dat ze niet alleen was. Er was weinig licht, maar in het halfdonker zag ze drie vrouwen op de grond zitten. Ze waren ongetwijfeld net zo verbaasd als zij. Ineens overviel haar een onverklaarbare schaamte. Ze probeerde zich groot te houden, maar ze kon niet ophouden met snikken. Ze besefte dat schreeuwen of tegen de deur trappen niets zou uithalen. Ze keek naar de vrouwen. Beetje bij beetje ontwaarde ze hun gezichten. Ze waren gekleed zoals de vrouwen die ze in Tindouf had gezien. Ze hadden een harde uitdrukking op hun gezicht, maar ze waren net zo bang als zij. Montse probeerde zich verstaanbaar te maken in het Spaans. Vervolgens zei ze wat in het Frans, maar geen van de vrouwen reageerde. Een van hen gebaarde haar te gaan zitten. Ze liet zich op haar knieën vallen en sloeg haar handen voor haar gezicht. Ze vroeg zich af of het nog erger kon worden dan dit. Een tijd lang huilde ze vol overgave, tot haar tranen en energie op waren. Toen ze zich probeerde neer te leggen bij het idee dat er niets meer aan te doen was, kwam een van de vrouwen naast haar zitten en legde een hand op haar schouder. 'Hier,' zei ze in het Spaans. Verwonderd keek ze op. De vrouw reikte haar een pannetje water aan. 'Je bent al dik een uur vocht aan het verliezen. Als je niet drinkt, droog je uit.' Montse pakte het pannetje aan en zette het aan haar lippen. Ze dronk ervan. Het water was zout en stonk. 'Vooruit,' drong de vrouw aan, 'diarree is beter dan uitdroging.' Ze probeerde haar walging te verbergen en dronk het pannetje leeg.

'Dankjewel.' De vrouw ging terug naar haar plaats en hurkte daar neer. 'Spreken jullie Spaans?'

'Zij niet.' Montse zag dat deze vrouw anders gekleed was dan de andere twee.

'Kom je uit Algerije?'

'Nee, ik ben Saharawi.' Montse ging naast haar zitten, blij met wat afleiding.

'Uit de vluchtelingenkampen?'

'Ben je daar geweest?'

'Nee. Dat was de bedoeling, maar ik ben in Tindouf in de problemen gekomen.' Montse vertelde de wildvreemde het hele verhaal. De Saharawi luisterde aandachtig en klakte bij iedere pauze met haar tong. Toen Montse was uitverteld, voelde ze zich een stuk beter. De vrouw keek haar nog steeds aan, alsof ze na het luisteren de betekenis van alle woorden volledig tot zich wilde laten doordringen. 'Ik heet Montse,' zei ze, de stilte doorbrekend.

'Ik heet Aza.'

'Hoe ben jij hier terechtgekomen?'

Aza trok een vertwijfeld gezicht. De Saharawi zat al twee dagen opgesloten op het autokerkhof, samen met de twee Algerijnse vrouwen. Ze was naar Tindouf gegaan om naar Spanje te bellen en balpennen te kopen. Op de terugweg hadden ze pech gekregen. Ze was met twee jongens, die besloten de resterende twintig kilometer naar hun wilaya te lopen. Zij zou in de wagen wachten tot ze terugkwamen met hulp. Ze had water en eten, dus ze maakte zich geen zorgen. Maar toen was de Spanjaard in zijn vrachtwagen langsgekomen en had aangeboden haar te brengen. De rest was duidelijk.

'En wat denk je dat ze met ons gaan doen?' vroeg Montse naïef. Aza keek bezorgd en bedekte haar gezicht met haar melahfa. Ze zei niets.

In dat hok stond de tijd stil. De eerste twee dagen kropen voorbij. Ze hoorden de mannen buiten praten, maar ze konden door de spleten in het raam niets zien. Montse moest meerdere keren naar buiten vanwege de diarree. De zon zien en de frisse lucht inademen was hun enige luxe. Aza en de ander twee moslimvrouwen verdroegen hun gevangenschap beter dan zij. Ze konden urenlang stilzitten, zonder iets te zeggen, te eten of te drinken. Montse klampte zicht vast aan de aanwezigheid van de Saharawi om niet in te storten. Ze deed alles wat Aza zei: het vervuilde water drinken, het rotte fruit eten, niet bewegen op het heetst van de dag. In haar ogen was het uithoudingsvermogen van die drie vrouwen haast bovenmenselijk. Wanneer het niet meer ging, praatte ze met Aza. Daarom wist ze dat de Saharawi haar sterke Caribische accent had overgehouden aan de jaren die ze op Cuba had gestudeerd. Maar wanneer Montse doorvroeg over haar leven, sloot de Saharawi zich af en veranderde van onderwerp. 'Wie zijn die mannen, Aza?'

'Slechte lui, vriendin, slechte lui.'

'En wat willen ze, denk je?'

'Ik weet het niet, en ik wil er pas aan denken als het echt moet.' En ze klakte met haar tong en joeg verbazend elegant de vliegen weg.

Op de derde dag hoorden ze de motor van de vrachtwagen ronken. De vier vrouwen spitsten hun oren, in de veronderstelling dat de mannen hen alleen zouden laten. Maar kort daarna ging de deur open en werden ze naar de laadbak gebracht. Ondanks de erbarmelijke omstandigheden was die reis een luxe in vergelijking met de dagen die ze opgesloten hadden gezeten.

Montse keek aangedaan door de kierende planken die het zeil onbedekt liet naar de weidse uitgestrektheid van de Sahara. De reis duurde meer dan drie uur. Toen de vrachtwagen stopte, waren ze bij een put met een paar bomen eromheen. Het enige leven dat ze in al die kilometers hadden gezien. De stenen brandden.

Leila kijkt ernstig, ze gaat op in het verhaal. Na een korte stilte klakt ze met haar tong, haar blik gericht op de khaima's, die al bijna niet meer te zien zijn.

'Waarom doe je dat?' vraagt Montse.

'Wat?'

'Dat klakken met je tong.'

'Dat is een gewoonte.'

'Aza deed het ook. Dan kan ik het me niet hebben ingebeeld.'

'Nee, daar lijkt het wel op. Maar nu kunnen we beter gaan, het wordt donker.'

De khaima's liggen behoorlijk ver van elkaar af. Er zijn geen straten. De lemen bouwsels zijn niet van elkaar te onderscheiden. Leila beweegt zich in het donker alsof het klaarlichte dag is. Ze lopen langzaam. Als ze bij haar khaima zijn aangekomen, roept Leila iets. Een vrouw kijkt naar buiten en begint terug te roepen. Ze lijkt boos. Montse schrikt.

'Dat is mijn tante, niet bang zijn. Ik krijg op mijn kop omdat we zo laat zijn. Ze doet nog steeds of ik een klein meisje ben.'

Ze gaan de tent in en de wereld die zich daar voor Montses ogen ontvouwt beneemt haar de adem. Mannen en vrouwen zitten in kleermakerszit of op hun hurken op felgekleurde tapijten. In het midden hangt een tl-buis die op de accu van een vrachtwagen is aangesloten. Er zijn ook een paar kinderen. De kleuren van de melahfa's van de vrouwen en de jurkjes van de meisjes zijn als vlekken die schitteren in het licht. Montse is geëmotioneerd. Ze trekt haar laarzen uit en zegt gedag. Bijna iedereen spreekt Spaans met een sterke Arabische tongval. De kinderen raken haar aan en willen dat ze naast hen komt zitten. Ondertussen stelt Leila iedereen aan haar voor. Na een paar tellen is ze de namen alweer kwijt. Ze probeert hun gezicht te onthouden, hun lach, hun gebaren. Uiteindelijk gaat ze zitten.

Leila voert namens haar het woord. Montse hoort haar graag Hassaniya spreken. Iemand biedt haar een glas thee aan, dat ze dankbaar aanneemt. Er komen voortdurend kinderen uit andere khaima's binnen. Leila's tante probeert ze als kippen naar buiten te jagen, maar ze stribbelen tegen. Als een oude man iets tegen hen schreeuwt, druipen ze eindelijk af. Ze gaan een paar meter van de ingang in het zand zitten. Montse wordt zo in de watten gelegd dat ze niet weet hoe ze iedereen moet bedanken. Soms wordt het haar te veel. Wanneer Leila naar haar kijkt, beseft ze dat Montse doodmoe is. De verpleegster gaat staan en begint te gebaren. Het is duidelijk dat ze iedereen vraagt weg te gaan. Montse probeert haar tegen te houden, maar Leila is onvermurwbaar. Iedereen staat zonder morren op. Een voor een geven de mannen de Spaanse een hand en lopen naar buiten. Daarna nemen de vrouwen afscheid. Alleen Leila's tante is er nu nog. Ze blijft haar nichtje instructies geven. Als ze alleen zijn, is Montse nog steeds overdonderd.

'Je had ze niet weg hoeven sturen. Ik vond het gezellig.'

'Ze weten van geen ophouden. Als je ze niet wegstuurt, zitten ze hier de hele nacht. Ze hebben geen enkele haast. Ze hebben wel eens vier dagen achter elkaar zitten kletsen en theedrinken alleen omdat er bezoek was uit een andere daira.

Montse glimlacht vermoeid. Leila pakt twee dekens uit een kast. Ze spreidt ze uit over het tapijt.

'Vannacht heb je in ieder geval van niemand last.'

'Maar ik vind ze helemaal niet lastig. Je gaat me toch niet vertellen dat je je tante ook wegstuurt?'

'Zij kan overal terecht. Jij bent mijn gaste.'

Montse heeft geen energie of zin om te discussiëren. Ze kijkt toe hoe Leila in de kast rommelt. Ze houdt een naaischaartje omhoog. Ze komt naast haar zitten en duwt haar hoofd naar voren.

'Wat ga je doen?'

'Je haar knippen. Dat wou je toch?'

Montse lacht. Ze probeert even rustig te zijn als Leila, buigt haar hoofd en laat haar begaan. De lokken vallen op het tapijt en vormen al snel een bergje. Het ritmische geluid van de schaar en Leila's handen maken haar slaperig. Maar Montse wil niets missen. Ze vecht tegen de slaap.

'Leila.'

'Wat?'

'Ik heb tegen je gelogen.' Leila zegt niets. 'Nou ja, niet gelogen, maar ook niet de waarheid verteld.'

Montse zwijgt, maar de verpleegster wil niet nieuwsgierig lijken.

'Ik heb wel een dochter. Maar ze is in augustus vorig jaar gestorven.'

Het is de eerste keer sinds haar dochters dood dat Montse over haar praat. Ze voelt zich opgelucht. Leila klakt met haar tong en knipt stil verder.

'Ze is verongelukt met de brommer. Ze was negentien en ze heette Teresa, net als mijn zus.'

Daarna klinkt alleen nog de schaar en het klapperen van het tentzeil in de wind. Voor Montse in slaap valt, hoort ze Leila nog zeggen: 'Dankjewel.'

Soldaten die nog nooit een krant hadden ingekeken stonden in de rij om er een te bemachtigen of in groepjes te luisteren, terwijl de slimste van het stel het nieuws uit het vaderland voorlas. In Laayoun kwam men er rijkelijk laat achter dat de Spaanse regering het grootste gedeelte van fosfaatbedrijf Fosbucraa aan Marokko had verkocht. Toen het nieuws onder de Spanjaarden in de overzeese provincie eindelijk bekend werd was de onrust al een feit. Op de kazerne spraken de officiers nauwelijks met de manschappen over de ongeregeldheden en de onafhankelijkheidsacties op straat. Door de kerkroof en moord op de koster werd het labiele evenwicht tussen de Spanjaarden en de Saharawi's nog verder aan het wankelen gebracht.

Afgezien van sergeant Baquedano was er maar weinig waar Santiago San Román van wakker lag. Vreemd genoeg gaf de opwinding die in de kazerne heerste hem een euforisch gevoel. De gesprekken over politiek vond hij vaak saai en moeilijk te volgen. In april en mei was het een komen en gaan van manschappen, haastklussen, orders en tegenorders, manoeuvres, nachtelijke missies. Het Polisario[17] werd door velen gezien als aanstichter van de onlusten: de kerkschennis was de druppel. De pers sprak van een terroristische aanslag. Maar alleen al bij de herinnering aan die nacht werd San Román zo bang dat hij zich inspande om zijn aandeel in de gebeurtenissen te verdringen. Zijn geweten probeerde hij te sussen door niet mee te doen met degenen die opriepen tot actie tegen het Polisario en zijn sympathisanten.

Guillermo beleefde die tijd heel anders. De aanleg van de dierentuin werd stilgelegd, en het grootste deel van zijn compagnie werd gedetacheerd bij de Marokkaanse grens om mijnen te leggen. Toen de echte op waren, gebruikten ze nepmijnen van plastic die zo echt leken dat ze jaren later tot menig fatale ver-gissing leidden.

Ondertussen reed San Román rond in landrovers, dienstwa-gens, trucks, graafmachines, alles wat een motor en een stuur had. Iedere dag kwam hij onderweg bataljons tegen die op manoeuvre gingen of afgemat op de terugweg waren naar de hoofdstad. Minstens drie keer per week bracht hij surveillance-troepen naar de fosfaatmijnen van Bou Craa. De angst voor sabotage zat er niet alleen bij de kompels goed in, maar ook bij de Spaanse medewerkers van het bedrijf in de stad. Bijna een halfjaar geleden was de transportband waarmee de fosfaten naar zee werden vervoerd in brand gestoken door een paar jonge Saharaanse werknemers die nu op de Canarische Eilanden hun straf uitzaten. Legionairs stonden samen met Saharaanse solda-ten urenlang in de loden woestijnzon om ervoor te zorgen dat niets of niemand in de buurt kwam van de transportband of de mijn. Ook in de kantoren en in de woonverblijven was het per-soneel op zijn hoede.

Op straat hing een spanning die in Santiago San Románs ogen absurd was. Soldaten bewaakten de middelbare school bij het begin en uitgaan van de lessen, de Parador Nacional, de Alge-mene Regeringsraad van de Sahara, de zetel van de generale staf. Regelmatig werden ze op patrouille gestuurd en begaven ze zich met geweren of machinepistolen in de aanslag onder de bevol-king, op hun hoede voor alles wat ongewoon was. Maar Santia-go vond niets in Laayoun gewoon. Saharawi's die hij om legiti-matie moest vragen of in hun auto aanhield, liet hij na een achteloze blik op hun papieren en een begroeting in het Hassa-niya verbaasd en geïrriteerd weer gaan. Hij had een hekel aan het fouilleren en de controles op de grote kruispunten. Maar hij vond het heerlijk wanneer hij een patrouille mocht leiden op de markt of in de soek. Altijd keek hij uit naar N'guiya, haar moe-der, haar nichten, vrouwen van haar familie.

Lazaar weigerde hem serieus te nemen. Wanneer San Román over Lazaars zus begon, lachte hij hem uit. Santiago vond het vervelend dat zijn vriend zijn gevoelens voor N'guiya zo achte-loos terzijde schoof.

'Jij verliefd op N'guiya? Ze is pas een kind.'

'Ze is zeventien.'

'Zei ze dat?' zei hij hard lachend. 'Jij zwaait straks af, dan ga je naar huis en kom je hier nooit meer terug. Als je al niet een vriendin in Barcelona hebt.'

'Nee, nee. Ben je gek.'

Met de rest van de familie was het anders. Beschaamd stelde Santiago vast dat N'guiya's moeder, tantes en zusjes alles in het werk stelden om het hem naar de zin te maken. Langzaam maar zeker onderging het interieur een transformatie die San Román pas na verloop van tijd opmerkte. De aanvankelijk kale muren vulden zich met een in zijn ogen merkwaardige selectie foto's en prenten; krantenknipsels over beroemdheden, kaarten van Spanje; foto's van Franco, van de actrice Carmen Sevilla tijdens haar bezoek met kerst 1957, van de Spaanse politicus Fraga Iribarne die de Parador Nacional opent, kalenderbladen met schilderijen van Julio Romero de Torres erop, stierenvechters, voetballers. Eerst stond hij er niet bij stil, tot hij besefte dat het allemaal voor hem werd gedaan. Zelfs de Saharaanse muziek maakte plaats voor door paso dobles of bolero's van Antonio Machín. Santiago bedankte hen op zijn manier.

Het was zo'n grote, wijdvertakte familie dat hij niet kon onthouden wie nu broer, neef, zwager of verre verwant was. Hij probeerde aardig te zijn voor iedereen. De mannen leerde hij een carburator uit elkaar halen en schoonmaken, de koppelstukken vervangen, aan het geluid van de motor herkennen wat er mis was. N'guiya's jongere broertjes liepen hem overal achterna. Maar hoofd van de familie was, sinds het overlijden van zijn vader, Lazaar. Niet alleen de familie, ook de buurtbewoners verafgoodden hem. Wat Lazaar zei was wet. Dus zolang Lazaar hem niet serieus nam, maakte Santiago bij zijn zus geen schijn van kans.

N'guiya zelf gedroeg zich de ene keer als een vrouw en dan weer als een klein meisje, maar dat dubbelzinnige stond Santiago niet tegen. Zodra hij een paar uurtjes vrij had, wandelde hij naar Zemla om thee te drinken met wie er thuis was. N'guiya ontving hem ongedwongen, alsof ze gewend was aan zijn aanwezigheid, maar ze meed zijn steelse blikken en negeerde zijn toenaderingspogingen en verholen complimenten. Hij praatte meer met haar familie dan met haar. Soms trok ze zich elders in het huis terug en kwam ze niet eens gedag zeggen als hij wegging. Zulk gedrag maakte Santiago woest, en iedere keer weer zwoer hij dat hij nooit meer één voet in dat huis zou zetten. Maar de cadeautjes die N'guiya hem stiekem toestopte, haar ontwijkende blikken, haar attenties en haar nervositeit wanneer hij haar aansprak, gaven hem weer hoop en maakten dat hij terugkwam zodra hij de kans kreeg.

Toen Santiago hem over N'guiya vertelde, wist Guillermo niet of hij blij moest zijn of het hem uit het hoofd moest praten. Santiago had het nu in ieder geval niet meer over Montse, vroeg hem niet meer te bellen of brieven te schrijven. Guillermo was ervan overtuigd dat die relatie met een Saharaanse vrouw geen enkele toekomst had, maar zijn vriend was zo in de wolken dat hij zich niet durfde uitspreken. Guillermo tobde, in tegenstelling tot Santiago, wel over de situatie in de Sahara. Bij gebrek aan eigen inzicht ging hij af op wat er gezegd werd in de mess, op geruchten, op wat hij zag op straat. Het mijnen leggen vond hij vreselijk werk. Zelfs de officiers leken niet te weten wat er precies speelde. Als hij een sergeant of een eenvoudige korporaal iets over de toekomst vroeg, werd hem de mond gesnoerd of kreeg hij een berisping. Maar hun bezorgde gezichten zeiden genoeg.

San Román maakte zich alleen zorgen over zijn geweten en sergeant Baquedano. Daarom was hij opgelucht wanneer hij een paar dagen op missie kon, op straat moest patrouilleren of naar de kust werd gestuurd, waar de rekruten op twintig kilometer van de stad in het instructiebataljon zaten. Vroeg of laat moest hij Baquedano wel tegen het lijf lopen. Op een ochtend reed de sergeant voor op een vrachtwagen Alejandro Farnesio binnen. Toen hij San Román zag, sprong hij van de wagen en kwam met rasse schreden op hem af. Hij sprong in de houding en salueerde.

'San Román, ik heb iets voor je.'

Het zweet brak Santiago uit, hij probeerde het trillen van zijn benen te bedwingen.

'Tot uw dienst, meneer.'

'Ik wil dat je opgaat voor het korporaal-examen.'

'Korporaal, meneer?'

'Ja, korporaal. Je weet toch wat dat is?'

'Natuurlijk, meneer. Maar daarvoor moet je kunnen leren en kunnen rekenen.'

'Wil je zeggen dat je niet kunt lezen en schrijven?'

'Nee, meneer. Ik bedoel, jawel, meneer. Ik kan lezen en schrijven, maar op mijn manier. En ik ben niet erg goed in rekenen.'

'Geen slappe uitvluchten. Je bent een legionair, begrepen? Kunnen lezen of schrijven is niet nodig. Het enige wat je nodig hebt zijn kloten. Zoals deze hier. Of wou je zeggen dat je er geen hebt?'

'Nee, meneer. Of ik bedoel, jawel, meneer. Natuurlijk heb ik die.'

'Dan doe je verdomme mee aan dat examen. Dat is een bevel! Het examen is aanstaande zaterdag. Geen drank of hoeren vrijdag. Zorg dat je om acht uur in de officierstent bent. Het legioen kan patriotten als jou goed gebruiken.'

De maandag daarop was Santiago San Román korporaal. Zijn collega's, zelfs Guillermo, bejegenden hem vanaf dat moment anders. Toen hij de tent van de Tropas Nómadas binnenging, hoopte hij indruk te maken op Lazaar, maar de Saharawi wierp een blik op zijn strepen, keek hem aan en zei alleen smalend: 'Zo krijg je nog wel eens een echte vriendin.'

De opmerking was een slag in zijn gezicht. Hij was zo gegriefd dat hij die dag weigerde bij de Saharawi in het doel te staan.

Vanaf dat moment veranderde alles heel snel. Toen hij een paar dagen later terugkwam van een surveillancemissie, stond Lazaar hem op het voetbalveld op te wachten. Hij keek ernstig, bloedernstig. Bij zijn eerste zin was Santiago al verontrust.

'San Román, ik weet niet hoe ik dit moet zeggen zonder je te beledigen.'

De korporaal wist niet wat hij moest denken. Hij had een slecht voorgevoel, maar de werkelijkheid was nog erger.

'Kom nou, Lazaar, we zijn vrienden. Je kunt alles tegen me zeggen.'

'Zijn we vrienden?'

'Ja, natuurlijk. Dat weet je toch. Waarom vraag je dat?'

'Dan weet je dat vrienden soms dingen voor elkaar moeten overhebben die ze niet leuk vinden.'

'Vraag me wat je wilt: ik zal niet schrikken.'

Lazaar boorde zijn blik in die van Santiago. Hij hield San Románs hand vast, zijn andere hand lag op zijn schouder.

'Ik wil niet dat je nog bij mij thuis komt. Voorlopig niet, in ieder geval.'

Korporaal San Román slikte. Hij voelde het bloed wegtrekken uit zijn gezicht.

'Oké,' zei hij, zonder Lazaars hand los te laten. 'Het heeft met je zus te maken, of niet?'

'Nee, het gaat niet om N'guiya. Ik weet dat ze op je gesteld is, al is ze nog maar een kind. Ze is pas vijftien. Het gaat om mezelf.'

'Heb ik iets misdaan?'

'Helemaal niet. Ik ben er trots op dat je mijn vriend bent. Maar de dingen zijn niet zo eenvoudig als ze lijken. Ooit zal je het begrijpen, maar nu kan ik het je niet uitleggen.'

San Román was verbijsterd. Hij snapte niet wat er buiten N'guiya voor reden kon zijn waarom zijn aanwezigheid niet meer gewenst was. Hij had nooit gedacht dat Lazaar hem zo van zijn stuk zou kunnen brengen. En hij kon zich evenmin voorstellen dat hij het waarom van dit alles ooit zou begrijpen. Hij was er kapot van.

De twee weken daarop ging hij niet meer naar het huis van Lazaar. Wanneer hij op patrouille was in de stad keek hij naar de stenen huizen en bedacht wat N'guiya op dat moment kon doen. Hij sliep niet meer, at niet meer. Weer stuurde een vrouw zijn leven in de war en werd tot een obsessie. Zijn vrije tijd bracht hij door bij zijn vrienden van de Tropas Nómadas, maar zijn vriendschap met Lazaar was niet meer hetzelfde. Hij bekeek hem met een mengeling van bewondering en jaloezie. Wanneer hij hem tussen de dromedarissen zag lopen vond hij hem bijzonder. Lazaar kende de geheimen van de woestijn, sprak de taal van de dromedarissen; hij wist zoveel over de grond en het klimaat van de Sahara dat hij een oude man van twintig leek. In twee weken bekoelde hun relatie zodanig dat er weinig meer van overbleef dan een groet en een beleefdheidspraatje.

Maar begin mei gebeurde er iets wat San Román uit de put haalde. Hij reed in een vrachtwagen met proviand door de wijk Colomina. Naast hem zat een gewapende soldaat, in de laadbak een tweede. Santiago luisterde naar de verhalen van de soldaat toen hij N'guiya tussen de voetgangers dacht te herkennen. Hij trapte op de rem en wilde haar roepen, maar besefte dat dat niet verstandig was. Hij wist dat hij niet mocht uitstappen of van de uitgestippelde route afwijken. De legionair naast hem was geschrokken.

'Wat is er, korporaal, wat zie je?'

Santiago stak zijn hoofd uit het raampje om zeker te weten dat het N'guiya was. Hij had haar nog nooit buiten haar eigen wijk gezien.

'Blijf hier. Volgens mij is daar iets gaande. Ik vertrouw het niet.'

De soldaat trok wit weg. Hij keek om zich heen, klampte zich vast aan zijn geweer en probeerde te ontdekken waar het gevaar loerde. Korporaal San Román sprong uit de vrachtwagen.

'Ik ga een kijkje nemen.' Hij probeerde autoritair te klinken. 'Alleen uitstappen als er op jullie geschoten wordt.'

Santiago rende over de stoep achter het meisje aan. Toen ze de hoek omging haalde hij haar in. Opgelucht zag hij dat hij zich niet had vergist. Het was N'guiya, met een ander meisje. Toen ze de legionair zag sloeg ze in een reflex haar melahfa voor haar gezicht en begon druk te praten in het Hassaniya. Santiago begreep er geen woord van. Ze had het tegen haar vriendin, die eveneens haar gezicht bedekte en aan één stuk door giechelde. Na een tijd werd het meisje serieus en was ze stil.

'Wat doe jij hier, N'guiya? Waar ga je heen? Is dit een vriendin van je?'

'Mijn broer zei dat je naar Spanje terug was, dat je met groot verlof was.'

'Dat is niet waar, N'guiya, ik zou nooit weggaan zonder afscheid te nemen. En trouwens, je bent mijn vriendin: zonder jou ga ik nergens heen.'

Er verscheen weer een lach op haar gezicht en dat van haar vriendin. Santiago wipte nerveus van zijn ene voet op zijn andere en deed steeds zijn handen in en uit zijn zakken.

'Ik zal eerlijk zijn: Lazaar heeft me gevraagd bij jullie weg te blijven. Hij zegt dat het niets met jou te maken heeft, maar hij heeft geen andere reden gegeven.'

N'guiya begreep niet waarom Lazaar dat had gedaan. Ze fronste en pakte de hand van haar vriendin vast.

'Mijn broer bemoeit zich overal mee. Hij doet net of ik een klein kind ben; alsof ik stom ben.'

Ze trok Santiago mee. Hij liep naast haar, haar vriendin aan de andere kant. Ze staken over en N'guiya nam hem mee een bazaar in die leek op de winkels in de Hata-Rambla: dezelfde geur, dezelfde wanorde.

'Hou je van dadels?' vroeg ze. 'Of nee, rozijnen. Hou je van rozijnen? Nee, nee, dat niet.'

Ze wees de winkelier een pijp in een foedraal aan en gaf hem aan Santiago.

'Vind je dit mooi?'

'Heel mooi, N'guiya, heel mooi. Maar ik...'

'Ik wil je een cadeau geven.'

Haar vriendin vroeg de winkelier om armbanden en schoof ze om Santiago's pols. Ze koos er een die goed paste.

'Haibbila wil je ook iets geven. Ze is mijn beste vriendin.'

Santiago wist niet hoe hij hun moest bedanken. Hij was overdonderd en beduusd. Hij verbaasde zich erover hoe voortvarend die twee meisjes waren. Bij het afscheid beloofde hij haar dat hij haar zou komen opzoeken zodra Lazaar op manoeuvre was. Die nacht sliep hij met het armbandje en de pijp in zijn handen.

De manoeuvre die Santiago San Román bedoelde was een speciale missie van een patrouille van de Tropas Nómadas in Amgala. Maar dat werd pas een paar dagen later bekend. Zoals bijna alles die maanden, waren militaire operaties strikt geheim – dat was althans de bedoeling. Op maandag 5 mei, een dag voor zijn vertrek, kwam Lazaar korporaal San Román opzoeken in de mess. Dat verraste San Román, want het was de eerste keer dat hij hem daar zag, en wat hij te zeggen had verraste hem nog meer.

'Je weet dat ik morgen op patrouille ga.' Santiago knikte, probeerde Lazaars gedachten te lezen. 'Ik weet niet wanneer ik terugkom. Ik wil je om een gunst vragen.'

'Ga je gang.'

De Saharawi wachtte even voor hij verderging.

'Ik wil dat je voor mijn zus en mijn familie zorgt.' Hij pauzeerde even en wachtte af hoe Santiago reageerde. 'Ik weet dat hun niets overkomt, maar ik voel me geruster als jij een oogje in het zeil houdt. Mijn broers zijn nog jong en zitten ergens anders met hun hoofd. Ze begrijpen niet altijd wat er in de Sahara speelt.'

'Je doet net alsof je niet terugkomt.'

'Natuurlijk kom ik terug. Maar de situatie is ernstiger dan wij hier horen. Marokko maakt zich op om ons aan te vallen.'

'Dat gebeurt niet. Daarvoor zijn wij hier. Jullie zijn een stukje van Spanje.'

'Je bent de enige die optimistisch is. Dat is goed. Maar ik voel me beter als ik weet dat jij voor mijn familie zorgt, wat er ook gebeurt.'

'Dat hoef je me niet te vragen. Dat doe ik met alle plezier. Tot je terugkomt.'

'Ja, natuurlijk, tot ik terugkom,' zei hij lachend.

Ze omhelsden elkaar en keken elkaar in de ogen, terwijl ze elkaar lang en stevig de hand schudden.

Lazaars woorden zaten San Román niet lekker. Hij zou ze een week later pas echt begrijpen, toen het nieuws Laayoun bereikte. Eerst waren de berichten vaag, zelfs tegenstrijdig. De kranten zwegen in alle talen. Uiteindelijk erkende het officierskorps ten overstaan van de manschappen wat er was gebeurd. Op zaterdag 10 mei 1975 was een patrouille van de Tropas Nómadas, codenaam Pedro, overgelopen naar het Polisario Front. Daarbij waren twee Spaanse luitenanten, een sergeant en vijf soldaten gegijzeld. Het drama had zich in Amgala voltrokken. De dag erna deed een andere patrouille in Mahbes hetzelfde; maar dit keer boden de Spanjaarden weerstand en kwamen een soldaat en een sergeant om. Zeven andere soldaten werden gevangengenomen en naar Algerije gebracht.

Door de schermutselingen en deserties kwamen de verhoudingen in Laayoun nog verder onder druk te staan. De Spaanse inwoners gingen ervan uit dat hun dagen in Afrika geteld waren. De grootste optimisten hadden vertrouwen in de Spaanse politiek en probeerden door te gaan met hun leven alsof er niets aan de hand was. Maar iedere dag kwamen er op de muren nieuwe leuzen bij, voor het Polisario, voor de onafhankelijkheid en tegen de koning van Marokko, die op internationale fora druk in de weer was aanspraak te maken op de Spaanse provincie in Afrika. Soms werd een opstand met geweld neergeslagen. Spanjaarden en Saharawi's waren evenzeer verdeeld; ieder had zijn eigen belangen.

Santiago luisterde naar alle discussies zonder er iets van te begrijpen. Wanneer Guillermo zei hoe gevaarlijk het was om naar Hata-Rambla te gaan, draaide het uit op ruzie. Zodra hij de kans kreeg ging hij naar N'guiya's huis. Maar na een tijdje kwam hij erachter dat iedereen in haar familie sympathiseerde met het Polisario. Toen een van Lazaars ooms hem ten overstaan van de hele familie vroeg wat hij van de situatie vond, krabde de legionair zich op het hoofd en probeerde hardop zijn gedachten op een rijtje te zetten.

'Wij bemoeien ons niet met de politiek. Ik wil alleen het beste voor jullie. De rest laat ik over aan degenen die daar verstand van hebben.'

In de tijd daarna liet San Román meermaals zien dat hij meende wat hij had gezegd. Toen de wijken met draadversperringen werden afgezet in verband met de opstanden, maakte hij gebruik van zijn uniform en strepen om de wijk in en uit te gaan en nieuws te brengen, of proviand als daar behoefte aan was, en brieven van Saharaanse soldaten die paraat moesten zijn en de kazerne niet mochten verlaten.

Heel af en toe moest hij aan Montse denken. Hij kon er niets aan doen en het gebeurde altijd op het verkeerde moment. Het waren pijnlijke herinneringen. Soms rekende hij uit hoe lang het nog duurde voor ze moest bevallen. Een paar uur spookte die gedachte dan door zijn hoofd en hij kon haar pas uit zijn hoofd zetten als hij N'guiya zag. Wanneer haar familie erbij was, deed ze steeds alsof ze hem niet zag staan. Ze wist dat haar broers en moeder haar nooit voor vol zouden aanzien als ze in het openbaar haar interesse voor een man zou laten blijken. Ze kende geen enkele vrouw die haar gevoelens toonde in het bijzijn van anderen. Op een dag zei ze tegen Santiago: 'Wanneer ga je terug naar je land?'

'Dit is mijn land, N'guiya.'

Maar zo gemakkelijk liet ze zich niet afschepen.

'Uiteindelijk ga je weg, of niet?'

'Nee, ik ga niet weg. Wil je dan dat ik wegga?'

'Ze zeggen dat jullie ons aan Marokko willen verkopen.'

Daar had Santiago geen antwoord op. Hoe meer hij zijn superieuren hoorde praten, hoe minder hij ervan begreep.

'Ik ga niet weg. Alleen als jij meegaat. *Khayef*?'

'Nee, ik ben niet bang. Maar ik weet dat je in jouw land ook nog een vriendin hebt. Ik zie het in je ogen.'

'*Nebghik egbala*. Ik hou alleen van jou.'

N'guiya veinsde boosheid. Maar op haar ernstige gezicht brak een glimlach door en haar ogen schitterden.

Die nacht hielpen haar pillen niet. Ze was onrustig, alsof ze zich ergens zorgen over maakte en niet meer wist waarover. Bovendien hield de thee die ze bij Ayyach had gedronken haar wakker. Maar het was een ander soort onrust dan die van de afgelopen maanden. Tot twee uur 's nachts lag ze te woelen in haar bed, toen stond ze op en ging achter de computer zitten. Herinneringen aan de vorige dag liepen door elkaar heen en er kwamen beelden en details boven die haar op het moment zelf waren ontgaan.

Om acht uur 's ochtends op Driekoningen lagen de meeste mensen in de stad te slapen. Ze liep door de Avenida Paralelo naar de haven. Ze genoot van de stille, lege straten. Het was bewolkt en vochtig. Voor het eerst in haar leven stak ze de Plaça del Portal de la Pau dwars over. Op de kade bleef ze staan. Uit de cafés aan de overkant, aan het andere eind van de loopbrug, kwam muziek. Mensen togen uitgeput, sommigen waggelend, huiswaarts. Verderop kleefde de nevel als uit de lucht dwarrelende plukken watten aan de zee. Het was een prachtige ochtend, vond ze. Urenlang had ze op haar computer informatie opgezocht over de Saharaanse kampen bij Tindouf. Ze had ontelbaar veel foto's gezien van de woestijn, vluchtelingenkampen, Laayoun, Smara. Al die informatie spookte nu door haar hoofd en vormde een schril contrast met de blauwe zee en het eerste loodgrijze licht van de dag.

Voor Montse was Santiago San Román al bijna vijfentwintig jaar dood. Vanaf het moment dat ze het van iemand had gehoord was het zo geweest. Nu begreep ze niet waarom ze een wildvreemde zomaar had geloofd. Was het anders gelopen als ze de moeite had genomen het na te trekken? Ze dacht van niet. Ze probeerde zich te herinneren hoe lang ze erover had gedaan om hem te vergeten. Niet lang: hooguit een paar maanden. Door alle problemen thuis was ze in die tijd gedwongen geweest vooruit te kijken en niet te blijven hangen in de nostalgische buien die haar soms overvielen. De brieven van Santiago, die ze nooit had gekregen, was ze na verloop van tijd gaan beschouwen als een kwade speling van het lot. En haar geweldige Alberto had de door Santiago achtergelaten leegte opgevuld. Of misschien had hij wel helemaal geen leegte achtergelaten. Ze vroeg zich af of haar liefde voor Santiago nog lang zou hebben standgehouden als hij was teruggekomen naar Barcelona. Ze kwelde zichzelf met het idee dat Santiago dacht dat er in Spanje een kind van hem rondliep. In een van zijn brieven uit Laayoun had hij het erover. Misschien was dat het enige waarin hij geïnteresseerd was. Santiago was evenwel niet de soort vader die Montse in gedachten had. Maar was haar geweldige Alberto dat dan wel?

Bezoekers die luidruchtig een café verlieten haalden haar uit haar overpeinzingen. Ze vond het nog te vroeg om bij Ayyach langs te gaan. Ze liep over de kade naar Barceloneta. Ze begon te merken dat ze niet had geslapen. Ze stond onvast op haar benen en haar maag was van streek. Zonder nadenken liep ze de wijk in die ooit een ontdekking in haar eigen stad was geweest. De ramen waren dicht en er kwam geen muziek uit de huizen. Ze kon zich de etensgeur die altijd in die straten hing zo voor de geest halen. Ze stopte voor een sigarenwinkel. Ze liep naar binnen. De winkel was veranderd. De oude houten schappen waren vervangen door glas. De toonbank was lager en korter. Je kon er nu ook kranten en snoep krijgen. Ze kocht een pakje Chesterfield. Ineens realiseerde ze zich dat ze dat merk sinds haar achttiende niet meer had gerookt. De winkelier was een jongeman. Bijna wilde ze hem vragen naar de vrouw die de winkel in '76 of '77 had gerund, maar ze bedacht zich. Een grafkuil kon je beter dicht laten. Op een affiche aan de muur stond de dichtstbijzijnde apotheek die open was: op de Plaça de la Font. Ze vroeg hoe ver dat was en de man legde haar uit hoe ze moest lopen.

Op het plein leek de tijd te hebben stilgestaan. Behalve de

auto's was er nauwelijks iets veranderd. Er ging een rilling door haar heen. Op de stoep liet een oude vrouw in roze kamerjas haar hond uit. Ze woonde er zesentwintig jaar geleden vast ook al. En anders wel een van de andere buurtbewoners die zich weldra zouden laten zien. Het zou best kunnen dat die vrouw op een avond in augustus 1974 op precies dezelfde plek had gelopen, tijdens een eenvoudig straatfeest waarvoor de hele buurt was uitgelopen. Ze wist nog waar het podium had gestaan. En zelfs de naam van de band: Rusadir. Ze liep achter de vrouw met de hond aan, passeerde haar en zei gedag. De vrouw groette terug.

'Is er hier een apotheek in de buurt?' vroeg ze om haar stem te horen.

'Daar aan de overkant.'

Montse bedankte. De vrouw liep verder, mopperend over het afval dat door jongeren op het plein was achtergelaten. 'Het is na iedere feestdag hetzelfde. Ze geven er niks om dat wij tot onze nek in de vuiligheid zitten. Hier rotzooi komen maken en dan weer terug naar hun eigen buurt, waar de boel keurig aan kant is.'

Misschien was ze vergeten dat ze zesentwintig jaar geleden op ditzelfde plein bij een buurtfeest was geweest en dat het plein na afloop, toen de muziek ophield en de muzikanten inpakten, net zo smerig was als nu.

Het was een van de laatste dagen van augustus. Santiago San Román vroeg: 'Heb je zin om te dansen?'

En zij zei: 'Ja, hoor. Wil je naar een disco?'

'Zaterdag is er een feest bij mij in de wijk. Het stelt weinig voor, maar je zei dat ik me schaamde, dus...' Het was de eerste keer dat Montse schoenen met hakken aandeed en met gestifte lippen de straat op ging. Alleen thuis had ze vaak genoeg in haar kamer geoefend. Ze dacht dat ze nooit de kans zou krijgen om te laten zien wat ze had geleerd. Ze trok een getailleerde crème jurk met boothals aan die haar moeder op een paar jeugdfoto's droeg. De knielange satijnen rok waaierde uit in plooien waarop een bloemendessin te zien was. Hij zat als gegoten. Ze sloeg een geel wollen vestje om haar schouders. Om haar hals deed ze een dubbel parelsnoer, met bijpassende oorbellen. Ze pakte ook haar moeders witte lakleren tas en lakschoenen met een bandje om de hiel. Haar haar deed ze met een speld in een paardenstaart. Het rood op haar lippen maakte de transformatie compleet. Ze stond zelf versteld toen ze het resultaat in de spiegel zag. Ze twijfelde. Ze durfde geen poeder op te doen. Ze had er jaren van gedroomd, maar nu leek het haar overdreven.

Santiago San Román was sprakeloos toen hij haar zag. Hij voelde zich ineens een opdondertje. Ze leek ouder dan hij. Santiago had hetzelfde witte overhemd aan als de eerste dag, een beige broek met wijde pijpen en bruine leren schoenen met een spitse neus. Ze liet zich op haar wang kussen zodat hij geen lipstick op zijn gezicht kreeg. Op het laatste moment had ze nog wat mascara en oogschaduw op gedaan.

'Je lijkt wel een bruid,' zei Santiago. Ze straalde. 'Gaan we te voet? Ik wil dat iedereen ziet hoe mooi je bent.'

Montse wist dat Santiago geen geld voor de bus of de metro had, en dus speelde ze het spelletje mee.

Die nacht waren ze het stralend middelpunt. Zij kon haar ogen niet van hem afhouden. Hij was donkerder dan ooit, zijn haar met brillantine achterover gekamd. Hij was de knapste jongen die ze ooit had gezien. Ze genoot van de jaloerse blikken van andere meisjes. Toen Santiago's blik even afdwaalde pakte ze zacht zijn hand. Hij glimlachte. 'Jij bent ook heel mooi. De mooiste van de avond.' Montse moest aandringen om hem te mogen trakteren. Ze zag dat hij opgelaten van zijn bier dronk, misschien schaamde hij zich. Mensen die Santiago gedag zeiden, wierpen een keurende blik op haar. Normaal had ze dat vervelend gevonden, maar nu voelde ze zich gevleid.

'Hé, Santi, hou je van me?'

'Ja, natuurlijk; als ik niet van je hield, zou je mijn vriendin niet zijn.'

Montse vond dat hij de dingen wel erg simpel zag. Maar zijn ongecompliceerdheid was juist wat haar zo aantrok. 'Maar waarom zeg je dan nooit dat je van me houdt?'

De band Rusadir speelde de hits van die zomer. De muziek ging volledig langs hen heen. Montse had het altijd stomvervelend gevonden als een meisje constant aan haar vriendje hing, met een vinger zijn mondhoeken afveegde of met haar polsen steunend op zijn schouders, haar handen om zijn nek vouwde. En nu deed ze precies waar ze zo vaak haar neus voor had opgetrokken. 'Wil je dansen, Santi?'

'Ik ben heel onhandig.' Montse vond het prima zo. Jongens die van dansen hielden waren geen echte mannen. Zij bestelde de drankjes. Santiago betaalde uit haar portemonnee. Iedere keer als hij hem te voorschijn haalde, had hij het gevoel dat de munten in zijn hand brandden. De band zette *Las Corsarias* in. San Román rilde. *Daarginds in 't land van de Moren,/ Daarginds in 't land der Afrikanen,/ bracht een Spaanse soldaat/ het volgende lied ten gehore.* De allerjongsten dropen af en oudere stellen dansten wang aan wang. *Als de wijnen uit Jerez/ en de wijnen uit Rioja/ zo zijn ook de kleuren/ van de mooie Spaanse vlag.*

'Nou wil ik wel dansen,' zei Santiago in een opwelling.

'Nu? Maar ze spelen *La Banderita*.'

'Ja, en?'

'Het is een paso doble. Dat is het enige wat ik kan dansen. Mijn moeder is er dol op.'

Montse liet zich meevoeren naar het midden van de dansvloer. *En als ik op mijn sterfdag,/ ver weg ben van mijn vaderland,/ wil ik slechts worden toegedekt/ met de mooie Spaanse vlag.* Ze had het gevoel dat alle blikken op haar gericht waren; Santiago daarentegen ging volledig op in de muziek en zong de tekst zachtjes mee. *Wanneer ik ver van huis/ je kleuren fier aanschouw/ dan zal ik beseffen/ hoeveel ik van je hou.*

'Wat zei je?' vroeg ze terwijl ze hem diep in de ogen keek.

'Hoeveel ik van je hou,' fluisterde Santiago in haar oor en ze drukte een kus op zijn lippen. 'Hoeveel ik van je hou, hoeveel ik van je hou, hoeveel ik van je hou. En nou niet meer zeggen dat ik het nooit zeg.'

'Nog eens.'

'Hoeveel ik van je hou.'

'Nog eens.'

'Hoeveel ik van je hou.'

Toen het lied voorbij was en de jongeren de dansvloer weer in beslag namen, kusten Santiago en Montse elkaar midden op de dansvloer, doof voor de muziek, het lawaai, blind voor andermans blikken. Toen ze hun ogen opendeden, hield de grond op met draaien.

Beetje bij beetje liep het plein leeg. Overal lag viezigheid. Montse wilde geen afscheid nemen. 'Ik wil dat je vannacht bij mij komt slapen.' Santiago verstarde. Ze merkte het meteen. 'Wat is er? Wil je niet met me mee?'

'Jawel, dat is het niet. Of eigenlijk wel.'

'Hoezo, Santi, net zei je nog dat je van me houdt en nu...'

'Maar de hulp...'

'We doen heel zachtjes. Haar kamer ligt heel ver van de mijne. Als ze morgen naar de mis is, ga je weg.'

'Ze kent me,' biechtte hij bedremmeld op. 'Ze kent mijn moeder. Ik wil niet dat je door mij in de problemen komt. Als je vader het hoort... Je hebt zelf gezegd dat als je vader...'

Montse snoerde hem met een kus de mond. 'Dat is eeuwen geleden. Het kan me niet schelen dat mijn vader erachter komt. En trouwens, waarom zou hij erachter komen. Mari Cruz weet dat ze haar mond moet houden. Bij mij wel.' Santiago gebaarde dat het goed was.

Ze liepen door Barceloneta naar de Paseo de Colón. Montse was doodmoe en haar voeten deden pijn. Ze gingen in een portiek zitten. 'Ik verga van de pijn, ik draag nooit hakken.'

'Rust maar uit, we hebben geen haast.'

'Nee, we kunnen beter een taxi nemen.'

De straat was schaars verlicht. In het donker leverden de pakhuizen in de haven achter de gebouwen een naargeestige aanblik op.

'Hier komen geen taxi's,' zei Santiago. 'Als we met de taxi willen, moeten we naar een grotere straat.'

'Ik kan echt niet meer, Santi.'

'Dan ga ik, maar ik ben blut.'

'Ik blijf hier niet alleen.'

Santiago San Román kreeg een idee. Vlakbij stond een fiets

aan een lantaarnpaal. 'Geef je speld eens.' Montse begreep er niets van, maar deed wat haar gevraagd werd. Santiago wrikte het slot open en pakte de fiets. Montse wilde dat hij hem terugzette. 'Je had toch pijn aan je voeten?'

'Je bent gek. Straks komen we in de problemen.'

'Nee, joh. Morgen zet ik hem terug. Moet je voorstellen hoe blij de eigenaar zal zijn als hij er ineens weer staat.'

Montse gaf het op en ging achterop zitten. Even stelde ze zich voor hoe ze er uitzag, in haar jurk en parelketting achterop de fiets, en ze grinnikte.

Dokter Montserrat Cambra was een stuk vastberadener dan de dag ervoor toen ze het huis in Barceloneta binnenging. Ze had het tot elf uur weten te rekken. Alleen de twee vrouwen waren thuis.

'Ayyach is naar de Delegatie om te bellen,' legde Fatma uit terwijl ze haar binnenliet.

'Dat geeft niet, ik kom voor de kleine. Hoe is het vannacht gegaan?'

Fatma glimlachte.

'Hij heeft vooral gehuild, maar ook wat geslapen.'

Montse ging de vrouwenkamer in. De baby huilde zacht. Ze legde alles wat ze bij de apotheek had gekocht op een tafeltje.

'We warmen een fles op en doen er anijs in. Hij moet veel drinken.' Ze deed zijn luier af. 'En hij krijgt wat zalf tegen de uitslag.'

De Saharawi's vonden alles goed. Montse was bijna een uur met hem in de weer, tot hij stopte met huilen en eindelijk in slaap viel. Toen ze wilde gaan, mocht ze niet weg. Ze namen haar mee naar de kamer en zetten thee. Ze moest en zou wachten tot Ayyach Elbachir terugkwam.

'Ayyach zei dat hij zou proberen om meer te weten te komen over de man op de foto. Elbachir Baiba kent iedereen.'

'En wie is Elbachir Baiba?'

'Ayyachs vader. Hij werkt op het ministerie in Rabouni. Hij kent iedereen. Hij heeft vroeger bij het legioen gediend.'

Toen hij thuiskwam, was de Saharawi blij haar te zien. Hij had contact gehad met de kampen in Algerije. Hij had alles opgeschreven.

'Die man heet Santiago San Román, al wordt hij nu Youssouf genoemd. Mijn vader weet het zeker; hij vergist zich nooit.'

'En waarom hebben ze mij dan verteld dat hij dood was?'

'Dat weet ik niet. Dat zijn de vier vingers.'

Montse begreep niet wat hij bedoelde. De Saharawi glimlachte.

'Zo zeggen we dat in mijn land. Tussen de mond en het oor liggen amper vier vingers, maar soms lijkt de afstand tussen wat gezegd en gehoord wordt groter dan de Sahara.'

Montse luisterde aandachtig naar zijn uitleg. Ook de twee andere vrouwen hingen aan zijn lippen.

'Santiago San Román was getrouwd met de tante van mijn vrouw. Mijn vader kende haar. Ze heette N'guiya. Volgens mijn vader was ze heel mooi. Ze is drie, vier jaar geleden gestorven.'

'En Santiago?'

'Die leeft nog. Mijn vader heeft hem een jaar geleden in Aousserd gezien. Het schijnt niet zo goed te gaan met zijn gezondheid. Het is een bijzondere man. Mijn vader vertelde dat Santiago bijna gefusilleerd is in Laayoun toen hij explosieven de kazerne uit probeerde te smokkelen. Het was net een film. Mijn vader is hem heel dankbaar. Hij heeft veel gedaan voor de Saharawi's.'

Montse zweeg. Ze kon zich moeilijk voorstellen dat Santiago net zo oud was als zij, dat hij ook ouder was geworden. Ze had hem al zo lang geleden uit haar gedachten gebannen. Ze dacht aan N'guiya, van wie ze alleen de naam kende. Ineens was ze jaloers als een puber. Ze grinnikte. Fatma zat haar de hele tijd aan te kijken.

'Was die man jouw vriend?'

'Die jongen. Voor mij is het nog steeds een jongen. Ja, hij was mijn vriend. Nou ja, voor mij was hij wel iets meer dan een vriend.'

'Zoiets vergeet je nooit,' zei Fatma stellig.

'Nee, nee. Ik heb al jaren niet meer aan hem gedacht. Het is vreemd: ik had bijna zijn kind gekregen en toch kan ik me zijn gezicht nauwelijks voor de geest halen. We zijn allebei heel dom geweest, maar ik ben vervolgens nog veel dommer geweest. Ik vraag me af wat hij deed terwijl ik het leven voorbij liet gaan alsof ik zomaar opnieuw kon beginnen wanneer ik wilde.'

Montserrat Cambra zette haar glas aan haar lippen. Fatma keek stil naar haar, durfde niets te zeggen. Montse keek naar de donkere ogen van de Saharawi. Wat een mooie vrouw. Zou N'guiya ook zo mooi zijn geweest? Weer gaf haar jaloezie haar om onverklaarbare redenen een goed gevoel en ze glimlachte.

Voor dag en dauw hoort ze al auto's tussen de tenten rijden. Ze weet dat vandaag een bijzondere dag is: het Offerfeest. In een hoek van de khaima liggen op een dressoir dat uit een scheepswrak lijkt gehaald, keurig netjes de kleren voor de kinderen klaar. Ze kan hun namen niet onthouden, zoveel zijn het er. Leila's broers en zussen kan ze evenmin uit elkaar houden. Ze herkent ze omdat ze allemaal een beetje op haar lijken. De vrouwen spreken nauwelijks Spaans, maar verstaan het wel.

Gisteren zat de khaima tot diep in de nacht vol familie. Er waren veel soldaten bij die een week verlof hadden voor het Offerfeest. Een paar hadden hun kinderen en echtgenotes al tien maanden niet gezien. Montse moest als een kind bij Leila drammen om langer op te mogen blijven. Ze vindt Leila's gemoeder wel vermakelijk.

Wanneer ze wakker wordt, is Leila buiten al druk in de weer met het huishouden en het instrueren van haar neefjes en nichtjes. Montse heeft weinig geslapen, maar ze voelt zich toch uitgerust. Het zonlicht filtert door het gordijn en valt op haar voeten. Voor het eerst in jaren rekt ze zich uitgebreid uit.

Wanneer ze haar hoofd naar buiten steekt, krijgt ze van Leila meteen een uitbrander omdat ze al zo vroeg op is.

'Op zo'n mooie dag is het zonde om te slapen,' zegt Montse. 'En trouwens, ik wil met je mee naar het feest.'

'Ik ga niet, ik moet het eten klaarmaken en helpen bij een besnijdenis, maar je kunt met Brahim en mijn zus mee.'

Montse knikt en sust de kinderen die vechten om haar hand.

Brahim heeft bruine tanden van de thee en rode ogen van de woestijnwind. Zijn slechte Spaans weerhoudt hem er niet van onderweg aan één stuk door te praten. Zijn handen liggen naast elkaar bovenop het stuur en zoals bij de meeste

Saharawi's hangt er een pijp tussen zijn lippen. Hij lacht de hele tijd. Montse begrijpt amper wat hij zegt, maar ze laat hem geamuseerd ratelen. Ze weet niet of hij Leila's broer of zwager is. Leila's zus zit stil tussen hen in. Montse vraagt aan Brahim of ze zijn vrouw is en hij glimlacht niet-begrijpend. In de laadbak staan een stuk of twaalf kinderen van de familie en uit de buurt. Ze weten hun evenwicht wonderwel te bewaren en zwaaien naar alle wagens die ze inhalen. De reis duurt tien minuten. Op een kilometer van de plaats van bestemming verandert de woestijn in een metalen zee van auto's en vrachtwagens. Duizenden mensen zitten in een gigantische cirkel. Het blauw en zwart van de tulbanden steekt af tegen het oker van de woestijn.

Montse heeft kleren van Leila geleend. Ook een blauwe melahfa om niet op te vallen tussen de andere vrouwen. De mannen groepen samen, bidden, praten zachtjes. De vrouwen blijven zwijgend aan de kant staan. Brahim en Leila's zus gaan uit elkaar. Montse voegt zich bij de vrouwen. Ze gaat net als zij op de grond zitten en houdt een hand boven haar ogen om alles te kunnen zien. Ergens in de mensenmassa declameert iemand uit de Koran; een megafoon vuurt de soeraverzen de helblauwe lucht van de hamada in. Ondanks Montses pogingen zich zo onopvallend mogelijk te gedragen, bekijken de vrouwen haar nieuwsgierig. Maar niemand vraagt iets. Terwijl de ceremonie verdergaat, blijven er auto's toestromen.

Na een half uur verstomt de megafoon en begint iedereen hardop te praten. Wanneer Leila's zus opstaat, volgt Montse haar voorbeeld. En op dat moment ziet ze in de mensenzee een bekend gezicht en ze verstijft. Het duurt maar een paar seconden; de vrouw draait meteen om en verdwijnt in de menigte. Aza, flitst het door haar hoofd en haar hart bonst in haar keel. Ze wil roepen, maar ze houdt zich in, bang om de aandacht te trekken of hysterisch te lijken.

'Ik ben zo terug,' gebaart ze tegen Leila's zus en ze loopt snel weg.

Ze ziet de vrouw niet meer, maar de kleur van haar melahfa en de plek waar ze haar het laatst heeft gezien staan op haar netvlies gebrand. Ze gaat erop af, maar groepjes pratende of hand in hand kuierende mannen versperren haar de weg. Ze loopt door, verblind door de zon. Als een schip op zee klieft ze door de mensenmassa die voor haar uiteenwijkt. Ze blijft staan. Draait zich een paar keer om. Alle vrouwen lijken op Aza. Ze is bang dat ze het zich heeft ingebeeld. Ze gaat op zoek naar een rustige plek om op adem te komen. Onwillekeurig loopt ze naar de geparkeerde auto's. Ze probeert te kalmeren. Die vrouw leek op Aza, dat weet ze zeker. Ze heeft haar gezicht zo vaak in haar dromen gezien. Ineens schiet haar te binnen dat ze op een doordeweekse dag in de Sahara zit. Die gedachte geeft haar een goed gevoel. Ze heeft zich er al bij neergelegd dat ze Aza niet zal vinden, wanneer ze tussen de terreinwagens een vrachtwagen ziet staan. Weer slaat haar de schrik om het hart. In een reflex bukt ze zich. Ze beleeft de verschrikkingen van Tindouf opnieuw. De wagen lijkt sprekend op die van de Spaanse legionair, Le Monsieur, zoals de Algerijnse vrouwen hem noemden. Ze is zo bang dat ze haar adem inhoudt om geen geluid te maken. Als ze groepjes mensen tussen de auto's ziet staan, kalmeert ze wat, maar ze is bang dat Le Monsieur dichtbij is.

Toen Montse, Aza en de twee Algerijnse vrouwen uitstapten, brandden de stenen onder hun voeten. Wat ze voor zich zag strookte niet met haar voorstelling van de woestijn. Geen zand, maar stenen en rotsen. En voor het eerst ook een paar planten: een eenzame palmboom, acacia's, wat kale struiken. Het was een oase, al leek het nog het meest op een vuilnisbelt. In het midden stond er een diepe put. De huurlingen namen het beetje schaduw in beslag dat er was in de middaghitte. Na drie uur in de vrachtwagen was het laatste restje kracht dat Montse had verdwenen. Ze smeekte hun haar naar Tindouf te brengen, maar ze kon nauwelijks iets uitbrengen. Aza pakte haar hand en maande haar tot zwijgen. Ze werden naar een bouwsel gebracht van betonblokken en steen met een golfplaten dak dat alle hitte absorbeerde. De mannen maakten de deur open en duwden hen naar binnen. Het was er groter dan in hun vorige gevangenis, maar hier zaten nog zeventien lotgenotes. Er hing een ondraaglijke stank. Het enige raam was geblindeerd met een met ijzerdraad bevestigde motorkap van een auto. De angst op het gezicht van de vrouwen die er opgesloten zaten sloeg om in verbazing toen ze zagen dat een westerse vrouw op dezelfde manier werd behandeld als zij. Niemand zei iets. Ze schoven wat op zodat ze op de grond konden gaan zitten. Aza ging op haar hurken zitten en begroef haar gezicht, haar wanhoop, in haar handen.

Meer dan een week zaten ze daar en mochten alleen naar buiten om hun behoefte te doen. Op de tweede dag rook Montse de stank al niet meer. 's Ochtends en 's avonds werden er dadels naar binnen geschoven. Ze at er met tegenzin van. Er sijpelde een wit goedje uit dat haar bang maakte voor botulisme. Aza spoorde haar aan te eten. De teil vuil water werd bijgevuld zonder dat de drab onderin werd weggehaald. Buiten zaten de mannen de hele dag door te praten of ruzie te maken. Af en toe ging er kennelijk een door het lint en klonken er schoten. 's Ochtends vertrok de legionair met een groep in de vrachtwagen en dan bleven er een paar huurlingen achter om de wacht te houden. De andere vrouwen kwamen uit Algerije en spraken alleen Arabisch en een klein beetje Frans. Ze behandelden Montse met een respect dat zij als wantrouwen interpreteerde. Toen het een paar dagen later 's nachts ineens sterk begon af te koelen, gaf een van de vrouwen haar haar boernoes.

Aza probeerde zoveel mogelijk over de mannen te achterhalen, maar de vrouwen zeiden allemaal iets anders. Ieder had een andere kijk op de situatie. Montse kreeg geen antwoord op haar vele vragen. 'Die man noemen ze Le Monsieur. Dat is het enige wat zeker is,' zei Aza. 'Sommige vrouwen zeggen dat hij gevangenen koopt en verkoopt aan Mauritanië en Marokko. Andere dat hij vrouwen zoekt voor de prostitutie.'

'We moeten hier weg, Aza. Hoe dan ook. Nog liever dood dan dit.'

Aza zweeg. Ze leek elders met haar gedachten. Wanneer de huurlingen sliepen, praatte Montse met Aza. Het luchtte op om alles wat door haar hoofd ging van zich af te praten. Aza luisterde alsof ze werd voorgelezen. Beetje bij beetje vertrouwde Montse haar geheimen toe die ze nog nooit aan iemand had verteld. Toen Aza de reden hoorde van haar komst naar Algerije, keek ze haar aan alsof ze de heldin uit een film was. Ze wilde alles weten, maar was te discreet om vragen te stellen. Montse vertelde over haar man, over haar jeugd, haar werk, Santiago San Román. Soms hield ze haar mond, bang dat ze Aza verveelde, maar de Saharawi was een en al aandacht en spoorde haar met haar blik aan door te gaan.

De dagen waren lang en er was veel tijd om na te denken. Na verloop van tijd herkende Montse ieder geluid in de oase. Ze wist wanneer de mannen water ophaalden, wanneer ze aan de motor van de wagens sleutelden, wanneer ze een eind verderop gingen om op stenen te schieten, wanneer ze sliepen en wanneer ze rond het gebouwtje liepen. Op de tiende dag was het doodstil. Door de kieren onder in de deur zag ze een wagen staan, maar ze hoorde geen mensen. Tegen twaalf uur wist ze zeker dat ze alleen waren.

Ze zei tegen Aza: 'Ik ga proberen te ontsnappen. Kijk eens naar die planken. Die trap je zo kapot.'

Aza keek haar ongerust aan. Ze bedekte haar gezicht met haar handen. 'Je redt het niet. Al loop je drie dagen, ze hebben je binnen een uur gevonden.'

'Ik neem die wagen mee. Als we met meer zijn, maken we meer kans.'

'Nee, zo lukt het niet.'

'Zeg het tegen hen.'

Aza praatte met de vrouwen. Ze begonnen vol ontzetting door elkaar heen te praten. Allemaal probeerden ze Montse duidelijk te maken dat ze gek was als ze dacht dat ze kon ontsnappen.

'En jij? Ga jij niet mee?'

Aza zei meteen: 'Nee, ik niet. Je bent gek als je het probeert.'

'Ik word gek als ik hier nog langer blijf. Ik had thuis moeten blijven.'

'Je hebt gewoon pech gehad,' zei Aza onbegrijpelijk kalm.

Beelden verdringen zich in haar hoofd. De vrachtwagen die tussen de terreinwagens staat geparkeerd brengt slechte herinneringen boven. Wanneer om haar heen steeds meer mensen in hun auto of busje stappen en vertrekken, beseft ze dat ze geen gevaar loopt. De vrachtwagen staat nog waar hij stond, als een gestrand schip. Dan raakt iemand haar schouder aan; ze schrikt zich wezenloos en kan een gil net onderdrukken. Brahims glimlach is meteen verdwenen, hij kijkt net zo geschrokken als zij. Leila's zus komt niet-begrijpend aanlopen. Montse is zo opgelucht dat ze haar in een opwelling omhelst. Ze probeert uit te leggen wat er is gebeurd, maar ze begrijpen haar niet. Ze kijkt uitdagend naar de vrachtwagen en weet niet eens meer zeker of het wel die van Le Monsieur is.

Het islamitisch Offerfeest staat in het teken van vergeving. Voor de Saharawi's is het de gelegenheid om bij – vooral oudere – familieleden op bezoek te gaan en zich te verontschuldigen voor daden waarmee ze anderen hebben gekrenkt. Montse luistert aandachtig terwijl Leila over die gewoonte vertelt. Wanneer Leila met de andere vrouwen aan de feestmaaltijd begint en de mannen het slachtafval opruimen, gaat Montse wandelen met Leila's nichtjes. Brahim houdt hen van een afstand in de gaten, alsof dat zijn taak is. De meisjes hebben hun mooiste jurk aan. Sommige dragen voor het eerst in maanden schoenen en lopen moeizaam op hun in leer of lak gestoken voeten. De jongens kijken jaloers hoe de Spaanse zich door hen laat meevoeren. Ze nemen haar mee naar de kamelen, naar de geiten. Ze gaan op een heuveltje zitten, op een paar stenen die in een kring liggen. Wat verderop staat een halfblinde jongen als een boom in de grond geworteld naar hen te kijken. Montse roept hem, maar hij reageert niet. Ze weet niet of hij familie van Leila is.

Na de couscous en het nagerecht heeft Montse genoeg. Wat een maal. Ze is meer dan verzadigd, maar ze wil geen nee zeggen en proeft alles wat haar wordt voorgezet. Af en toe glimlacht ze met volle mond, omdat ze niet meer kan. Iedereen let op haar, vooral Brahim. Hij schenkt haar water of frisdrank in, reikt borden aan, offreert brood, een servet, nog wat vlees. Leila ziet het lachend aan. Dan vraagt Montse zachtjes: 'Leila, is Brahim nou je broer of je zwager?'

De verpleegster kijkt haar met grote ogen en ingehouden adem aan. Ze lijkt van haar stuk en staart naar haar bord om het niet te laten merken. Montse begrijpt er niets van. Ze denkt dat ze haar verkeerd heeft verstaan en vraagt het nog eens.

'Nee, nee; geen van beide.'

'Wat dan?'

'Mijn verloofde. Na de zomer trouwen we.'

Montse slikt. Ze moet lachen, maar Leila kijkt zo ernstig dat ze zich inhoudt.

Na de lunch gaan de mannen buiten rond een gasbrander op matjes op het zand zitten. De vrouwen ogen nerveus. Ze doen alles haastig, smiespelend. Het lijkt wel of de mannen wat hen betreft niet snel genoeg kunnen vertrekken. Wanneer Leila's tante de commode opendoet en er een kleine televisie uit haalt, wordt duidelijk wat er aan de hand is. Ze zet het toestel in een hoek van de khaima en sluit het aan op een kabel die kennelijk aan een antenne vastzit. De stekker steekt ze in een vrachtwagen-accu. Wanneer Montse doorheeft wat er gebeurt, kan ze een glimlach niet onderdrukken. Er komen een paar vrouwen uit de buurt binnen die thuis geen televisie hebben. In totaal zitten er nu meer dan twintig vrouwen voor het scherm.

'Het is een Mexicaanse soapserie, die we hier kunnen ontvangen via de Algerijnse televisie. Als je wilt, gaan we naar buiten,' zegt Leila.

Montse wil het spektakel niet missen.

'Wacht; ik wil het begin even zien.'

Rond de in het Arabisch nagesynchroniseerde Mexicaanse soap voltrekt zich een verbazingwekkend schouwspel. De vrouwen zijn doodstil. Wanneer de jeune premier zijn opwachting maakt, roepen ze zijn naam en vuren hem aan alsof hij een held is. Montse kan haar ogen niet geloven. Steeds als ze iets tegen Leila wil zeggen, kijken de vrouwen haar beschuldigend aan. Uiteindelijk gaan ze naar buiten. Meteen vechten de meisjes om haar hand. Montse kent er al een paar bij naam. Het is heerlijk om langs de khaima's te slenteren en de warme wind te voelen die komt opzetten. In alle tenten heerst een ongewone drukte. Familiebezoek loopt in en uit. De darraha's van de mannen zijn brandschoon en gesteven. De vrouwen hebben hun mooiste melahfa aangetrokken. Leila en Montse wandelen weg van de khaima's.

'Ongelooflijk, al dat moois te midden van alle ellende van een volk in ballingschap,' zegt Montse. Leila glimlacht. Ze weet wat voor betoverend effect de woestijn op buitenlanders heeft. 'Ik heb het gevoel dat ik de afgelopen jaren opgesloten heb gezeten.'

'Dat gevoel heeft mijn familie hier. Ik heb het geluk gehad dat ik lang ben weggeweest. Maar sommigen zitten hier al zesentwintig jaar, opgesloten in een gevangenis zonder muren of deuren.'

Ze blijven staan. Montse treuzelt.

'Wat is er?'

'Leila, ken jij dat jongetje?'

Leila kijkt in de richting van haar wijzende hand. Iets verderop loopt, bijna evenwijdig aan hen, een jongetje met maar één oog. Zijn kaalgeschoren hoofd is bezaaid met wondjes. Leila kijkt naar hem met haar hand boven haar ogen.

'Nee, ik ken hem niet. Hij heeft vast een steen in zijn oog gekregen, dat gebeurt hier vaak.'

'Daarom vraag ik het niet. Ik heb hem vanochtend ook bij de kamelen gezien. Hij loopt me overal achterna, maar hij komt niet naar me toe.'

Leila lacht: 'Ik snap niet wat je daar zo vreemd aan vindt; je bent een mooie vrouw. Brahim vindt je ook heel leuk.'

Montse voelt zich opgelaten. Ze begrijpt niet hoe mannen hier met vrouwen omgaan. Ze wil geen vragen stellen. Ze vindt het allemaal maar merkwaardig.

'Vanavond hebben we een feest,' zegt Leila. 'Een collega van het ziekenhuis heeft ons allemaal uitgenodigd.'

'Mij ook?'

'Ja, natuurlijk. Ze stond erop dat je kwam.'

Het is een lange middag. Brahim neemt Leila's familie in zijn auto mee naar de duinen. De zonsondergang is een weergaloos spektakel. Vanaf de duinkam kijk je neer op de zon, die zich op dezelfde hoogte bevindt als de woestijn. Aan de andere kant is het al nacht. Montse laat zich als een kind in een lawine van zand meerollen. De kinderen doen haar na. De mannen maken thee en broodjes.

Weer in de khaima is Montse moe, maar innig tevreden. Ze heeft zin om in bed te gaan liggen en te luisteren naar het slaan van de wind tegen het tentzeil, al wil ze niets missen van alles wat er gebeurt. In een kleine lemen kamer wassen Montse en Leila zich, maken zich op en kleden zich om. Ze doen parfum op en trekken een donkerdere melahfa aan. Wanneer het pikkedonker is, nemen ze afscheid van de familie en lopen door de straten van het kampement.

Leila's collega woont in een andere wijk van dezelfde daira. Montse begrijpt niet hoe ze de wijken, de straten en de khaima's uit elkaar kunnen houden. Alles lijkt op elkaar. Ze strompelt door het donker terwijl Leila de weg wijst. De Saharawi draagt zwarte laarzen en een handtas over haar schouder. Ze loopt sierlijk, alsof ze over een catwalk loopt.

Wanneer ze er bijna zijn, schrikt Montse. Leila zag het te laat om haar te waarschuwen. Vlak bij het huis zit een man op zijn hurken zijn behoefte te doen. Wanneer hij de vrouwen ziet, rent hij met zijn darraha om zijn middel in zijn blote achterste weg.

'Niet bang zijn. Het is een oude man. Hij is niet goed bij zijn hoofd. Het is net een klein kind, hij doet overal zijn behoefte.'

Montse loopt voorzichtig om niet in de uitwerpselen te trappen.

Leila's collega woont niet in een khaima, maar in een lemen huis. Zodra ze hun hoofd naar binnen steken, staat ze op om hen gedag te zeggen. Montse herkent haar meteen van het ziekenhuis, al kan ze zich haar naam niet herinneren.

'Ken je Fastrana nog?'

'Ja, natuurlijk. Nu weet ik het weer.'

De meeste vrouwen zijn verpleegsters. Er zijn nauwelijks

mannen. Montse laat haar blik over de aanwezigen glijden en ziet Brahim in een hoek zitten, hij lacht naar hen. Ze vindt het leuk en verontrustend tegelijk.

'Ik wist niet dat je aanstaande ook zou komen,' zegt Montse plagend.

'Met mannen weet je het nooit,' bloost Leila.

Uit een cassetterecorder komt muziek van Bob Marley. Montse gaat tussen de verpleegsters zitten. De meesten herkent ze. De vrouwen spreken Spaans met een Cubaans accent, de mannen Hassaniya. Opeens stormt een man schreeuwend de kamer binnen. Het is dezelfde man van wie ze buiten zo geschrokken was. Hij gaat voor Montse staan en schreeuwt tegen haar alsof zij hem zou kunnen begrijpen: '*Musso mussano? Musso mussano?*'

Montse kalmeert wanneer ze Fastrana ziet glimlachen.

'Niet schrikken. Hij is niet goed bij zijn hoofd.'

'En wat zegt hij?'

'Hij vraagt of alles goed is,' legt Leila uit.

'Zeg maar ja, dat alles goed gaat,' zegt Montse. 'Vraag eens hoe hij heet.'

'We noemen hem de Duivel,' zegt Fastrana. 'Zo hebben de kinderen hem genoemd. Hij kan nergens heen. Mijn moeder vangt hem 's nachts op, ze laat hem in de keuken slapen als iedereen weg is.'

De Duivel neemt een banaan aan van Fastrana. Dan maakt de verpleegster hem met gebaren duidelijk dat hij moet vertrekken. Hij hinkt als een nar het huis uit.

Mensen lopen in en uit. Montse kan niet onthouden wie wie is. Ze laat haar handen met henna beschilderen. Het duurt uren. Wanneer ze eindelijk afscheid nemen, is het al heel laat. Brahim blijft theedrinken en kletsen met de verpleegsters. Leila en Montse zijn moe. Een hemel bezaaid met sterren verlicht het hele kamp. Het is koud.

'Hoe lang ken je Brahim al?'

'Vijf maanden. Maar hij houdt van me. Hij vindt het leuk om me jaloers te maken. Hij denkt dat ik dan meer van hem ga houden.'

'En hou jij van hem?' vraagt Montse en ze heeft meteen spijt van haar woorden.

Leila glimlacht. Haar tanden steken af tegen haar bruine huid. Ze is bloedmooi.

'Kijk,' zegt Montse en ze blijft staan. 'Is dat niet die jongen met dat ene oog?'

'Ja, dat is hem. Ik geloof dat hij je leuk vindt.'

'Hoe kan hij nou zo laat nog op zijn? Moet hij morgen niet naar school?'

'Ze hebben tien dagen vakantie.'

'Roep hem eens. Vraag eens hoe hij heet.'

Leila wenkt hem, probeert niet te schreeuwen: '*Esmek? Esmek?*'

De jongen kijkt van een afstandje naar hen, maar hij zegt niets.

'*Ech'kifek?*'

Wanneer Leila naar hem toe loopt, zet het jochie het op een rennen en verdwijnt tussen de khaima's. Montse is doodmoe. Haar hart slaat sneller van alle thee.

'Die komt niet uit deze daira. Anders had ik hem wel eerder gezien,' zegt Leila stellig.

Korporaal San Román lag de hele nacht naar de schaduwen op het plafond en het licht dat van het vliegveld kwam te staren. Hij had die week hooguit een paar uur per nacht geslapen. Het was te benauwd in zijn geïmproviseerde cel om helder te denken. Tussen de ene en de andere muur zaten hooguit zes stappen. Uit de latrine kwam een ondraaglijke stank. Toen hij eindelijk bijna door de slaap werd overmand, hoorde hij het dreinerige druppen van de kraan in de nachtelijke stilte; hij begon erop te letten en kon niet meer slapen. Al meer dan een week hoorde hij die druppel tot in het oneindige op het beton vallen, hij werd er krankzinnig van.

Na Guillermo's onverwachte bezoek was hij rusteloos. Hij wist dat hij zijn vriend nooit meer zou zien, en hij had spijt van de manier waarop hij hem de laatste tijd had behandeld. Guillermo verdiende zijn beledigingen niet. Maar nu was het te laat, voor bijna alles was het te laat.

Hij probeerde N'guiya uit zijn gedachten te bannen. De herinnering aan haar was een nog grotere kwelling dan de lekkende kraan. Hij voelde zich verraden, en dat gevoel kwam hem akelig bekend voor. Zelfs met zijn ogen dicht zag hij haar gezicht, haar lach voor zich; hoorde hij haar meisjesstem, haar gegiechel. De enige manier om haar uit zijn hoofd te zetten was aan Montse denken. Daar werd hij rustig van. Hij had een poging gedaan haar een brief te schrijven, maar had nog geen twee zinnen op papier gekregen. De woorden kwamen niet. Hij had nooit gedacht dat het zo moeilijk zou zijn om zijn gevoelens op papier te zetten. Hij probeerde zich Montse voor te stellen met het pasgeboren kind, zijn kind, en werd opnieuw bevangen door rusteloosheid en angst. Herinneringen die hij had verdrongen flakkerden op als een nooit helemaal uitgedoofde vlam.

Ineens moest hij aan zijn moeder denken. Hij dacht zelden aan haar. Maar nu vroeg hij zich ineens af of Montse gehoord had dat ze dood was. Vast niet. En toch hoopte hij soms dat ze spijt had gekregen en met de baby naar de sigarenwinkel was gegaan om hem aan zijn oma te laten zien. Als het zo was, dan wist ze dat ze dood was. Even stelde hij zich zijn moeder voor in haar zwarte jurk, op bed, wasbleek, haar handen gekruist op haar borst. Hij voelde zich schuldig; schuldig dat hij was weggegaan, dat hij niet op de begrafenis was geweest, dat hij er ondanks haar ziekte van uit was gegaan dat ze het eeuwige leven had.

Guillermo had het hem verteld. Het was eind mei. Hij had de hele ochtend naar hem gezocht en vond hem uiteindelijk in de tent van de Tropas Nómadas. Hij zei het onomwonden, alsof het de gewoonste zaak van de wereld was. Santiago keek hem aan, maar de woorden drongen niet tot hem door. Het verleden, zijn moeder incluis, sluimerde ergens diep in zijn geheugen. Sinds zijn komst naar Laayoun had hij haar maar twee keer gebeld. Nu was het te laat voor zelfverwijten.

Te midden van de chaos in de Sahara leken berichten uit het vaderland onwerkelijk. Toen korporaal San Román bij commandant Panta werd ontboden, wist hij al waarover het ging. Hij luisterde ernstig en onbewogen. De commandant vermoedde dat de jongen te aangedaan was om te reageren, maar in werkelijkheid zat Santiago elders met zijn gedachten. 'De toestand is buitengewoon hachelijk, korporaal. Dat weet u net zo goed als ik. Maar het leger beseft dat het verdriet over het wegvallen van uw moeder de problemen hier overstijgt,' zei de commandant in een poging het leed van de jongeman te verzachten. Santiago knikte haast onmerkbaar. De commandant haalde een paar documenten te voorschijn en overhandigde ze traag aan San Román. 'Daarom maken we voor u, ondanks het feit dat in de gegeven omstandigheden alle verloven zijn ingetrokken, een uitzondering. U krijgt twee weken om naar Barcelona te gaan en bij uw vader, uw broers en zussen, kortom, bij uw familie te zijn. Het verlies van een moeder is onherstelbaar, maar gedeelde smart is halve smart.' Santiago piekerde er niet over om op te biechten dat hij helemaal geen vader, broers of familie had. Hij rechtte zijn rug en ging in de houding staan om zijn dankbaarheid te tonen. 'Morgen is er een vlucht naar Gran Canaria,' vatte de commandant de inhoud van de documenten samen die hij hem net had gegeven. 'Daar kunt u een vlucht nemen naar Spanje. U hebt twee weken om bij uw familie te zijn. Op 15 juni wordt u terugverwacht. U kunt gaan.'

'Tot uw orders, commandant.'

Beduusd en verward liep Santiago San Román het felle daglicht in. Iedere soldaat zou een moord doen voor de twee weken verlof die hij net had gekregen. En toch vond hij het een beangstigende gedachte om in het vliegtuig te stappen en een halfjaar na zijn vertrek terug te gaan naar Barcelona. Op 24 mei had gouverneur-generaal Gómez Salazar het startsein gegeven voor operatie Zwaluw, de evacuatie van de Spaanse bevolking uit de Sahara. Een maand voor het einde van het schooljaar waren op de middelbare school en een aantal basisscholen alle lessen opgeschort. Hoewel veel Spaanse inwoners met tranen in hun ogen de stad verlieten die hun thuis was geworden, waren er ook veel die inzagen wat hun boven het hoofd hing en zonder achterom kijken de deur achter zich dichttrokken.

Steeds vaker demonstreerden de Saharawi's voor onafhankelijkheid. Te pas en te onpas gingen ze met vlaggen de straat op om hun steun te verklaren aan het Polisario. Bij ongeregeldheden werden probleemwijken door de Policía Territorial en het legioen onmiddellijk met prikkeldraad afgesloten. Maar de berichten uit andere steden waren weinig bemoedigend voor de Spanjaarden. De gevangenis van Laayoun barstte al snel uit zijn voegen.

De volgende dag pakte Santiago zijn spullen en ging op weg naar het wagenpark waar hij een lift zou krijgen naar het vliegveld. Hij was in gedachten verzonken en merkte pas dat Guillermo achter hem aan kwam toen die hem inhaalde. 'Ga je weg zonder iets te zeggen?' Santiago keek hem aan alsof hij een wildvreemde was. 'Ik dacht dat je op patrouille was,' loog hij. 'Ik heb nog gevraagd waar je was, maar ze zeiden...' Nog voor hij was uitgepraat pakte Guillermo hem stevig vast. 'Nou, kom op, laat me los. Straks denken ze dat we flikkers zijn.' Guillermo lachte. Na het bericht van zijn moeders dood verbaasde het hem niet dat zijn vriend zich vreemd gedroeg. Hij wenste hem sterkte en keek hem na. Korporaal San Román klopte op de jaszak waarin zijn geld en verlofbrief zaten. Het idee om nu uit de Sahara weg te gaan benauwde hem; hij had andere plannen. Langzaam maar zeker veranderde hij zijn koers en begon in de richting van de uitgang te lopen. Hij liet zijn verlofbrief zien en wandelde vastberaden het kamp uit. Een uur later liep hij in Saharawi-kleren – de tas waarin zijn uniform zat weggemoffeld onder zijn arm – de winkel van Sid Ahmed binnen.

Santiago bracht zijn hele verlof door bij N'guiya thuis. Het meisje was in de wolken. Twee weken lang kwam de legionair de wijk niet uit. Hij maakte wandelingen door de straten van Hata-Rambla en 's avonds zocht hij Sid Ahmed op in zijn winkel om thee te drinken en te roken. Niemand keek op van zijn aanwezigheid; door de buurtbewoners werd hij behandeld alsof hij familie was van Lazaar. Maar wanneer de mannen thuis bijeenkwamen, voelde Santiago zich buitengesloten. Hij hoorde er niet bij. Hij schonk de thee in, luisterde naar hun gesprekken zonder eraan deel te nemen. Hij begreep er nauwelijks iets van. Ze spraken in het Hassaniya, en als ze eens iets in het Spaans tegen hem zeiden, was het iets onbenulligs, meer uit beleefdheid dan iets anders. Santiago wist zeker dat ze het met elkaar over politiek hadden. Voor hem stond vast dat ze sympathiseerden met het Polisario, maar ondanks alles wat hij voor een aantal van hen had gedaan, namen ze hem nog steeds niet in vertrouwen. Wanneer hij alleen was met Sid Ahmed, vertelde die wel wat, maar San Román bleef het gevoel houden dat hij dingen verzweeg.

Twee dagen voor de afloop van zijn verlof vertelde Santiago N'guiya dat hij niet van plan was om terug te gaan naar het kamp. Ze keek hem verrukt aan en rende weg om het aan haar moeder te vertellen. Haar moeder zei het weer tegen haar tantes en nog geen uur later stormde Sid Ahmed hevig verontrust

het huis binnen. Voor het eerst was hij niet zijn vriendelijke zelf.
'Klopt het dat je gaat deserteren?'
  'Ik ga niet deserteren, ik wil alleen niet terug.'
  'Dat is deserteren, vriend.'
  'En wat dan nog?'
  'Weet je wat ze met je doen als ze je vinden?'
  'Ze vinden me niet. Niemand weet dat ik hier zit.'
  Sid Ahmeds sarcastische lachje bracht hem van zijn stuk.
'Iedereen weet dat je hier zit. Iedereen, behalve je vrienden.' Hij
zei het zo stellig dat Santiago hem onmiddellijk geloofde. 'Onze
mensen weten wat er binnen en buiten Alejandro Farnesio
gebeurt. Denk je dat we achterlijk zijn?' San Román stond er
hulpeloos bij. Nu had hij spijt dat hij niet naar Barcelona was
gegaan. 'Als je echt om dat meisje geeft,' zei Sid Ahmed, doelend
op N'guiya, 'meld je je morgen in de kazerne. Anders worden zij
en haar familie ervan beschuldigd dat ze een deserteur onder-
dak bieden. Weet je wat er dan met hen kan gebeuren?' Daar
had Santiago niet van terug. Sid Ahmeds woorden maakten een
verpletterende indruk. Beschaamd boog hij zijn hoofd. Die
man had hem onbedoeld de les gelezen. Hij knikte. De
Saharawi liet zijn dreigende toon varen en werd weer zichzelf.
'N'guiya is gek op je. Je hebt je gedragen als een van ons. Verpest
het nou niet.' Santiago was om. Voor het eerst nam iemand zijn
gevoelens voor N'guiya serieus. Ze schudden elkaar de hand en
dronken zwijgend hun thee. Ze kwamen er niet meer op terug.
  Die nacht zat het huis vol mannen. Ze praatten en dronken
thee tot het licht werd. Bij het afscheid zei San Román tegen Sid
Ahmed: 'Het lijkt wel alsof jullie ondanks alles altijd vrolijk
zijn.'
  'Niet altijd, vriend, niet altijd. Vannacht hadden we wat te vieren. Onze broeders hebben in El Guelta een overwinning be-
haald.'
  Wat hij bedoelde begreep Santiago pas de volgende dag, toen
zijn verlof afliep en hij terug moest naar de kazerne. Er heerste
een gecontroleerde chaos. Te midden van de verwarring had
niemand in de gaten dat Santiago niet naar Spanje was gegaan.
Aangewakkerd door geruchten en het stilzwijgen van de leger-

leiding verspreidde het nieuws over het Polisario zich als een lopend vuurtje. De terugtrekking van het leger uit El Guelta werd gezien als de opmaat naar een volledige terugtrekking uit de Sahara. De gevangenis in de stad was in de eerste weken van juni volgestroomd met Saharawi's die waren opgepakt bij de betogingen en rellen in de stad. Op de eerste dag na zijn verlof moest Santiago er wacht houden. Het gebouw dat een paar maanden eerder amper werd gebruikt, zat nu zo barstensvol dat de gevangenen 's nachts nauwelijks plaats hadden om te slapen. Het lag aan het einde van een lange rechte weg bij de afrit naar Eddachra. Vanuit de verte was al te zien hoeveel beveiliging het leger had laten uitrukken. De meeste gevangenen zaten noodgedwongen dag en nacht op de binnenplaats. Sergeants die niet wisten hoe ze de aanhoudende crisis moesten bezweren gaven tegenstrijdige orders. De telefoon rinkelde onophoudelijk. Soldaten liepen van hot naar haar, volgden bevelen op en kregen een ogenblik later opdracht om precies het tegenovergestelde te doen. Santiago herkende onder de Saharawi's al snel bekende gezichten. Hij sprak stiekem met een aantal van hen. Na één ochtend had hij zo'n twintig adressen van familieleden van arrestanten om nieuws te brengen.

Hoewel alle verloven definitief waren ingetrokken, was het niet moeilijk om Hata-Rambla in te komen. Toen de buurtbewoners hoorden dat hun familieleden vastzaten in Laayoun, werd San Román hun boodschapper. Het nieuws brengen werd dagelijks werk. Terwijl steeds meer Spanjaarden terugkeerden naar het vaderland, brak de donkerste zomer in jaren aan. In juli sloten veel cafés voor vakantie. Velen vermoedden – en terecht, bleek later – dat die vakantie jarenlang zou duren. De Oase ging dicht. Dat jaar was er geen openluchtbioscoop. Er waren steeds minder kinderen op straat. In augustus was de helft van de inwoners vertrokken. En dat was te merken: veel huizen waren dichtgetimmerd. Winkels en bedrijven sloten hun deuren. Mensen liepen haastig door bijna lege straten. De weekmarkt was een spiegel geworden van het wantrouwen en de ontreddering die bezit namen van de stad. Al verliep de evacuatie inmiddels ordelijker dan in de lente, iedereen wilde zo snel mogelijk zijn zaakjes afhandelen: de auto en de tv verkopen, schulden innen, problemen met de huur oplossen.

Het nieuws over de ziekte van de Caudillo vergrootte de onzekerheid. Hoewel velen er niet aan wilden dat Franco zou sterven, probeerden ook hooggeplaatste officiers via telegrammen en telefoontjes naar het vaderland informatie uit de eerste hand te verkrijgen. Maar de berichten spraken elkaar voortdurend tegen, waardoor het aantal twijfelaars alleen maar toenam.

Een gerucht dat de ronde deed onder ingewijden werd medio oktober nieuws. Een uur voor het avondeten verscheen op de televisie in de mess de koning van Marokko die zijn volk toesprak. Zijn stem klonk helder. Vrijwel niemand schonk er aandacht aan, maar Santiago was geïntrigeerd door het ernstige gezicht van Hassan II. Hij verstond alleen een paar losse, onbelangrijke woorden. Nog voor de toespraak voorbij was zei hij tegen Guillermo: 'Kijk, er is iets ergs aan de hand.' Zijn vriend wierp een ongeïnteresseerde blik op het scherm. Hij had geen kaas gegeten van de problemen in Marokko en de Sahara. 'Ik weet niet wat het is, maar er is iets gebeurd,' zei korporaal San Román. Hij stond op en liep naar de tent van de Tropas Nómadas. Binnen en buiten het kamp was de beveiliging verdubbeld. Toen hij de tent in ging, wist hij dat zijn vermoeden juist was. Niemand lette op de televisie, die nu reclameboodschappen uitzond. Ze stonden allemaal in een kring om een oude radio. Hij werd pas opgemerkt toen hij vroeg wat er was.

'Niets, korporaal, niets.'

'Ik ben niet achterlijk. Ik weet dat er iets is.'

De soldaten kenden hem goed. Vele van hen stuurden via hem berichten naar hun familie. Hij voetbalde al maanden met hen. Van een aantal kende hij de aanstaanden, de ouders; bij de meesten was hij over de vloer geweest. Daarom hield hij voet bij stuk. 'Wat zei Hassan?' drong hij geïrriteerd aan.

'Dat hij er met een invasie voor wil zorgen dat Marokko de Sahara terugkrijgt.'

San Román begreep het niet. 'Dat kan niet: ons leger is sterker dan het zijne,' zei hij naïef.

'Hij vraagt vrijwilligers de Sahara binnen te trekken. Het wordt een vreedzame invasie, zegt hij. Hij is gek.'

San Román bleef tot de taptoe bij de Saharawi's. Toen hij op zijn brits ging liggen, kon hij maar aan één ding denken. Hij lag de hele nacht wakker. De volgende dag was de kazerne een kruitvat. Vrachtwagens reden af en aan. Bevelen waren verwarrend en soms tegenstrijdig. Geruchten verspreidden zich sneller dan ooit. Op het ene moment leek het alsof ze zich opmaakten om op te rukken naar de noordgrens, op het andere dat ze nog diezelfde dag uit Afrika geëvacueerd zouden worden. Te midden van alle commotie lukte het Santiago op de laatste vrijdag van oktober de kazerne te verlaten. Hij had van tevoren bedacht hoe hij Zemla in zou komen. Het bleek moeilijker dan verwacht.

In de wijk was de verwarring net zo groot als in de rest van de stad. De mensen waren aan het hamsteren geslagen, de winkels waren vrijwel leeg. Het eerste wat hij deed was een bezoek brengen aan Sid Ahmed. De Saharawi probeerde hem gerust te stellen, maar was zelf ook ongewoon gespannen. Samen liepen ze naar N'guiya's huis. Het meisje leek niet te beseffen wat er gaande was. Ze deed stug en boos tegen de legionair omdat hij bijna drie weken niet geweest was. Ze dronken meer dan een uur thee. Toen het tijd werd om afscheid te nemen, merkte San Román dat N'guiya en hij door de rest van de familie alleen werden gelaten. Het was voor het eerst dat ze zo toeschietelijk waren: daarom had hij niet door wat er eigenlijk aan de hand was. Het meisje ging tegenover hem zitten en liet toe dat hij haar handen pakte. 'Zodra ik hier weg kan, neem ik je mee naar Barcelona. Je zult het er leuk vinden. Heel leuk.'

N'guiya glimlachte. Het was niet de eerste keer dat Santiago haar dingen beloofde. 'En hoe moet dat dan met je vriendin daar?'

Santiago deed alsof hij boos was. Hij wist dat het een spelletje van N'guiya was. 'Er zit daar geen vriendin op me te wachten. Dat zweer ik.'

Uiteindelijk glimlachte ze tevreden, zoals altijd. 'Ik moet je iets vragen, Santi. Of je iets voor me wilt doen, voor mij alleen.'

'Natuurlijk, wat je wil.'

Ze stopte haar hand onder haar melahfa en haalde een envelop tevoorschijn. 'Dit is voor Elbachir Baiba. Zeg maar dat het
van zijn zus Haibbila is. Je mag hem lezen als je wil.' San Román
glimlachte. Hij kende Elbachir goed. Hij was bij hem thuis geweest, kende zijn familie. Zijn zus Haibbila was goed bevriend
met N'guiya; ze had Santiago ooit nog een armbandje cadeau
gedaan. De envelop was open, maar hij haalde de brief er niet
uit. Dat leek hem onbeschoft. Bovendien wist hij dat hij in het
Hassaniya geschreven was. Dat was de laatste keer dat hij
N'guiya had gezien, al had hij beloofd dat hij de volgende dag
terug zou komen.

De brief bereikte zijn bestemming. Het was het eerste wat
korporaal San Román deed toen hij terug was. Elbachir Baiba
las hem in zijn bijzijn. Santiago zocht niets achter de ernstige
blik van de militair. Toen hij wilde vertrekken, vroeg Elbachir
hem nog even te blijven. Ze dronken thee en rookten. Bij het afscheid vroeg de Saharawi: 'Wanneer ga je weer naar huis?'

San Román wist wat hij bedoelde. 'Ik hoop morgen, maar het
is verdomd lastig om een pas te krijgen.'

'Hm,' zei hij en hij dacht na. 'Wij kunnen niet weg. We hebben onze wapens moeten inleveren en de verloven zijn ingetrokken.'

'Ik weet het.'

'Doe je iets voor een vriend?'

'Zeg het maar.'

'Als je weet wanneer je weg kunt, kom dan naar me toe. Ik heb
iets voor mijn moeder, vuile kleren en zo.' Santiago wist wat hij
daarmee bedoelde. Hij maakte geen bezwaar.

Op vrijdag 31 oktober liep Santiago met een tas die meer dan
vijftien kilo woog naar de slagboom bij de uitgang. In zijn
naïviteit dacht hij dat niemand acht zou slaan op een korporaal die zoals zo vaak het kamp uit liep. Daarom had hij niet in
de gaten dat vanaf het moment dat hij naar het register liep om
zich uit te schrijven, een luitenant en twee sergeants elkaar
voortdurend aankeken en nerveus met hun hoofd bewogen.

'Wat zit daarin, korporaal?'

De vraag overviel hem. Hij werd rood en zijn stem trilde. 'Ik heb verlof om te gaan,' zei hij.

De luitenant nam niet de moeite om het document dat hij hem overhandigde te bekijken. 'Dat vroeg ik niet. Ik vroeg wat er in die tas zit.'

'Vuile kleren en zo.' Zodra hij het zei, wist hij dat hij in de problemen zat. De tas was veel te zwaar. Toen hij hem op de grond zette, maakte hij een verdacht geluid. Nog voor hij hem openmaakte, voelde hij dat een van de sergeants hem onder schot nam. Toen hij de inhoud liet zien, trok de luitenant wit weg en wilde zich bijna tegen de grond werpen. Tussen de vuile kleren zat meer dan vijftien kilo aan granaten, ontstekers en explosieven. Binnen het uur had het bericht zich als een duistere voorbode door het hele kamp verspreid.

Door de combinatie van slapeloosheid en vlooien leek zijn cel nog het meest op een kerker. Het volledig afgesloten zijn van de buitenwereld dreef korporaal San Román tot waanzin. Hij voelde zich door God en alleman verlaten. Het hele kamp moest in rep en roer zijn sinds het nieuws over Franco's dood. Hij maakte zich alleen zorgen over wat er met hem zou gebeuren. Die dag kreeg hij op het normale tijdstip zijn eten. Maar niemand was bereid te vertellen wat er gaande was. Hij was gespitst op ieder geluid, iedere beweging. Hij dacht dat ze hem ieder moment konden komen halen en naar de Canarische Eilanden of het Spaanse vasteland zouden brengen. Maar het ergste was de vermoeidheid. Zijn ogen brandden en hij had overal pijn, alsof hij koorts had.

Aan het einde van de middag ging de deur open en kwam Guillermo in dienstuniform en met zijn geweer binnen. Hij zei alleen: 'Tijd om te luchten, korporaal.'

En hij liet hem passeren. Santiago liep aangedaan naar buiten. Net als andere middagen wandelde hij in de richting van de landingsbaan. Guillermo liep een paar meter achter hem aan, beide handen aan zijn wapen.

'Guillermo, vergeef me alsjeblieft. Ik moet weten dat je het me vergeeft,' zei hij zonder om te kijken.

'Ik wil je niet horen, korporaal; geen woord.'

San Román huilde. De tranen stroomden over zijn wangen. Het voelde goed.

'Het spijt me dat ik geen goede vriend ben geweest, het spijt me...'

'Nog één woord en ik schiet.'

Santiago wist dat hij het niet meende. Hij zweeg. Toen ze bij het einde van de landingsbaan waren, liep Guillermo een paar meter van hem weg. Hij ging met zijn rug naar hem toe staan, turend naar de duinen, in gedachten verzonken. Santiago rende op de landrovers af. Bij iedere stap voelde hij dat hij dichter bij zijn vrijheid was. Hij ging in een van de wagens zitten, haalde de sleutel onder de bijrijdersstoel vandaan en startte. Guillermo begon in de lucht te schieten. Niemand reageerde, niemand had iets in de gaten. Een paar minuten later reed de landrover met achter zich een zwarte rookwolk over de weg naar Laayoun.

Hij had nooit gedacht dat de stad er zo desolaat kon uitzien. De straten waren zo goed als verlaten. De winkels dicht. Sommige wijken waren bijna volledig ontruimd, in andere konden de bewoners niet weg vanwege de draadversperringen. Zijn uniform en de jeep vielen niet op tussen de troepen en hij bereikte Zemla zonder problemen. Hij stopte bij N'guiya's huis en stapte uit terwijl de motor nog liep. Alleen de vrouwen waren thuis. Santiago vroeg meteen naar N'guiya. Iemand ging haar halen. Ze kwam buiten adem binnen. Toen ze hem zag barstte ze in huilen uit. Ze viel op haar knieën en trok zich aan de haren. San Román schrok. Die reactie had hij niet verwacht. De vrouwen probeerden haar te sussen.

'Ik dacht dat je dood was, Santi,' snikte ze. 'Ze zeiden dat ze je zouden fusilleren.'

Santiago had nog nooit iemand zo horen huilen. Hij vergat alle verwijten die hij van plan was te maken. De buurtbewoners kwamen op het lawaai af. De legionair liep verontrust naar buiten. Hij wist niet wat hij moest doen. Hij wilde zich niet laten vermurwen door N'guiya's tranen. Iemand was Sid Ahmed gaan halen. De winkelier kwam aangerend. Hij wilde hem omhelzen, maar Santiago weerde hem af.

'Het is mijn schuld, zij kan er niets aan doen. Ze is een kind, geef haar niet de schuld.'

'Ik dacht dat we vrienden waren.'

'Dat zijn we ook. Ik ben je vriend. Daarom vertrouwde ik op je. Jij hebt baraka, vriend, je hebt baraka. Je bent nu een van ons.'

Santiago wilde zich niet laten inpalmen, maar de woorden van de Saharawi braken zijn verzet. Hij liet zich omhelzen.

'Ze vallen bij ons binnen, vriend. Weet je het niet? We hebben geen tijd om onder elkaar ruzie te maken.'

'Je had het me alleen maar hoeven vragen. Meer niet. Ik had alles voor jullie gedaan. Alles. Je had me er niet in hoeven luizen.'

Sid Ahmed pakte hem bij zijn arm en trok hem mee het huis in. N'guiya lachte en huilde tegelijkertijd. Ze klemde zich als een klein meisje aan hem vast en praatte tegen hem in het Hassaniya. Santiago kon niet langer doen alsof hij boos was. Hij dronk een glas thee, nam een sigaret aan en vlijde zich tegen de muur. N'guiya week geen moment van zijn zijde. Zijn ogen vielen dicht. Opeens voelde hij de vermoeidheid van de afgelopen dagen in heel zijn lijf. Zijn oogleden en zijn armen werden zwaar. Hij had geen kracht om te praten. Langzaam gleed hij in een diepe slaap.

Dokter Belén Carnero liep de kantine in en zag Montse achter-in bij het raam zitten. Ze was naar haar op zoek. Ze liep tussen de tafels en stoelen door naar haar toe en ging naast haar zitten.

'Jij bent laat. Ik was bijna vertrokken.'

'De operatie duurde lang. En het ergste is dat de stakker er door jouw toedoen bijna in was gebleven.'

Dokter Cambra trok haar wenkbrauwen op en keek haar ongelovig aan.

'Door mijn toedoen? Waar slaat dat nou weer op?'

'Ik was zo gegrepen door je verhaal dat ik uitschoot met verdoven...'

Montse wilde al kwaad worden toen ze dokter Carnero zag grijnzen. Ze haalde wel vaker dit soort streken uit.

'Wat is er met jou aan de hand, joh? Je bent je gevoel voor humor kwijt.'

Montse begroef haar gezicht in haar handen.

'Als ik dat ooit heb gehad.'

'Natuurlijk wel. Ben je vergeten hoeveel wij samen hebben afgelachen?'

'Dat is waar. Het lijkt nu alleen zo lang geleden.'

Ze keken elkaar even aan, alsof ze elkaars gedachten probeerden te lezen.

'Ik heb een voorstel,' zei dokter Carnero na een poosje. 'Je gaat met mij mee naar huis en dan vertel je verder waar je was gebleven.'

'Ik heb geen tijd. Ik moet naar huis, douchen en...'

Belén keek haar vragend aan.

'Is het wat ik denk dat het is?'

'Ach ja, ik ga er ook niet over liegen. Ik ga eten met Pere.'

'Het goudhaantje. Nou, dat zijn mijn zaken niet, dus laten

we het hebben over die Santiago San Romo.'

'San Román.'

'Dat bedoel ik. Je was aan het vertellen dat je zwanger was. Jij was... negentien.'

'Achttien. Achttien lentes jong. Meer valt er niet over te zeggen. Het waren andere tijden en je kent mijn familie.'

'Ja, en daarom ben ik ook zo benieuwd. Ik kan me niet voorstellen dat jij aan je moeder vertelt dat je zwanger bent van een jongen van wie je nauwelijks iets wist.'

'Eigenlijk wist ik alles wat ik moest weten.'

'Je zei dat je hem ergens met een blondine had gezien.'

Dokter Cambra zocht in haar tas en haalde een pakje Chesterfield te voorschijn. Ze stak een sigaret op. Belén sloeg haar zwijgend gade.

'Wat zit je nou te kijken?'

'Ik wist niet dat je rookte. Is dat iets nieuws?'

'Meer iets stoms, als je het mij vraagt. Ik heb het sinds mijn achttiende niet meer gedaan.'

'Meid, je blijft me verrassen. Geen wonder dat Pere zo hoteldebotel van je is.'

Montse blies de rook in haar gezicht. Belén hoestte en lachte.

Die oktobermaand was in Montses herinnering een van de bitterste periodes van haar leven. Zo blij als haar vader was omdat zijn oudste dochter naar de universiteit ging, zo neerslachtig en lusteloos was ze zelf. De zomer leek nu een verre mooie droom. Ze vond de regelmaat van het gezinsleven, haar moeders bemoeizucht, het gescheiden zijn van Santiago ondraaglijk. Haar zus Teresa leefde in een andere wereld. Vaak voelde Montse zich haar mindere. Haar jongere zus leidde een eigen leven. Eigenlijk leek zij de oudste. Teresa kon haar vaders verwachtingen, haar moeders verwijten, hun verstikkende controle beter aan. Montse kon niet met haar overweg. Soms vond ze haar kinderachtig, dan weer te volwassen voor haar leeftijd. In wezen was ze bang voor wat haar zus zou denken als ze erachter kwam wat zich allemaal in het diepste geheim afspeelde in haar leven.

Hoe langer ze Santiago niet zag, hoe moeilijker ze hem uit

haar hoofd kon zetten. Ze zagen elkaar alleen nog op zaterdagmiddag en op zondag. Montse moest voor tien uur 's avonds thuis zijn, Santiago had niets anders te doen dan bij haar zijn. Toen hij vertelde dat hij aan het einde van het jaar in Zaragoza in dienst moest, deed ze of het haar koud liet. Maar thuis telde ze angstvallig de dagen. Erger dan dit kon het niet worden, dacht ze, maar ze vergiste zich.

De grootste klap kwam op een gure herfstmiddag. Zoals wel vaker moest ze met haar moeder mee op bezoek bij haar tantes. Ze kon er niet onderuit. Montse vond niets erger dan twee uur lang op de bank zitten luisteren terwijl haar moeder en tantes beuzelarijen uitwisselden over mensen die al dood waren of die ze niet kende. Maar die middag gebeurde er iets waardoor er van sleur geen sprake was. Onderweg wierp Montse een kokette blik in een caféruit om te kijken of haar haar goed zat. Ze verstijfde van schrik. Aan een tafeltje bij de deur zat Santiago op zijn dooie gemak een sigaret te roken. Naast hem zat een blond meisje dat lachte alsof haar zojuist iets heel erg grappigs was verteld. Het duurde maar een paar seconden, maar ze wist zeker dat het Santiago was. Ze voelde haar hart bonzen. Ze drukte zich tegen haar moeders arm en deed haar best in de pas te blijven. Ze liep rood aan. Haar wangen gloeiden. Ze vreesde dat haar moeder iets zou merken. Ze wilde niet omkijken, maar het beeld stond op haar netvlies gebrand. Haar hersens werkten op volle toeren. In een opwelling zei ze tegen haar moeder dat het haar speet, dat ze thuis iets was vergeten en dat zij maar alvast moest gaan. Haar moeder liep mopperend door.

Montse had zichzelf niet in de hand. Ze keek nog eens of het echt Santiago was en posteerde zich vervolgens aan de overkant van de straat, vanwaar ze de deur van het café in de gaten hield. Ze beefde. Bij vlagen zag ze zichzelf daar staan en vond ze het idioot wat ze aan het doen was. Ze stak over om naar binnen te gaan, maar bedacht zich op het nippertje. Voor het eerst in haar leven vergat ze een overtuigende smoes voor haar moeder te bedenken. De tijd kroop voorbij.

Eindelijk kwam Santiago San Román samen met de blondine het café uit. Ze moest een jaar of twintig zijn, maar ze kleedde zich ouder. Het blond was nep, dat zag Montse zo. De twee praatten met elkaar als oude vrienden. Santiago maakte haar constant aan het lachen. Dat irriteerde Montse nog het meest. Ze bleef aan haar kant van de straat en volgde hen van een afstand. Wellicht hoopte ze in haar hart dat Santiago haar zou opmerken, maar hij had alleen oog voor het blondje. Montse lette goed op of hij haar hand pakte of zijn arm om haar heen sloeg. Maar ze deden niets verdachts. Ze liepen tot aan de bushalte. Daar bleven ze tien minuten staan, zij aan één stuk door lachend. Hij kon niet ineens zo grappig zijn. Een paar keer had Montse de aanvechting weg te lopen, maar iets hield haar tegen. De bus kwam en het meisje wachtte tot iedereen was ingestapt. Toen zag ze dat ze elkaars hand pakten. Het was meer een onhandig pakken en meteen weer loslaten, en toen sloeg zij haar handen om Santiago's hals en trok hem naar zich toe. Ze kusten elkaar. En het was geen onschuldige afscheidskus. Santiago maakte zich niet los uit haar omhelzing. Ze gingen pas uit elkaar toen de bus op het punt stond te vertrekken. San Román bleef bij de halte staan kijken terwijl ze een plaats zocht. Hij keek de bus nog na toen die al uit het zicht was verdwenen.

Die zaterdag kwam Montse niet op hun afspraak opdagen. Toen Santiago haar belde, zich uitgevend voor een medestudent, weigerde ze hem te woord te staan. Pas na drie dagen kwam ze aan de lijn, alleen om te zeggen: 'Santi, ik wil je nooit meer zien. Hoor je me? Nooit meer. Doe maar alsof ik dood ben.' En toen hing ze op. Pas na drie dagen kreeg Santiago uitleg, toen hij Montse stond op te wachten bij haar huis. Ze was met haar boeken onder haar arm op weg naar de bus, ze had haast. Santiago ging voor haar staan en versperde haar de weg. Hij was kwaad, maar toen hij Montses gezicht zag trok hij wit weg.

'Vertel nou maar eens wat er aan de hand is.' Hij klonk onzeker.

Montse draaide zich om en liep de andere kant op. Hij ging haar achterna, probeerde iets los te krijgen, maar kreeg de kans niet. Uiteindelijk was ze de belachelijke vertoning beu en bleef ze staan. 'Luister. Ik weet niet wat voor spelletjes jij speelt, maar ik doe er niet aan mee.'

'Als ik niet weet waar je het over hebt, kan ik moeilijk...'

'Moet ik het uitleggen? Volgens mij heb jij eerder iets uit te leggen. Bijvoorbeeld wie dat nepblondje is waarmee je bij de bushalte stond te zoenen.' Montse keek hem strak aan, tot ze zag dat zijn gezicht betrok en hij begon te blozen.

Maar Santiago was niet onder de indruk. 'Is dat het? Ben je jaloers? Dat is nergens voor nodig. Het had niets te betekenen.'

Ze werd knalrood. 'Niets te betekenen? En ik, heb ik ook niets te betekenen?'

'Natuurlijk wel, jij bent het belangrijkste in mijn leven.'

'Dat ben je dan mooi kwijtgeraakt. Ga maar uithuilen bij dat blondje van je.' Ze beende weg met Santiago in haar kielzog.

'Luister nou, het stelde niets voor. Ik snap niet waarom je zo reageert. Heb jij voor mij geen vriendjes gehad?'

'Jawel, een heleboel,' loog ze, 'en wat dan nog?'

'Dan begrijp je dat toch: ze is niet meer dan dat; een vriendinnetje van vroeger.'

'O, en kus je al je vriendinnetjes van vroeger?'

'Nou, nee. We kwamen elkaar toevallig tegen, we hebben wat gedronken en...'

'Zij heeft betaald zeker?' Dat was een klap in zijn gezicht. Hij zweeg en bleef staan.

Eindelijk stopte Montse, draaide zich om en flapte eruit: 'Ik ben zwanger. Ja, je hoort het goed: zwanger. En waag het niet te vragen of ik het zeker weet... Dan weet je dat ook weer. Ik wil je niet meer zien, niet meer horen, ik wil niks meer met je te maken hebben. Ik heb al genoeg aan mijn hoofd.'

Santiago bleef overdonderd achter en keek als aan de grond genageld hoe Montse zonder omkijken wegliep. Nu pas zag hij pas dat er mensen waren blijven staan kijken alsof ze een voorstelling hadden gegeven

Op dokter Cambra maakten chique restaurants en mannelijke aandacht allang geen indruk meer. Raffinement verveelde haar, hoewel ze zich er wel bij op haar gemak voelde. Ze had Pere

Fenoll, de traumatoloog, het restaurant, de tafel en de wijn laten uitkiezen. De man had iets wat haar ontroerde, maar ook dingen die haar irriteerden. Ze wist niet wat het zwaarst woog, de voors of de tegens. Ze wist dat ze mooi was, voor in de veertig, in staat om een man te verleiden, maar wanneer het erop aan kwam haar wapens in te zetten, kon ze dat niet opbrengen. Bovendien werkte Pere niet echt mee. Hij had het over het werk, zijn specialisme, de problemen in de gezondheidszorg. Wanneer Montse erin slaagde het gesprek een andere wending te geven, deed hij zo gewichtig dat zelfs het naar zijn mond brengen van een lepel het resultaat leek van diverse even belangrijke als ondoorgrondelijke processen. Hij zag er goed uit, had een goede smaak, uitstekende manieren. Dat was een pre en een afknapper tegelijk. Soms flirtte ze wat met hem: ze zette haar verleidingskunst in op de momenten dat Pere het meest ontvankelijk was.

Dokter Cambra wist dat ze die nacht het bed zou delen met de man die ze nu in haar wijnglas zag. Ze was aangenaam draaierig van de alcohol. Ze had haar pillen met opzet thuisgelaten en haar mooiste jurk aangetrokken. Ze bedacht dat Pere erop vooruitging wanneer hij zijn mond hield. Hij was geen held in bed, maar daar ging het haar nu niet om. Ze zag hem voor zich in zijn onderbroek en kon een glimlach niet onderdrukken.

'Is het zo grappig wat ik zeg?'

Eigenlijk zat Montse al een tijdje niet meer te luisteren. Ze was er goed in zich af te schermen zonder te laten merken dat ze niet oplette.

'Nee hoor. Het is meer de manier waarop je het vertelt.'

Pere bloosde. Montse bleef hem aankijken tot hij naar zijn glas keek.

'Sorry,' zei hij. 'Ik zit al de hele avond te praten. Ik heb jou nauwelijks aan het woord gelaten.'

'Wat je zegt is heel boeiend. Ik wilde je niet in de rede vallen. Bovendien...'

Pere Fenoll keek haar vragend aan en wachtte tot ze haar zin zou afmaken.

'Bovendien?'

'Bovendien is de wijn me naar het hoofd gestegen en wil ik niets doms zeggen.'

'Nou, dat is je niet aan te zien. Je lijkt me zo fris als een hoentje.'

Montse glimlachte en dacht na. Ze waren klaar met eten en ze wist dat Pere vroeg of laat zou vragen of ze bij hem thuis nog iets wilde drinken. Ze had zin om te praten. Ze zag ertegenop om thuis te komen in een leeg huis met alleen herinneringen.

'Heb jij ooit overwogen om een tijdje te stoppen met werken? Drie maanden of een halfjaar, een jaar?' vroeg ze.

'Onbetaald verlof?'

'Ja, zoiets.'

'Nee, eigenlijk niet. Misschien later, als ik...'

'Als je oud bent? Wilde je dat zeggen?'

'Als ik moe ben, wilde ik zeggen.'

Montse streek haar haar uit haar gezicht. De wijn maakte haar uitgelaten, zo had ze zich al lang niet meer gevoeld. 'Ik zou het wel willen. Drie maanden, een halfjaar. Ik weet niet. Misschien doe ik het wel.'

'En wat ga je dan doen?'

'Zoveel. Lezen, wandelen, reizen. Reizen in het laagseizoen is fantastisch.'

'In je eentje?'

'Zou je meegaan?' kaatste ze terug, alsof ze die vraag al had verwacht.

Pere glimlachte. Hij bloosde weer.

'Dat hangt ervan af. Als je het zou vragen... Ga je dat doen?'

'Nee hoor, maak je geen zorgen. Het is maar een ideetje waar ik mee speel.'

Pere Fenoll maakte van het openhartige moment gebruik om de vraag te stellen die op zijn lippen lag.

'Heb je zin in een afzakkertje bij mij thuis?'

Montse glimlachte zo spontaan mogelijk. Ze knikte, maar het lukte haar niet verrast te lijken.

Nadat de rekening was betaald werd er amper nog iets gezegd. Licht gespannen liepen ze naar zijn auto en stapten in. Het was koud. Montse zette de kraag van haar jas omhoog en zakte weg in de leren bekleding. Ze had zin in een lange autorit, om op te warmen en naar Wagner te luisteren.

'Ben je moe?'

'Nee, het is de wijn, Pere, echt. Ik voel me prima.'

Het was druk. Terwijl Pere weer over zijn werk begon, keek Montse dromerig naar de mensen op straat. Opeens dacht ze Fatma te zien. Ze was alleen, haar haar zat verstopt onder een rode melahfa.

'Kun je even stoppen, Pere? Daar loopt een vriendin van me.'

'Hier?'

'Het duurt maar even, je hoeft niet te parkeren.'

Pere zette de auto aan de kant. Dit vond hij irritant. Montses spontane ingeving was in zijn ogen een ergerlijke gril. Ze stapte uit en liep op Fatma af. De Saharawi was verrast haar te zien. Ze zoenden elkaar gedag en hielden elkaars hand vast. Al was Montse drie dagen daarvoor nog bij haar op bezoek geweest, ze spraken met elkaar alsof ze elkaar in tijden niet hadden gezien.

'Hoe is het met je zoontje?'

'Heel goed. Hij is heel zoet.'

De twee vrouwen leken geen haast te hebben, en dus begon Pere Fenoll ongeduldig te toeteren. Toen Fatma begreep dat er iemand op Montse wachtte, voelde ze zich opgelaten. Ze wilde haar niet ophouden en nam afscheid. Ze spraken af elkaar snel weer te zien.

Pere keek behoorlijk chagrijnig toen Montse instapte. Montse leek boos. Ze moest zich inhouden om niets te zeggen.

'Goh, Montse,' zei hij smalend, 'ik wist niet dat je zulke exotische vriendinnen had.'

Montse beet op haar lip.

'Exotisch? Stoort het je dat ik exotische vriendinnen heb?'

'Nee, helemaal niet. Ik vind dat je met mensen van alle klassen moet omgaan.'

Zijn toon stond Montse niet aan. Voor de auto zich in beweging zette, duwde ze het portier open. Ze stapte uit en zei: 'Pere, ik had nooit gedacht dat ik dit ooit tegen iemand zou zeggen, maar ja, ik had ook nooit gedacht dat ik met iemand als jij naar bed zou gaan. Val dood.'

Pere Fenoll bleef verbouwereerd achter. Hij wist dat hij het had verpest, maar hij kon het nu niet meer herstellen. Hij bleef in zijn auto naar Wagner zitten luisteren, terwijl Montse, ongetwijfeld vloekend en tierend, over de stoep wegbeende.

Wanneer de vreemdelinge wakker wordt, is er niemand meer in de khaima. Ze schaamt zich dat ze alweer de laatste is. Leila's tante is in de keuken bezig. Ze groetten elkaar. Haar Arabisch gaat met de dag vooruit. Ze ontbijt met geitenmelk, koffie, brood met jam en een sinaasappel. Ze kikkert ervan op. Leila's tante legt uit dat Leila bij de beesten is, aan de rand van Bir Lahlou. Ze begrijpt haar moeiteloos. Overal rennen kinderen rond en genieten van hun vakantie. Wanneer ze haar zien komen ze gedag zeggen. De zon begint al te branden.

Montse heeft zin in een wandeling. Ze slaat een doek om haar hoofd tegen de zon. De jongens zijn aan het voetballen. Een paar andere vechten om een fiets. Een eindje verderop heeft een jongen zich afgezonderd van de rest. Ze staat er niet echt bij stil, tot ze ziet dat het de halfblinde jongen van een paar dagen geleden is. Hij kijkt naar haar. Hij verroert zich niet. Ze loopt langzaam op hem af alsof ze toch die kant op wilde. Ze zegt hem gedag. Hij antwoordt niet. Zijn hoofd is bezaaid met littekens. Ze blijft op een afstandje staan om te voorkomen dat hij er weer vandoor gaat. Leila's nichtjes stuiven schijnbaar geschrokken weg. Montse vraagt hoe hij heet, maar er komt geen reactie. Ze besluit hem met rust te laten. Maar als ze wegloopt, hoort ze hem iets zeggen: 'Spanje? Spanje?'

Ze draait zich om en kijkt hem aan.

'Ja, ik kom uit Spanje. En jij? Saharawi?'

De jongen staat op en loopt naar haar toe. Nu ze hem en zijn lege oogkas van dichtbij ziet, begrijpt ze waarom de meisjes bang zijn. De jongen stopt een hand in zijn zak en geeft haar een papiertje. Wanneer ze het aanpakt rent hij weg. Montse is zo nieuwsgierig dat ze het papier bijna scheurt als ze het openvouwt. Het is een blaadje uit een ruitjesschrift: een schoolschrift, zo te zien. Er staat in een sierlijk, verzorgd handschrift iets geschreven.

> *Beste vriendin,*
> *God zij dank dat Hij je in leven heeft gelaten.*
> *Ik was vreselijk blij toen ik het hoorde. Ik ben*
> *hierheen gereisd om je te zien. Ik heb belangrijk*
> *nieuws voor je. Ik denk dat je Spanjaard nog*
> *steeds hier is. Vraag aan Mohamed waar je me*
> *kunt vinden. Hij is de zoon van mijn zus. Spreek*
> *alsjeblieft met niemand over mij.*
> *Aza.*

Montses handen beven zo dat ze het briefje amper kan uitlezen. Wanneer ze opkijkt, is de jongen verdwenen. Ze roept zijn naam, loopt naar de plek waar ze hem het laatst heeft gezien. Het wemelt van de kinderen, maar Mohamed is nergens te bekennen. Ze dwaalt even tussen de khaima's en geeft het dan op. Nadat ze het verschillende keren heeft herlezen, vouwt ze het briefje op. Ze stopt het in haar zak maar laat het niet los. Dan loopt ze naar de beesten om Leila te zoeken.

De verpleegster ziet meteen hoe nerveus Montse is. Montse laat haar het briefje zien en ze leest het heel langzaam. Ze kijkt naar Montse, dan weer naar het briefje en leest het nog eens. Ze strijkt met haar hand langs haar voorhoofd en maakt dat typische klakkende geluid met haar tong.

'Zie je, het was geen droom. Ik zei toch dat Aza echt bestond.'

De verpleegster zegt niets. Ze kijkt om zich heen om te zien of iemand hen hoort. Ze zijn alleen. Montse lijkt wat gekalmeerd.

'Alleen is haar neefje verdwenen. Die vind ik natuurlijk nooit terug.'

De verpleegster glimlacht. Zo rustig als haar blik is, zo onrustig is die van Montse.

'Daar zou ik maar niet zo zeker van zijn. Als ik me niet vergis, zit hij daar achter die stenen verstopt.'

Montse kijkt in de richting van haar wijzende hand, maar

ze ziet niets. Leila roept Mohamed en schreeuwt iets in het Hassaniya. Na een tijdje komt hij tevoorschijn. Hij zat precies waar de Saharawi zei. Mohamed komt verlegen naar hen toe. Leila laat hem het briefje zien en praat even met hem. Ze klinkt boos. Montse vraagt haar te vertalen.

'Ja, het klopt. Aza is zijn tante. Ze is in Edchedeiria.'

'Waar is dat?'

'Niet ver hier vandaan. Het is een daira in Smara.' Ze wijst in de verte, waar niets dan stenen en zand te zien zijn. 'Te voet is het een heel eind.'

'Ga je met me mee? Alsjeblieft?'

'Te voet? Geen sprake van. Je bent uitgedroogd als je aankomt.'

Brahims handen liggen boven op het stuur. Zijn pijp hangt tussen zijn lippen. Montse zit in het midden, Leila naast haar. Mohamed zit achterin. Hij wilde niet tussen de vrouwen in zitten. Brahim zegt iets tegen Leila. Hij lijkt geïrriteerd. Montse vraagt of hij het vervelend vindt dat hij hen moet brengen, maar ze zegt van niet.

'Nee hoor, helemaal niet. Hij brengt ons met alle plezier, hij moppert gewoon graag. Als je niet overal over moppert, ben je geen echte man.'

Montse moet lachen. Brahim kijkt naar haar en glimlacht; hij begrijpt er niets van.

Er is geen verschil tussen Edchedeiria en Bir Lahlou: dezelfde khaima's, dezelfde lemen huizen. Mohamed springt uit de bus en rent vooruit. Brahim rijdt hem achterna. Hij manoeuvreert voorzichtig tussen de kinderen door die alle kanten op rennen achter een plastic bal aan. Ze stoppen voor een lemen huis. De twee vrouwen gaan naar binnen en trekken hun schoenen uit. Leila loopt voorop, groet de vrouwen die binnen zitten. Aza staat op, brengt haar handen naar haar gezicht, slaat zichzelf op het voorhoofd, legt een hand op haar hart en omhelst Montse. Het is net alsof ze bidt. Haar woorden klinken als een smartelijke litanie, als een rouwzang.

'Vriendin, vriendin,' zegt ze in het Spaans. 'Je hebt baraka, vriendin. Dat weet ik zeker.'

Het voorstellen neemt bijna een uur in beslag. Aza laat haar kennismaken met al haar familieleden in Edchedeiria. Montse stelt Aza op haar beurt aan Leila voor. De twee vrouwen praten lang in het Hassaniya. Brahim blijft buiten staan. Hij raakt meteen in gesprek met buurtbewoners. Het lijkt of hij iedereen kent. De vrouwen bieden Montse thee aan. Ze geven haar parfum om haar handen en gezicht op te frissen. Van de meisjes krijgt ze kettingen, armbanden, prachtig versierde houten ringen. Ze laat zich verwennen. Leila is al snel druk in gesprek alsof ze iedereen al jaren kent.

'Je hebt me nooit verteld dat je een vriendje in het legioen had,' zegt Leila nadat ze aandachtig heeft zitten luisteren.

'Je hebt er nooit naar gevraagd,' zegt Montse gekscherend en ze lacht. 'Zo belangrijk is het ook niet.'

Aza en Leila glimlachen. Montse beseft dat het moment gekomen is om het over Santiago San Román te hebben. Eigenlijk heeft ze liever niet dat iedereen haar verhaal kent. Na alles wat er is gebeurd, lijkt Santiago heel ver weg.

'Ik denk dat ik de man heb gevonden over wie je vertelde,' zegt Aza en ze wacht af hoe de vreemdelinge reageert. 'Er zijn meer Spanjaarden naar hier gekomen, maar de meesten zijn overleden of naar Mauritanië vertrokken.'

'Dat verhaal heeft nogal indruk gemaakt, geloof ik. Je hebt zo veel ellende meegemaakt en toch ben je niets vergeten van ik je heb verteld.'

'Helemaal niets. Mijn moeder heeft me geholpen. Ze is al oud, maar ze heeft een goed geheugen. Door haar ben ik hem op het spoor gekomen.'

'Ik weet niet zeker of ik hem nu wil zien.'

Leila en Aza kijken elkaar teleurgesteld aan.

'Ben je gek geworden?' zegt de verpleegster verwijtend. 'Je moet er toch achter komen of hij al die tijd aan je heeft gedacht.'

Montse glimlacht. Voor de twee Saharawi's is het vast een soort soap.

'Goed,' zegt ze dan. 'Vertel me wat je weet.'

'In Aousserd woont een Spanjaard die met de vluchtelingen is

ontsnapt. Hij was soldaat. Hij woont in La Gouira, net als ik.'
'Weet je hoe hij heet?'
'Zijn echte naam ken ik niet. Maar ik geloof dat hij nu Youssouf of Abderrahman heet, ik weet het niet zeker.'
'Heb je hem gezien?'
'Ik ken hem, maar ik wist niet dat hij uit Spanje kwam. Hij lijkt een van ons. Ik heb hem al een hele tijd niet meer gezien. Zijn kinderen zaten bij me in de klas.'
'Ben je lerares?'
'Ja.'
'Hoeveel verrassingen heb je nog voor me in petto?'
Aza zwijgt en glimlacht. Leila klakt met haar tong.

Terwijl ze over een hamada rijden waar geen wegen of bandensporen te zien zijn, vraagt Montse zich af wat een man die hier niet is geboren beweegt om zich in de woestenij te vestigen. De schoonheid van het landschap en de gastvrijheid van de Saharawi's kunnen niet genoeg zijn. De liefde evenmin.

Brahim zit zwijgend aan het stuur, zijn handen erbovenop. De drie vrouwen zitten tegen elkaar geklemd in de cabine. De reis duurt lang omdat het terrein zo moeilijk begaanbaar is. La Gouira is niet anders dan andere kampementen. In het hart van de daira's staan de witte schoolgebouwen. Het lijken gestrande schepen op de bodem van een zee zonder water. Aza wijst Brahim de weg. Bij haar thuis wacht hen eenzelfde ontvangst als in Edchedeiria. Aza's moeder is oud en zo goed als blind. Ze lijkt haar Spaans ter plekke op te diepen uit haar geheugen. Ze stelt alles in het werk om het de gasten naar de zin te maken. Brahim is al snel verwikkeld in een gesprek met de mannen. Montse weet dat ze pas na het welkomstritueel naar de Spanjaard uit La Guëra kan vragen. Daarom zegt ze niets.

Ze eten met de hele familie. Brahim wordt uitgenodigd in de khaima van de buren. Tijdens de maaltijd komt Montse wat meer te weten over Aza en haar familie. Haar vader was burgemeester van het vroegere Villa Cisneros[18]. Hij was afgevaardigde in het Spaanse parlement. Bij de Marokkaans-Mauritaanse invasie werd hij gevangengenomen door de Mauritaniërs. Aza was toen nog heel klein. Meer dan tien jaar zaten ze in

Mauritanië, tot ze uiteindelijk met de andere Saharawi's naar de Algerijnse hamada mochten gaan. Aza's moeder praat met ingehouden emotie over haar overleden man. Ze legt haar dochter nog eens uit waar ze de man kan vinden die ze zoeken.

Montse is zenuwachtig. Ze heeft een hol gevoel in haar maag. Af en toe lijkt het of ze droomt. Ze heeft zich vaak ingebeeld hoe het weerzien met Santiago San Román zou verlopen. Maar dit lijkt in niets op haar dromen. Plotseling geeft een van de mannen die met Aza staan te praten Montse een hand en zegt haar met een sterk Arabische tongval in het Spaans gedag. Hij draagt een zwarte tulband en een blauwe darraha. Zijn huid is net zo donker als die van de andere Saharawi's. Zijn ogen zijn net zo rood, zijn tanden bruin van de thee. Hij heeft dezelfde doordringende blik als de woestijnbewoners. Zijn leeftijd is ongrijpbaar, zoals bij de meeste mannen boven de dertig. Montse voelt zijn hand in de hare branden. Aza spreekt Spaans met hem en hij antwoordt afwisselend in het Hassaniya en in het Spaans.

'Ja, ik heb in het legioen gezeten,' zegt hij tegen Montse. 'Maar dat is jaren geleden.'

Montse weet bijna zeker dat dit Santiago San Román niet kan zijn, maar als ze hem in zijn ogen kijkt, twijfelt ze even.

'Ik ben Montse. Ik heb over u gehoord en wilde niet weggaan zonder gedag te zeggen.'

De man is gevleid. Hij glimlacht aan één stuk door, verbaasd over de bevlieging van deze vrouw. Hij nodigt de drie vrouwen uit bij hem thuis thee te komen drinken. Leila verontschuldigt zich en legt uit dat ze terug moeten naar Smara. De man dringt aan. Nu weet Montse zeker dat hij het niet is. Maar er is een vraag die ze moet stellen.

'Kent u iemand die Santiago San Román heette? Hij was ook soldaat, net als u.'

De Spanjaard denkt na. Hij schuift zijn tulband wat naar achteren. Er piepen een paar grijze haren onder de stof uit.

'Misschien wel. Er waren duizenden soldaten zoals ik. Hij is waarschijnlijk naar huis gegaan toen hij afzwaaide. Ik ben gebleven.'

'Hij is ook gebleven.'

'Sommige zijn overleden of gevangengenomen,' zegt de man met dezelfde glimlach.

Montse beseft dat verder vragen niets uithaalt. Eigenlijk is ze opgelucht dat het Santiago niet is. Het is een dubbel gevoel.

Op de terugweg rijdt Brahim langzamer. Aza is in La Gouira gebleven. Montse heeft beloofd over een paar dagen een bezoek te brengen aan haar school. De twee vrouwen zwijgen. Ze hebben de zon in de rug. Langzaam krijgt de lucht een dieprode kleur die Montse ademloos doet toekijken. Wanneer ze vlak bij Smara zijn, vraagt ze Brahim vaart te minderen. Ze probeert de schoonheid van die zonsondergang op te slaan in haar geheugen. Leila kijkt verveeld naar buiten. Dan wijst ze Montse iets aan. Een eindje van de bandensporen af ligt een dode dromedaris. Het is een indrukwekkend gezicht. Ze vraagt of Brahim wil stoppen. De Saharawi doet het zonder morren. Hij begrijpt dat het voor iemand uit Europa iets bijzonders is. Heel in de verte liggen de khaima's van Bir Lahlou.

Het kadaver van een dode dromedaris in de woestijn is als een rode penseelstreek op een wit doek. Montse kan haar ogen niet van het dier afhouden. Er zijn geen vliegen, geen aasgieren. Brahim staat tegen het busje te roken, de twee vrouwen lopen naar het kadaver en blijven op een paar meter afstand staan. Er is zelfs geen wind die de gewijde stilte verstoort. Leila vraagt zich af wat haar vriendin er zo bijzonder aan vindt. Montse kijkt naar de horizon. Verderop, op een kleine heuvel, ziet ze een paar stenen.

'Wat is dat, Leila?'

'De begraafplaats. Daar liggen onze doden.'

In de woestijn maakt de dood net als de wind en de zon deel uit van de natuur, beseft Montse. Ze lopen naar de rand van de begraafplaats. De graven zijn niet meer dan een paar stenen bij de voeten en het hoofd van de doden. Ze zijn allemaal hetzelfde. Het licht is zwak. Het duurt niet lang meer voor het donker wordt. Montse rilt. Ze wil omkeren en naar het busje teruglopen wanneer ze een eindje verderop een gestalte ziet. Ze schrikt. Eerst denkt ze dat het een hond is, maar Leila's geschrokken gezicht maakt haar bang. De verpleegster gilt en drukt zich tegen Montse aan. Een man, die half ingegraven lag, staat op. Ondanks het weinige licht zien ze dat hij zo goed als naakt is. Hij pakt zijn kleren en rent met zijn tulband op weg. Brahim komt aangerend, hij heeft Leila horen gillen. Als hij ziet wat er aan de hand is, begint hij stenen naar de gek te gooien.

'Wat deed die man daar?' gilt Montse tegen Leila.

'Ik weet het niet. Ik had hem ook niet gezien.'

Brahim zegt iets tegen zijn aanstaande. Leila vertaalt.

'Hij zegt dat het die oude man van gisteren is. De Duivel. Hij heeft ze niet allemaal op een rijtje.'

'Laten we gaan,' zegt Montse nerveus. 'Het wordt donker.'

Vanaf de daken van Zemla leek Laayoun een schip dat op het punt stond te vergaan in een zee van zand. De verwarring had vanuit het nieuwe gedeelte van Laayoun ook dit deel van de stad bereikt. Bijna niemand wist wat er aan de hand was; er heerste wantrouwen, iedereen probeerde zich staande houden in de steeds chaotischer verlopende evacuatie.

In Hata-Rambla heerste verslagenheid. Niemand wist wat er zou gebeuren met de mensen die in de stad bleven. De inwoners hadden het onbestemde gevoel dat hun een grote ramp boven het hoofd hing. De Saharawi's in de buitenwijken probeerden aan voertuigen te komen en verlieten halsoverkop de stad. De grootste doemdenkers trokken nu de invasie dreigde de woestijn in met ezel en kar en voor amper een paar dagen proviand. Wie een auto had prees zich gelukkig. De Policía Territorial patrouilleerde bij de in- en uitvalswegen van Laayoun, vooral bij de weg naar Smara, en stuurde de vluchters terug. Maar de woestijn viel moeilijk te bewaken en 's nachts nam de uittocht dramatische proporties aan.

Santiago San Román bracht de ochtenden door op het dak van Lazaars huis. Hij voelde zich als een vogel die op zijn kooi neerstrijkt. De wijk was een gevangenis waar je met moeite in en uit kon. Al wist iedere Saharawi de controles te omzeilen en zich vrijelijk door de stad te bewegen, de mannen uit Zemla wilden niet zomaar vertrekken en hun vrouwen en kleine kinderen aan hun lot overlaten. Het nieuws op de Marokkaanse televisie was verontrustend. Hoewel de Marokkanen hadden gesproken over een vreedzame invasie, kwamen er alarmerende berichten uit het noorden. Al meer dan tienduizend soldaten waren de Spaanse provincie binnengetrokken en verspreidden zich als een olievlek in de richting van de hoofdstad.

Sid Ahmed vond Santiago op het dak, waar hij met zijn benen bungelend over de rand een sigaret zat te roken. De legionair gedroeg zich anders sinds zijn terugkeer. Hij was ongeïnteresseerd en leek niet te begrijpen wat er gaande was. Hij deed de hele dag niets anders dan op het dak zitten en luisteren naar wat er op straat gebeurde. De winkelier ging naast hem zitten en stak zijn pijp op.

'Ik heb je nodig, vriend,' zei hij. 'Je bent de enige die me kan helpen.'

San Román dacht aan de laatste keer dat de winkelier zijn hulp nodig had gehad en glimlachte. Maar hij sprak zijn gedachten niet uit; hij tuurde zwijgend over de woestijn.

'Ik wil dat je mijn vader en mij vannacht wegbrengt in je auto.'

'Gebruik hem wanneer je wilt. De sleutels weet je te vinden.'

De Saharawi zocht naar woorden, maar wist niet hoe hij moest beginnen.

'Het gaat me niet om de auto. Ik wil dat jij ons brengt. Daarna rij je terug.'

'Kom jij dan niet terug?'

'Nee, nee. Ik vertrek voorgoed.'

'Hou de landrover maar,' antwoordde Santiago laconiek. 'Vinden ze bij het leger vast niet erg.'

'Je begrijpt het niet. Ik wil dat je daarna terugrijdt naar de stad. Mijn vrouw en kinderen blijven hier en ik wil dat je voor hen zorgt. Meer kan ik er nu niet over zeggen.'

Santiago ontwaakte uit zijn gepeins. Het klonk gemeend. Ineens was hij terug in de echte wereld. De Saharawi keek ernstig, doodernstig. Zo had hij hem niet vaak gezien. Voor het eerst voelde hij zich niet zijn mindere.

'Waar wil je heen?'

'Dat weet ik nog niet. Ik wil eerst uit Laayoun weg. Daarna bedenk ik wel waar we heen gaan. Morgenochtend ben je weer terug. Ik heb het besproken met mijn familie en die van N'guiya. Ze vinden het goed. Hier kan ik niets doen en mijn volk heeft me nodig.'

'Je volk?'

'Ja, vriend, mijn volk. Mij laten ze niet gaan, maar als ik bij een legionair in de auto zit is er geen probleem. Snap je?'

Santiago San Román snapte het. Die avond vulde hij de koelvloeistof bij, controleerde of er genoeg diesel in de tank zat en maakte zich op om Sid Ahmed en zijn vader de stad uit te smokkelen. Ze wachtten tot het pikkedonker was en namen toen afscheid. Sid Ahmeds vrouw huilde zo geluidloos mogelijk. N'guiya klampte zich aan Santiago vast en hij kon zich met moeite vrijmaken uit haar omhelzing. Zijn gezicht stond ernstig, maar innerlijk was hij blij dat ze zo geëmotioneerd was. Het was een kort, ingehouden afscheid.

Het was niet moeilijk om de wijk uit te komen. De soldaten die op wacht stonden bij de wegblokkades zaten elders met hun gedachten. Hun instructies ten spijt namen ze hun beveiligingstaken niet erg serieus. Toen ze Santiago's korporaalsstrepen zagen, mocht hij doorrijden. Santiago reed niet richting Smara, maar volgde Sid Ahmeds aanwijzingen. In tegenstelling tot wat hij had gezegd, leek de Saharawi wel degelijk een doel te hebben. Ze reden tot aan de bedding van de Saguiya en volgden die stroomopwaarts. De rivier stond bijna droog. De maan verlichtte de plassen met hun roodachtige tint. De Saharawi kende alle paden, wist waar de rivier doorwaadbaar was, waar er sporen lagen.

'Als de rit nog lang duurt, is de tank straks leeg,' waarschuwde Santiago.

Het leek Sid Ahmed niets te kunnen schelen. Santiago reed nog twee uur door. Hij wist niet waar hij moest rijden, wegen waren er niet. De landrover ploegde door de woestijn, soms over oude bandensporen, soms over onbegaan terrein vol losse stenen. Santiago had altijd bewondering gehad voor het nachtelijke oriëntatievermogen van de Saharawi's en liet zich nu leiden zonder te weten wat noord of zuid was. Sid Ahmed leek zo zeker van zijn zaak dat hij op diens instructies vertrouwde.

Op ongeveer dertig kilometer van Laayoun kwam de wagen zonder brandstof te zitten.

'Zie je wel? Verdomme, ik had het nog zo gezegd. Dat was het dan.'

Naast hem vertrok Sid Ahmed geen spier. Hij tuurde naar een vage streep aan de horizon.

'Kalm aan, vriend, er is niets aan de hand. God zal ons helpen.'

Dat had San Román al heel vaak gehoord, maar het had nog nooit zo betekenisloos geklonken als nu. Hij probeerde niet te laten merken hoe ongerust hij was. Het was angstaanjagend stil, er stond geen zuchtje wind. De Saharawi hielp zijn vader met uitstappen. Hij bracht hem naar een acacia en ging iets uit de auto halen. Hij kwam terug met een theepot, glazen, suiker en water. Voor de zoveelste keer moest de legionair zich neerleggen bij de aard van de woestijnbewoners. Toen hij zag dat Sid Ahmed thee ging zetten, begreep hij dat hun op deze onherbergzame plek niets ergs zou overkomen. Het begon ijzig koud te worden. De Saharawi liep een paar meter van hen weg en brak een paar dorre takken van een arganboom. Vervolgens sneed hij een paar witte doornen van de acacia af. Hij groef een kuil in de grond en maakte vuur. Terwijl het water aan de kook kwam en de oude man weer op temperatuur probeerde te komen, begon Sid Ahmed over voetbal. Santiago wist niet of hij moest lachen of het uitschreeuwen.

Toen ze drie glazen thee hadden gedronken, doemde er boven op een heuvel een licht op. De legionair kwam verontrust overeind en waarschuwde de twee Saharawi's.

'Blijf zitten, vriend, er gebeurt niets.'

San Román deed wat hem gezegd werd. Hij kon niet anders. Nu waren er meer lichten. Al snel was duidelijk dat het de koplampen waren van twee auto's die op het vuur af kwamen. Ze naderden stapvoets en met groot licht. Sid Ahmed zei of deed niets. De wagens stopten naast de landrover van de Tropas Nómadas. Drie, vier mannen stapten uit en naderden langzaam de acacia. Naarmate ze dichterbij kwamen, dreunden ze de vaste rits begroetingen op en Sid Ahmed groette ontspannen terug.

'*Yak labaas.*'

'*Yak labaas.*'

'*Yak bikhir. Tbarkallah.*'

'Tbarkallah.'

'Al hamdou lillah.'

Toen ze dichter bij het vuur kwamen, begon Santiago's hart sneller te slaan. De man die voorop liep was Lazaar. Hij was in legeruitrusting, maar het was niet het uniform van de Tropas Nómadas. Hij glimlachte breed. Korporaal San Román kon niet eens opstaan. Lazaar begroette de oude man met alle eerbied, hij legde zijn hand op zijn hoofd en hielp vervolgens Santiago overeind. Hij omhelsde hem uitgebreid.

'Vriend. Ik wist dat ik je terug zou zien. Bedankt.'

'Hoezo bedankt?'

'Omdat je voor mijn familie hebt gezorgd. Ik heb alles gehoord.'

'Gehoord? Wat heb je gehoord?'

'Ik weet dat je vast hebt gezeten omdat je ons hebt geholpen. N'guiya is heel trots op je.'

'N'guiya? Hoe weet jij wat N'guiya vindt?'

'Ze schrijft me. Van haar hoor ik alles. En Sid Ahmed houdt ons ook goed op de hoogte.'

Santiago wilde niet nog dommer lijken en besloot niet verder te vragen. Sid Ahmed was nog steeds de rust zelve, alsof het een doodgewoon samenzijn was. Hij zette nog wat thee. Niemand had haast, behalve Santiago, die krankzinnig werd van de onverstoorbaarheid van de anderen. Urenlang spraken ze over de kou, de wind, vossen, putten, geiten, kamelen. En voor het eerst had Santiago het gevoel dat hij erbij hoorde, want ze deden het niet in het Hassaniya, maar in het Spaans. Sid Ahmeds vader was in slaap gesukkeld en kreeg niets van het gekeuvel mee. Het werd steeds kouder, maar niemand klaagde. Toen het gesprek stilviel, richtte Lazaar zich tot Santiago San Román.

'Je bent hier niet alleen vanwege Sid Ahmed en zijn vader. Ik heb hem gevraagd je mee te nemen.'

Santiago wist inmiddels dat met iedere vraag de antwoorden langer op zich zouden laten wachten. Daarom verbeet hij zijn nieuwsgierigheid en onderbrak hem niet.

'Ik moet je iets vragen, San Román: ik wil dat je mijn familie uit Laayoun weghaalt en naar Tifariti brengt. We proberen iedereen daarheen te krijgen.' Vragen brandden hem op de lippen, maar de legionair wist zich in te houden. 'In het noorden is een invasie gaande en als onze informatie klopt, willen de Mauritaniërs ons land ook gaan binnenvallen.'

'Je wil dat ik hen naar Tifariti breng? Allemaal?'

'Ja, vriend, allemaal. Mijn moeder, mijn tante en mijn broers en zussen. En Sid Ahmeds vrouw. Zijn kinderen zijn er al.'

Dat was Santiago te veel. Voor het eerst leek de oorlog reëel. Er ging van alles door hem heen en hij had het gevoel dat een loodzware last op zijn schouders werd gelegd.

'Ik weet niet eens hoe ik terug moet. De tank is leeg,' zei hij naïef.

Lazaar glimlachte nog steeds.

'Dat lossen we wel op.'

'En hoe kom ik in Tifariti?'

'God zal je helpen.'

'Weet je dat zeker?'

'Anders zou ik het je niet vragen.'

Toen het licht werd, had de legionair nog geen oog dichtgedaan. Hij was verkleumd tot op het bot. Terwijl de Saharawi's op hun dooie gemakje opruimden, had hij buikpijn van de zenuwen. Met een slang tapten ze diesel uit de tank van de andere wagens over in de landrover. Toen het tijd was om afscheid te nemen, besloot Santiago eerlijk te zijn, op het gevaar af zich belachelijk te maken.

'Ik denk niet dat ik de weg terug kan vinden. Ik vind alle struiken op elkaar lijken. En gisteravond kon je geen hand voor ogen zien.'

'Vergeet gisteravond. Toen zijn we binnendoor gegaan, maar jij kunt langs de rivier terug,' zei Sid Ahmed.

'Welke rivier? Er is hier geen rivier.'

'Zie je die heuvel? Als je straks aan de andere kant in de richting van de zon kijkt, zie je een droge bedding. Een droge bedding herken je toch wel?'

'Ja, ja, natuurlijk.'

'Die volg je in noordelijke richting. Je blijft hem volgen. Na tien kilometer kom je bij een stuk met wat water. Even verderop mondt hij uit in de Saguiya. Die volg je stroomafwaarts. Kan niet missen.'

'En Tifariti? Zal ik niet verdwalen?'

Lazaar brak een tak van de acacia af en legde twee stenen op de grond. Hij trok een streep en gaf de richting aan. 'Geen wegen nemen. Altijd door de woestijn rijden. In oostelijke richting. Je gaat richting Smara, en zodra je bandensporen naar het zuidoosten ziet afbuigen, volg je die. Gewoon de bandensporen blijven volgen. Die wijzen de weg. Iedereen vlucht naar Tifariti. Over drie dagen zien we elkaar daar. En geen dorp in rijden, hoe klein ook. Je weet niet of het al bezet is en dan kan het heel gevaarlijk zijn.'

Santiago reed weg in de landrover en keek in de achteruitkijkspiegel. Toen de andere wagens uit het zicht waren, concentreerde hij zich op de heuvelrug. Zelfs toen hij met de explosieven betrapt was, was hij niet zo bang geweest als nu. Zonder veel overtuiging volgde hij Sid Ahmeds aanwijzingen en hij probeerde net zo zelfverzekerd te rijden als de Saharawi's. Hij vond dat de mannen te veel van hem verwachtten. Maar toen na twee uur de witte huizen en eierdaken van Laayoun aan de horizon opdoemden, wist hij dat niets hem er nog van zou weerhouden Lazaars familie naar Tifariti te brengen.

Hij werd ontvangen alsof ze hem maandenlang niet hadden gezien. N'guiya's moeder en tante luisterden ademloos naar Santiago's uitvoerige verslag van zijn weerzien met Lazaar. Toen ze hoorden dat ze moesten vluchten, begonnen ze voorbereidingen te treffen voor de reis. In het hoofdvertrek stapelden zich dozen op met eten, kleren, gerei waarvan San Román niet begreep waarom het mee moest. Sid Ahmeds vrouw kwam bij de familie inwonen. De legionair probeerde het vertrek te organiseren als een militaire gevechtsoefening. Eerst inspecteerde hij de troepen. Drie volwassen vrouwen, vier meisjes en zes jongens. Het kleinste meisje was drie jaar, en de oudste jongen was boven de achttien. Veertien man was veel voor één auto. Dat zei hij tegen N'guiya, zonder er een drama van te maken, maar zij maakte zich geen zorgen over zo'n onbelangrijk detail.

Santiago besloot een auto te stelen in de stad. De oudste broer ging met hem mee. Het bleek niet zo gemakkelijk meer om je door de stad te bewegen. Op de trottoirs stonden legionairs geposteerd, die klaar leken voor een defilé. Alle zwaar beladen voertuigen en wagens met meer dan twee inzittenden werden aangehouden door de Policía Territorial. Er was nauwelijks verkeer en er stonden zelfs geen auto's op de stoep geparkeerd. Van de auto's die er stonden was de voorruit ingeslagen, de sloten waren geforceerd, of voertuigen waren gestript en toonden hun zieltogende motoren onder de openstaande motorkap. Op een hoek bleef Santiago plotseling staan en hield N'guiya's broer tegen. Een paar meter verderop waren een paar Saharawi's bij een controle uit hun auto gehaald. Ze stonden met gespreide armen en benen tegen de muur en werden gefouilleerd door Spaanse soldaten met geweren schuin over hun rug. De stem van een van de militairen kwam hem pijnlijk bekend voor. Het was Baquedano. Herinneringen schoten door zijn hoofd en hij was bang. De sergeant was buiten zichzelf van woede. Hij ging tegen de Saharawi's tekeer alsof het wilde beesten waren. Hij sloeg de jongste in zijn gezicht en gooide hem op de grond. De jongen probeerde te ontkomen, maar Baquedano begon hem te schoppen. Santiago San Román wilde dat hij een geladen wapen bij zich had. Zijn angst sloeg om in woede.

'Ik maak hem af,' zei hij, maar N'guiya's broer hield hem tegen.

'Je moet ons naar Tifariti brengen. Zonder jou komen we hier niet weg.'

Ze keerden terug naar Zemla met het plan om de volgende dag meteen na zonsondergang te vertrekken. De berg bagage was groter dan de landrover.

'Dat kunnen we niet allemaal meenemen. Dat past er niet in. We moeten zelf ook nog ergens zitten.'

'Op het dak,' zei N'guiya doodleuk. 'We kruipen tegen elkaar aan.'

Santiago wist dat het onmogelijk was, maar hij wilde hen niet teleurstellen. Dus zei hij niets, al droomde hij die nacht over een eindeloze rij mensen, bagage en dieren die het raam van de auto in en uit ging. De volgende dag ging hij op zoek naar brandstof. Het kostte hem de hele ochtend, maar uiteindelijk kon hij een geit ruilen tegen drie jerrycans. De echte problemen moesten echter nog komen. Eerst waren het vage geruchten uit het nieuwe gedeelte van de stad, die later werden bevestigd door mensen uit de buurt: Laayoun was opnieuw hermetisch afgesloten. Die eerste december was er een springlading gevonden in de Parador Nacional. Hoewel men aanvankelijk aannam dat het Polisario achter de mislukte aanslag zat, bleek al snel dat een Spaanse commandant en een sergeant van de mijnendienst de schuldigen waren. De springlading was vastgemaakt aan een paar butagasflessen die op een binnenplaats van de Parador stonden. Vervolgens lekte uit dat in de Parador Marokkaanse en Mauritaanse regeringsfunctionarissen waren ondergebracht, die gekomen waren om het bestuur van de regio over te nemen. De veiligheidsmaatregelen werden tot het uiterste opgevoerd. Het leger ging opnieuw over tot willekeurige aanhoudingen. Die dag werd iedereen die door Laayoun reed aangehouden en gefouilleerd. Santiago moest ten overstaan van de hele familie duidelijk maken dat het niet mogelijk was om de stad te verlaten.

De legionair had 's ochtends te voet willen ontsnappen en de rivier oversteken. Met een beetje geluk lukte dat iedereen, ook de allerkleinsten. Daarna had hij willen teruggaan en proberen in zijn korporaalsuniform de stad uit te komen met de landrover. Hij had de familie proberen uit te leggen dat ze hem met al die dozen en mensen op het dak niet zouden doorlaten. Maar de moeder van Lazaar had Santiago zo hoog zitten dat ze ervan overtuigd was dat het hem zou lukken. Na het bericht over de aanslag was vluchten onmogelijk. Er zat niets anders op dan te wachten op een gunstiger moment om de stad te verlaten. Santiago wist dat iedere vluchtpoging die ze nu zouden ondernemen tot mislukken gedoemd was. Bovendien was het toch al te laat om nog op de afgesproken tijd in Tifariti aan te komen.

Er volgden enkele dagen van beklemmende onzekerheid. Iedereen wilde van de legionair weten waar hij op wachtte, en hoe terecht zijn voorzichtigheid ook was, ze begrepen niet waarom Santiago niet deed wat hij had beloofd. Op 10 december werd een van de geruchten die de ronde deden in de wijk bewaarheid. Op de Mauritaanse radio werd het luid en duidelijk aangekondigd: het leger van Mauritanië was de Spaanse Sahara in het zuiden binnengevallen. De bewoners van Laayoun zaten als ratten in de val. Toen Santiago het hoorde, opende hij de motorkap van de landrover en begon tegen de motor te praten alsof het een mens was. Hij keek alles drie keer na. Hij maakte de accupolen schoon. Hij controleerde het oliepeil en de koelvloeistof. Hij verlaagde de bandenspanning. Vervolgens maakte hij een wandeling door de stad. Even voor middernacht was hij terug. Hij liep opgewonden het huis binnen en zei tegen iedereen dat ze gingen vertrekken. Iedereen was op. Het was alsof de Saharawi's het hadden voorvoeld.

'We moeten snel zijn. Iedereen de auto in. We gaan met de landrover.'

'En de controles dan?'

'Er zijn geen controles. De stad is onbewaakt. Er is iets ergs aan de hand.'

Hoe ze zichzelf en alle bagage in de auto hadden gekregen, begreep Santiago niet. Voorin zaten de drie vrouwen. N'guiya en haar drie zussen zaten achterin. De rest van de ruimte werd in beslag genomen door tassen en dozen. De meisjes zaten tegen de ruit aan geplakt. De zes jongens klauterden op het dak en hielden zich vast aan de imperiaal. De oudste ging voorop zitten als buffer, zodat zijn broertjes er niet af zouden vliegen als er plotseling geremd werd. De op een na oudste deed hetzelfde achteraan. De legionair vond het waanzin om zo te rijden, maar hij zei niets. Hij stapte in, en toen hij de sleutel wilde omdraaien, voelde hij bij zijn voeten iets bewegen. Hij gilde het bijna uit. Het waren twee kippen. Bij de voeten van de vrouwen zag hij iets wat op een hond leek. Het was de geit. Lazaars moeder glimlachte ergerlijk kalm naar de legionair.

'Zonder eten kunnen we niet vertrekken.'

Santiago sputterde niet meer tegen. De auto kwam met veel moeite in beweging. De legionair was ervan overtuigd dat hij voor het einde van de straat zou stilvallen. Dat gebeurde niet. Ze namen een verlaten weg vol stenen die om Zemla heen liep. Er waren nergens Spaanse soldaten te zien. De landrover sukkelde vooruit met een zwarte rookwolk achter zich. Santiago wilde via de weg naar Smara met gedoofde lichten de stad uit zien te komen. Ze reden zo langzaam dat de wagen te voet bij te houden was.

Met Lazaars waarschuwing in zijn achterhoofd ging San Román, toen het terrein vlak werd, van de weg af. De stenen sneden als messen in de banden, maar de wagen hield zich kranig. Dit stuk kende hij, in ieder geval tot aan de kruising waar je verder kon in de richting van de fosfaatmijnen van Bou Craa. De weg was bijna niet meer te zien, maar Santiago oriënteerde zich aan de hand van de heuvelruggen. Hij had hier heel vaak gereden, de paar bomen die er stonden en zelfs de horizon kwamen hem bekend voor. Na ruim drie uur kwamen ze bij de kruising waar de weg naar Smara afboog. Normaal deed je er een halfuur over. De wagen kroop vooruit. Aan de bandensporen te zien hadden veel Saharawi's voor hen besloten van de weg af te gaan. Hoe langzaam ze ook reden, Santiago moest constant opletten waar hij reed. Iedere kuil kon hun fataal zijn. Als hij om de scherpe stenen te vermijden over het zand reed, zakte de wagen weg en slipten de banden. Niemand zei iets. Iedereen staarde ingespannen naar de horizon, alsof de wagen daardoor sneller zou gaan. Bij de kruising bij Eddachra naar Gaada besloot Santiago de weg weer op te gaan en de stenen te laten voor wat ze waren. Hij vreesde dat hij anders zou verdwalen. In de woestijn had hij het angstige gevoel dat hij aan het zigzaggen was. Als het zo doorging, hadden ze niet genoeg brandstof voor de bijna vierhonderd kilometer naar Tifariti. Het was een wonder dat de topzware landrover er nog steeds niet de brui aan had gegeven.

De weg was een autokerkhof. Om de zoveel kilometer zagen ze een verlaten auto of vrachtwagen, allemaal op de route naar Smara. Santiago wist hoe waardevol onderdelen konden zijn en stopte iedere keer. Maar altijd was alles er uitgesloopt door de eigenaars of passanten die op hetzelfde idee waren gekomen. Als er nog een band op zat, was het omdat hij geklapt was. Er zat geen brandstof in de tank. Alles was weg, de accu, de carburator, de lichten, zelfs het stuur. Als je auto het begaf, stripte je hem en ging je te voet verder. Langs de weg zaten groepjes op krachten te komen om verder te lopen. Soms werden ze door vrachtwagens of busjes ingehaald die niet op de weg reden. Ze zagen gezinnen met hun hele hebben en houden op een ezel, de geit erachteraan. San Román durfde niet van de weg af te gaan. Om het uur stopte hij en opende de kap om de motor te laten afkoelen.

Na tien uur hadden ze amper vijftig kilometer afgelegd. Even voor twaalf uur 's middags besefte Santiago dat ze op deze manier nooit in Tifariti zouden aankomen.

'We moeten spullen achterlaten. De landrover barst uit zijn voegen.'

Sid Ahmeds vrouw schudde haar hoofd. Santiago werd gek van hun eigenwijsheid. Toen hij de radiateur wilde bijvullen hield een van de jongens hem tegen.

'Als je het water in de auto doet, komen we om van de dorst. Liever de auto dan wij.'

'Als de auto het begeeft, gaan we ook dood.'

Na lang steggelen lieten ze hem er een half litertje in gooien. Uiteindelijk besloot hij dat ze die ochtend niet meer verder konden. Het was te warm. December of niet, de auto was gloeiend heet en de banden begonnen week te worden. De achtergelaten auto's aan de kant van de weg overtuigden zijn reisgenoten. Santiago reed de weg af en stopte een kilometer verderop achter een heuvel. Terwijl hij de banden controleerde, bouwde de familie een tent. Ieder leek precies te weten wat zijn of haar taak was. Santiago zweette het hardst van iedereen. Toen hij het water uit zijn poriën voelde stromen, besloot hij dat hij de motor alleen nog bij zou vullen als hij zeker wist dat er een put in de buurt was.

Hij begreep al snel dat hun leven afhing van de geit. Met de melk van het beest en de dadels die ze hadden meegebracht kon de hele groep worden gevoed. Na het eten gingen ze zo stil mogelijk in de schaduw liggen om hun krachten te sparen. De stilte was compleet, er stond geen zuchtje wind. Santiago viel in een diepe slaap.

Er kwam een verkoelende bries opzetten die vergezeld ging

van een verontrustend geluid. De Saharawi's hoorden het en waarschuwden Santiago. Hij spitste zijn oren.

'Vrachtwagens,' zei hij.

Hij beklom de heuvel en ging plat op zijn buik liggen om niet gezien te worden.

Vanuit Gaada kwam een militair konvooi hun kant op. Toen hij de wagens zag wist hij meteen wat er aan de hand was.

'Ze gaan naar Laayoun. Ze komen uit het noorden. Het moeten wel Marokkanen zijn.'

'Wat nu?' vroeg N'guiya, die naast hem was komen liggen.

'We kunnen nu niet weg. Als ze ons zien, sturen ze ons terug. Of ze nemen ze ons gevangen.'

Ze wachtten tot diep in de nacht. Toen braken ze op en gingen weer op weg. Nu moesten ze wel door de woestijn. De weg was te gevaarlijk.

Ze deden zes dagen over de tweehonderdtweeëntwintig kilometer naar de heilige stad Smara. Vreemd genoeg kreeg de landrover maar één keer een lekke band. Toen de stad aan de horizon opdoemde, haalde Santiago opgelucht adem. Nu diende echter de volgende kopzorg zich aan. Ze moesten naar het zuidoosten, de kant op van de grens met Mauritanië. Hij was bang dat ze onderweg op binnenvallende oosterburen zouden stuiten. Af en toe werden ze ingehaald of zagen ze families die te voet op de vlucht waren. Sommigen waren al een maand geleden vertrokken uit Laayoun. Telkens als ze iemand tegenkwamen, werd er gestopt, een zonnescherm in elkaar gezet, thee gemaakt en werden er geruchten uitgewisseld, die zich zo door de hele Sahara verspreidden. Santiago was dan nerveus, besluiteloos, bezorgd aan het ijsberen. Hij worstelde met het feit dat hij zich niet aan zijn woord had gehouden. Hij had beloofd de familie binnen drie dagen in Tifariti af te leveren, en met dit tempo zou er niemand meer zijn als ze aankwamen.

Maar het ergste moest nog komen. Midden in de nacht verloor Santiago in een zandstorm de bandensporen uit het oog. Uit het niets doemde een heuvel op waar hij niet omheen kon. Hij maakte rechtsomkeert en verwaalde opnieuw. Nu kon hij de sporen van de landrover niet eens meer vinden. Bovendien werd het terrein steeds steiler. Toen hij inzag dat ze moesten stoppen was het al te laat. Hij schrok zich wezenloos toen de motor een vreemd geluid maakte. Ondanks de wind hoorde hij het. Er zat bijna geen water meer in de radiateur. Hij stapte uit, maar zag niets in de storm. Eerst kreeg hij de motorkap niet open, en toen het eindelijk lukte zat de motor onder het zand. Hij liet zich op zijn knieën vallen en zei een Arabische smeekbede op die hij zo vaak had gehoord dat hij hem uit zijn hoofd kende.

De storm ging pas halverwege de ochtend liggen. Het was nu in ieder geval niet meer zo heet. De landrover was bedolven onder het zand. De vrouwen begonnen voor de zoveelste keer het geïmproviseerde kamp op te zetten en de jongens verzamelden dorre takken voor de thee. Ze leefden al twee weken op geitenmelk en dadels. Lazaars oudste broer bleef bij de legionair om hem te helpen met de wagen.

'We kunnen de koelvloeistof niet bijvullen.'

'Hoezo niet?'

'Er zit ergens een lek. Al gooien we er al het water in dat we nog hebben, het stroomt er net zo snel weer uit.'

'Geen auto en geen water meer. Dat gaat niet, vriend.'

Santiago gaf het op, verslagen, en liet zich op de grond vallen. N'guiya was naast hem komen zitten en veegde het zweet van zijn voorhoofd. Ze wist zeker dat de legionair hen daar weg zou halen. Te oordelen naar haar glimlach twijfelde ze er geen seconde aan.

Het eerste wat hij deed toen hij weer op krachten was, was achterhalen waar ze waren. De jongens begonnen te lopen en hij probeerde hen te volgen. Na een hele tijd vonden ze bandensporen van andere auto's. Ze waren vier, vijf kilometer uit koers geraakt. San Román probeerde kalm te blijven. Het was nog een paar dagen rijden naar Tifariti. Ze konden het beste uitrusten en te voet verdergaan. De bagage zouden ze achterlaten. Hij was er inmiddels van overtuigd dat de geit hun enige kans was om te overleven. Te voet zouden ze er misschien een week over doen. Dat was voor de kleintjes te lang. Terwijl hij bedacht wat hij tegen de anderen zou zeggen, kreeg hij een idee. Hij pakte een van de lege jerrycans en plaste erin. Lazaars moeder zette een streng gezicht op, maar de kinderen bulderden van het lachen om de legionair die wel gek geworden leek. Daarna vroeg hij iedereen zijn behoefte te doen in de jerrycan. In het begin versleten ze hem voor gek, maar naarmate ze doorkregen wat hij van plan was, begrepen ze dat de Spanjaard wist wat hij deed. In een uur verzamelde hij de urine van veertien personen en goot die met een trechter in de radiateur. Gelukkig was die nog niet helemaal leeg en kon hij achterhalen waar het scheurtje ongeveer zat. De jongens tuurden met zijn allen van onderen naar de motor en probeerden als eerste het lek te ontdekken. Het was makkelijk. Precies onder de plek waar het water wegsijpelde lag een plasje. Santiago pakte een stuk zeep en kroop onder de auto. Hij had nooit gedacht dat hij die truc waarover hij de Saharawi's van de Tropas Nómadas had gehoord nog eens in de praktijk zou brengen. Bijna twee uur lang wreef hij met de zeep over het scheurtje, tot het stuk zeep een soort pasta was geworden en zijn vingers brandden van de bijtende soda. Toen drukte hij de zacht geworden zeep aan met de palm van zijn hand. Hij kwam onder de auto vandaan en ging uitgeteld op de grond liggen. De Saharawi's keken met grote ogen toe.

'Nu moet het een paar uur drogen. En daarna iedereen plassen.'

Na twee dagen zat de radiateur vol. Weinig drinken betekende weinig urine. Santiago stak de sleutel in het contact, draaide hem om en de motor begon te ronken. Hij wachtte tot hij zeker wist dat er geen water meer weglekte. N'guiya jubelde van blijdschap en begon in het Hassaniya tegen hem te roepen. In minder dan een uur was het kamp opgebroken en zat de auto weer vol.

Vijf dagen later begon het landschap te veranderen. Te oordelen naar de drukte op en langs de weg kon Tifariti niet ver meer zijn. Op 24 december, bijna een maand te laat, kwamen ze na een reis van dertien dagen aan – de zwaarste die Santiago ooit had gemaakt. Kilometers voor Tifariti trachtten soldaten van het Polisario Front orde in de chaos te scheppen. Ze pikten de mensen te voet op met vrachtwagens, haalden kapotte auto's van de rijbaan, deelden water uit en wezen de weg. Santiago San Román liet N'guiya's moeder met de soldaten praten. Hij wist dat hij met zijn gemillimeterde haar en legionairsuniform op weinig sympathie kon rekenen.

Het Spaanse leger had het plein van Tifariti verlaten. De soldatenbarakken en de soek waren ingenomen door de Saharawi's. Nieuwkomers streken tot kilometers in de omtrek neer. Nomaden uit de streek stelden hun khaima's ter beschikking om vluchtelingen onder te brengen. Iedere familie probeerde zich zo goed en kwaad als het ging te installeren. Er werden rennen gebouwd voor de dieren en een primitief kinderziekenhuis. Vrachtwagens en voertuigen in alle vormen en maten bleven toestromen. Het waren te veel mensen om op te vangen. Ook al probeerden de soldaten de nieuwkomers gerust te stellen, de Saharawi's die er al langer dan twee maanden zaten, vertrokken steeds vaker naar het oosten om hun heil te zoeken aan de andere kant van de grens, in de onherbergzame Algerijnse hamada.

De avond dat Santiago in Tifariti aankwam, stak de ergste zandstorm op die hij in het jaar dat hij nu in de Sahara was had meegemaakt. Wervelwinden sleurden de khaima's mee en bliezen hevige stofwolken de hoogte in. In een paar minuten was er niets over van het geïmproviseerde vluchtelingenkamp. De vrouwen groeven een kuil in het zand en legden de kinderen erin. Zelf gingen ze erbovenop liggen en probeerden zich te bedekken met hun melahfa's. Je kon geen hand voor ogen zien. Santiago bleef met N'guiya in de landrover zitten. De wind en het zand drongen langs alle gaten en kieren binnen. De luchtvochtigheid was zo laag dat het leek alsof zijn oogbollen uitdroogden. Het was een onplezierige gewaarwording. Soms probeerde hij te knipperen, soms juist zijn ogen dicht te houden, maar hij had het gevoel dat hij geen traanvocht meer had. Hij zei het benauwd tegen N'guiya. Ze likte over zijn oogleden om de pijn te verlichten, maar zijn ogen waren meteen weer droog. Even dacht Santiago zelfs dat hij blind werd. De droogte was ondraaglijk. N'guiya probeerde hem te kalmeren. Toen de wind 's ochtends vroeg eindelijk ging liggen, kreeg Santiago zijn ogen niet open. Hij kroop in de tent die de jongens hadden gemaakt en bleef stil en angstig liggen, terwijl N'guiya hem constant in zijn arm kneep.

Lazaars broers zochten overal naar hem, maar er was geen spoor van hun oudste broer te bekennen. Drie dagen lang struinden ze de stad af. Het was ontzettend moeilijk om hier iemand te vinden. Iedere dag kwamen er meer Saharawi's naar de kampen. Hoewel het niet met zekerheid te zeggen viel, moesten er rond de vijftigduizend vluchtelingen zijn. Overdag schroeide de hitte het zand en 's ochtends werden degenen die zo ongeveer onder de blote hemel moesten slapen tot op het bot verkleumd wakker. Het Polisario zorgde voor water uit de putten die niet vergiftigd waren, maar eten was schaars. En dus was wat er met de landrover was meegekomen nu een schat. De paar eieren die de twee kippen legden en de geitenmelk waren voldoende om de familie te voeden. Ook de thee bewees zijn nut, tot hij begon op te raken, net als de suiker.

Toen Santiago zijn gezichtsvermogen terug had, was hij erg verzwakt. Hij was de enige die vreselijke diarree kreeg van het water uit de putten. N'guiya week geen moment van zijn zijde. Pas half januari was zijn lichaam gewend aan de barre leefomstandigheden in de woestijn. Toen hij de hoop op een weerzien met Lazaar al had opgegeven, stond de Saharawi op een koude morgen ineens met zijn broers voor zijn neus, over zijn schouder een oude kalasjnikov. Lazaar kuste zijn moeder en drukte Santiago tegen zich aan.

'Ik hoor dat je ziek bent geweest.'

'Nee hoor. Het water uit de putten en de wind, ik ben het niet gewend.'

Lazaar keek lachend naar zijn zus.

'Zorgt N'guiya goed voor je?'

Santiago werd door emotie overmand. Hij kreeg tranen en een branderig gevoel in zijn ogen.

'Beter kan niet...' zei hij. 'Ik heb mijn belofte niet kunnen houden. De wegen zijn hier niet zo goed als jij denkt.'

Lazaar omhelsde hem opnieuw.

'Kijk eens wie hier is.'

Santiago herkende Sid Ahmed niet meteen. Zijn zicht was slechter geworden. De winkelier had een fototoestel om zijn nek hangen.

'Ga je een foto van me maken, Sid Ahmed?'

'Nu meteen, als je wil.'

'Sid Ahmed werkt nu voor het Polisario. Hij doet verslag van alle gebeurtenissen, zodat de mensen op de hoogte zijn.'

'Ga daar maar staan, voor de auto.'

De twee vrienden stelden zich op voor de landrover. Achter hen wapperden de huiden van de bedoeïenententen in de wind. Santiago trok zijn hemelsblauwe darraha recht, zijn tulband knoopte hij los en liet hij over zijn schouders vallen. Hij streek de snor glad die hij de afgelopen maand had laten groeien. Vervolgens nam hij de kalasjnikov over van Lazaar en tilde hem op met zijn linkerhand. De Saharawi stak twee vingers omhoog, het teken van de overwinning. Ze legden lachend een arm om elkaars schouder en drukten hun hoofden tegen elkaar, alsof ze bang waren dat ze anders niet op de foto zouden passen.

In de geïmproviseerde khaima hoorden Lazaar en Sid Ahmed die nacht alles over hun angstige tocht. Lazaar praatte de familie bij over de situatie. De Saharawi vluchtten massaal naar de Algerijnse woestijn. Veel mensen gingen te voet. Over de achterblijvers in de steden was weinig bekend, maar ondanks alle beproevingen tijdens de vlucht beneed niemand hen.

Toen de wind ging liggen, nam een huiveringwekkende stilte bezit van het kamp. Zelfs de geiten en honden waren stil. Veel later noemde iemand het een voorteken. Maar die nacht kon niemand vermoeden wat er de volgende dag te gebeuren stond.

Op maandag 19 januari om negen uur 's ochtends wees niets in Tifariti erop dat de dag er anders uit zou zien voor degenen die huis en haard hadden moeten achterlaten. Behalve de windstilte was het een doodgewone ochtend. Tot de wind was gaan liggen was het een koude, gure nacht geweest. Lazaars broers waren al water gaan halen en waren aan het opruimen in de khaima. Santiago sliep nog, met N'guiya dicht tegen hem aan om haar warm te houden. Ze was al wakker, maar ze vond het fijn om stil te blijven liggen en te wachten tot de legionair wakker werd. Maar toen hoorde ze een geluid dat haar deed opveren van schrik. Santiago werd wakker.

'Wat is er, N'guiya? Wil je al opstaan?'

'Nee, nee. Luister, Santi.'

San Román begreep het niet. Hij hoorde alleen het gerinkel van de theepot en de glazen. Af en toe mekkerde er een geit, verder was het stil. Maar N'guiya wist het zeker.

'Ik hoor een vliegtuig in de verte.'

Santiago spitste zijn oren, maar hoorde niets. Pas toen een van N'guiya's broers schreeuwend de khaima binnenstormde, drong de ernst van de zaak tot hem door.

De aanval kwam vanuit het noorden. De vliegtuigen doemden op achter de rotsen, zodat ze ze pas zagen toen ze al pal boven het kamp vlogen. Er werd niet eens een verkenningsvlucht uitgevoerd. Kennelijk wisten ze precies waar ze moesten zijn. San Román rende naar buiten en tuurde met zijn hand tegen zijn voorhoofd naar boven. Het waren drie Franse Mirage F1's. Hij kende ze: de beste toestellen van het Marokkaanse leger. Als pijlen kwamen ze op hen af en lieten hun dodelijke vracht met precisie vallen. Zodra de eerste bommen vielen, brak er paniek uit in het kamp. De napalm en witte fosfor verwoestten de khaima's en tenten alsof ze van papier waren. Op de klap van de explosies volgden steekvlammen en een brandend hete lucht die alles wegvaagde. Met één keer overvliegen hadden de vliegtuigen een krater in het kamp geslagen, een afgrijselijk litteken van vuur en vernieling. Maar het was duidelijk dat ze zouden terugkomen. Iedereen stoof weg. Waar de bommen waren ingeslagen zaten gaten waarin een mens rechtop kon staan. Sommigen raakten ingesloten door het vuur. Santiago zocht N'guiya, maar ze was nergens te bekennen. Honderd meter verderop zag hij tenten branden. Ineens werd het gloeiend heet. De brandlucht was ondraaglijk. Hij rende de andere kant op en zag wat er gebeurde. De vliegtuigen wierpen opnieuw napalm op Tifariti. Wie zich dicht bij de explosies bevond was op slag dood, maar de lucht was zo heet dat ook tientallen meters verderop de melahfa's van de vrouwen in brand vlogen. Sommigen renden, van top tot teen verbrand, nog een paar meter verder voor ze levenloos en verkoold door de fosfor op de grond vielen. Iedereen rende kriskras door elkaar heen. Mensen botsten tegen elkaar op. Te midden van de verwarring bleef Santiago staan en keek naar boven. Even voelde hij de grond onder zijn voeten bewegen. Toen werd hij door een drukgolf de lucht in gesmeten. Hij viel op zijn buik, maar kon niet opstaan. Zijn lichaam was loodzwaar. Hij wist dat zijn gezicht verbrand was. Het stemgewoel verstomde in zijn hoofd en uiteindelijk hoorde hij helemaal niets meer. Hij had een branderig gevoel in zijn linkerarm. Hij keek en zag een massa vlees en bloed. Zijn hand en de helft van zijn onderarm waren weg, maar pijn had hij nauwelijks. Hij besefte dat opstaan en wegrennen nutteloos was. De lucht kleurde rood van het vuur. Toen voelde hij dat iemand hem bij zijn nek pakte en hem probeerde op te tillen. Het was N'guiya. Haar gezicht vol afgrijzen. Ze huilde en schreeuwde aan één stuk door, maar hij kon haar niet horen. Hij zei dat hij van haar hield, dat ze zich geen zorgen moest maken, en hij hoorde zijn eigen woorden in zijn borstkas galmen als in een holle kist. N'guiya drukte haar gezicht tegen zijn borst en klemde zich tegen hem aan alsof ze hem op de rand van een afgrond probeerde tegen te houden. Daarna voelde Santiago San Román niets meer.

Alberto was wel de laatste die ze tegen het lijf wilde lopen op de gang waar de administratie van het ziekenhuis zat. Montse liep het kantoor van de directeur uit met het gevoel dat ze een belangrijke beslissing had genomen. Ze wist dat haar geweten zou gaan opspelen, maar dat soort innerlijke conflicten was ze inmiddels gewend. Ze voelde zich goed, alsof ze zich van alle ballast had ontdaan en haar gedachten steeds lichter werden. Voor het eerst in maanden zag ze de toekomst met vertrouwen tegemoet. Misschien was dit het einde van de tunnel waar ze iedereen zo vaak over hoorde. Ze bedacht wat ze zou doen: eerst naar een *churrería*[19] en zichzelf op een overdadig ontbijt trakteren, haar zus bellen, en dan op haar gemak de treintijden bekijken en een bestemming kiezen. Het was alsof ze op het punt stond een gebouw te betreden waarvan ze alleen de buitenkant kende, maar dat een aantrekkingskracht op haar uitoefende als het lied van de sirenen. En toen schoot er een sombere gedachte door haar heen. Ze was het gewend door spookbeelden overvallen te worden. Maar dit spookbeeld was echt.

Haar echtgenoot Alberto liep de lift uit met een koffertje in de hand en een mobiele telefoon aan zijn oor. Toen hij Montse zag lachte hij naar haar terwijl hij praatte. Haar optimistische bui was in één klap over. Haar hart bonsde. Ze was altijd traag van reactie geweest. Ze kreeg de aanvechting om om te keren, maar ze durfde niet. Het was al te laat. Ze had moeten bedenken dat dit kon gebeuren. Alberto kwam op haar af, en beëindigde zijn gesprek. Zijn lach ontnam haar alle moed. Hij was even onberispelijk gekleed als altijd. Hij gaf haar een kus op haar wang alsof er niets aan de hand was. Ze liet hem begaan en hoopte dat hij niet zou merken hoe hij haar van haar stuk bracht. Ze wilde alleen maar zo snel mogelijk van hem af zijn en weer terugkeren naar haar gedachten die steeds lichter werden, naar het einde van de tunnel. Maar Alberto merkte niet of wilde niet merken hoe opgelaten Montse zich voelde. Ze wisselden beleefdheden uit. Ze nam zich voor hem te blijven aankijken, maar het kostte haar moeite. Ze moest toegeven dat hij een groot charmeur was, al kende ze inmiddels al zijn trucjes. Toen Alberto vroeg wat ze op de administratie deed, probeerde ze de man met wie ze nog steeds getrouwd was van zijn stuk te brengen.

'Ik moest bij personeelszaken zijn, ik heb verlof aangevraagd.'

Alberto vertrok geen spier. Hij toverde zijn meest stralende glimlach tevoorschijn.

'Goh, Montse, dat is pas nieuws. Wil je het wat rustiger aan doen?'

'Nee, ik vind het juist te rustig. Ik behoefte aan... nieuwe ervaringen.'

'Ah, ja. Dat lijkt me geen slecht idee. Ik heb er zelf ook meer dan eens aan gedacht. Misschien volg ik je voorbeeld wel. Ga je op reis?'

'Ja, dat is wel het plan.'

'Reizen buiten het seizoen is fantastisch.'

Die opmerking was een klap in Montses gezicht. Ze vond het vervelend hetzelfde te denken als Alberto, dezelfde ideeën te hebben, dat hij haar gedachten stal, zelfs haar zinnen. Hij had dat van meet af aan gedaan. Heel lang had ze gedacht dat hij háár beïnvloedde, zelfs zo erg dat ze op een gegeven moment niet meer de baas was over haar eigen woorden. Ze nam haastig afscheid, omdat ze voelde dat ze op het punt stond haar zelfbeheersing te verliezen en in te storten. Alberto was een scherm dat de werkelijkheid vertekende.

De lift deed er een eeuwigheid over. Ze kreeg het benauwd. Ze rende bijna naar buiten, de frisse lucht in. Ze had haar pillen in haar tas zitten, maar ze wilde ze niet nemen alleen maar omdat ze hem was tegengekomen. Ze was misselijk. Ze leunde tegen een auto. Het was koud, maar ze zweette. Ze hield niet van hem, dat wist ze zeker. Vaak twijfelde ze zelfs of ze ooit van hem had gehouden. Maar dat ze zo afhankelijk was geworden van haar echtgenoot op een manier die de grenzen van de liefde ver overschreed, had ze zelf laten gebeuren. Alberto had een onverklaarbare invloed op de mensen in zijn omgeving. Op haar ouders, op haar zus Teresa. Op hun dochter. En ongetwijfeld ook op de vrouwen met wie hij in bed lag terwijl zij de meest onmogelijke verklaringen zocht voor alle bewijzen van zijn bedrog. Niemand had zo veel invloed gehad op Montses leven als haar man. Niemand had haar zo gemanipuleerd, niemand had haar zo veel pijn gedaan als hij.

Alberto had altijd ouder geleken dan hij was. Montse leerde hem in het eerste jaar van haar studie kennen, toen Alberto laatstejaars was en stage liep op de afdeling waar professor Cambra zijn leerstoel had. Haar vader had nog nooit studenten mee naar huis gebracht. Maar Alberto was anders. Op zijn vierentwintigste praatte hij al als een doorgewinterde professor die wist waarover hij het had. Hij was knap, charmant, beleefd en beschaafd. Professor Cambra en zijn echtgenote waren weg van hem. Zelfs Teresa's gezicht lichtte op wanneer hij over de vloer kwam. Alberto was tegen iedereen charmant, maar vooral tegen Montse. Hij was zo anders dat alles wat ze in hem zag haar hielp om de herinnering aan de dode Santiago San Román voorgoed te begraven.

Het nieuws over Santiago's dood was pijnlijker geweest dan de maanden in Cadaqués en haar ouders' stilzwijgen na haar miskraam. Montse begon weer met haar studie, maar kon zich niet concentreren. Ze had zich voorgenomen haar zwangerschap zo lang mogelijk voor haar ouders verborgen te houden. Het was niet moeilijk om Santiago niet te vergeven. Ze was zo kwaad dat ze niet wist wat ze deed. In december, toen zijn telefoontjes ophielden, kalmeerde ze. Ze dacht dat ze hem in het jaar dat hij in dienst zat wel zou vergeten. Maar de zaken werden er niet beter op toen ze haar uitdijende heupen, buik en borsten niet langer kon verbergen. Vanaf het moment dat haar ouders ontdekten dat ze zwanger was, was het hele huis in rouw gehuld en bleven zelfs de gordijnen dicht. Montse huilde minder dan ze had gedacht. Ze had geen tranen meer over. Onder druk van haar vader biechtte ze op dat ze in de zomer een jongen had leren kennen en verliefd was geworden. Haar vader vroeg door, maar ze weigerde meer details te geven. Ze moest er niet aan denken dat haar vader met Santiago San Román zou gaan praten. Ze wilde geen gedwongen huwelijk, en bovendien wist ze dat haar ouders hem nooit zouden aanvaarden. Even voor kerst verhuisde ze naar Cadaqués om de winter en lente ver van Barcelona door te brengen. Mari Cruz, de dienstmeid, ging met haar mee. Het was de ergste kerst van haar leven. Iedereen praatte haar een schuldgevoel aan, zelfs de dienstmeid. Haar studie werd onderbroken. Haar vader verzon een reis naar Duitsland om haar afwezigheid te verklaren en de leugens in het gezin namen onmetelijke proporties aan.

Ondertussen kroop de winter aan zee voorbij. Ze verveelde zich. Haar ouders en zus kwamen ieder weekend naar Cadaqués, maar Montse kon niet wachten tot het weer maandag werd en ze weer alleen was. Ze dacht aan Santiago, die niks meer van zich liet horen. Nu voelde ze zich schuldig omdat ze hem niet nog een kans had gegeven het uit te leggen. Soms hoopte ze dat hij naar huis had gebeld, maar niemand zei iets of bracht brieven mee. Toen ze probeerde te achterhalen of er in Barcelona iemand voor haar had gebeld, wilde Teresa er niet over praten. Zelfs haar zus leek tegen haar.

In februari kreeg ze weeën en begon ze bloed te verliezen. Haar vader kwam uit Barcelona met een arts die op de hoogte was. Na twee dagen moest er worden ingegrepen en het kind overleefde het niet. Het deed haar pijn, maar ze voelde zich ook opgelucht. De rest van het gezin hulde zich in een rancuneus stilzwijgen. Montse bleef tot Pasen in Cadaqués. Toen ze hersteld maar depressief terugkwam, dacht bijna iedereen dat ze uit Duitsland kwam, waar ze colleges aan de universiteit had gevolgd. Ze probeerde haar studie weer op te pakken, maar in juni zakte ze voor bijna al haar tentamens. Die zomer ging het gezin niet naar Cadaqués. Terwijl Montse zich zo goed en kwaad als het ging voorbereidde op de herexamens in september, bewogen de anderen zich door het huis alsof ze de wacht hielden opdat zij ongestoord kon werken. Bij ieder telefoontje ging er een schok door het huis. Montse studeerde uit angst, met tegenzin, zonder enig enthousiasme. De boeken en afbeeldingen leken wel grote stenen die haar dreigden te verpletteren. Maar ze was zo bang voor haar ouders dat ze er alles voor over had gehad om hen tevreden te stellen. Beetje bij beetje veranderden haar gevoelens voor Santiago. Ze gingen van heimwee naar haat, van haat naar melancholie, van melancholie naar wanhoop. Inmiddels was ze ervan overtuigd dat hij haar was vergeten. Soms droomde ze over hem en werd ze badend in het zweet wakker, nerveus, over haar toeren. De hele dag door bedacht ze wat hij op dat moment aan het doen was. Daarvan werd ze nog onrustiger. Tot het oktober werd.

Alberto maakte zijn opwachting in de herfst. Zijn aanwezigheid was een welkome afleiding in het sombere huis. Zelfs het humeur van professor Cambra veranderde wanneer de jongeman op bezoek kwam. Hij wist mensen als geen ander voor zich in te nemen. Ook Mari Cruz viel als een blok voor zijn charmes. Als Alberto kwam eten, overtrof ze zichzelf in de keuken, bereidde ze haar beste recepten en zette het mooiste servies op tafel. Montse was minder gemakkelijk te vermurwen. Misschien dat Alberto daarom interesse in haar kreeg. Ze ging niet in op zijn attenties, toonde geen belangstelling voor de dingen die hij vertelde, ging iets anders doen als hij er was. Zodra ze haar kans schoon zag, ging ze met een excuus naar haar kamer. Die onverschilligheid krenkte Alberto's eigenliefde. Misschien dat hij daarom van lieverlee geobsedeerd door haar raakte. Professor Cambra mocht hem graag, maar voor hem was het belangrijkste dat Montse aan het nieuwe jaar begon en zich alleen daarop richtte.

Rond de jaarwisseling spookte Santiago San Román nog steeds door Montses hoofd en hart. Ze wist dat hij vroeg of laat zou afzwaaien en naar Barcelona zou terugkeren. Meer dan eens was ze in de verleiding om naar de winkel van zijn moeder in Barceloneta te gaan, maar ze moest er niet aan denken dat Santiago erachter zou komen. Ook in de eerste twee maanden van 1976 gaf Santiago geen teken van leven. Dat deed Montses liefde bekoelen. Steeds vaker begon ze hem met Alberto te vergelijken en ze besefte dat ze een jaar lang met oogkleppen op had gelopen.

Het duurde een hele tijd, maar uiteindelijk hield ze het niet meer uit en besloot ze een bezoek te brengen aan de winkel van Santiago's moeder. Het was een lastige beslissing. Ze wist niet wat ze moest zeggen. Op het laatste moment verzon ze een excuus: ze zou de zilveren ring teruggeven die hij haar had gegeven. Als hij echt van zijn oma was, was ze er vast en zeker aan gehecht.

Ze zag meteen dat er iets veranderd was. De winkel had een nieuwe deur. Ze ging aarzelend naar binnen. Er waren nog meer dingen veranderd, maar wat haar met de neus op de feiten drukte, was dat Santiago's moeder niet achter de toonbank stond. Er stond nu een vriendelijk, mollig stel van rond de vijftig. Zonder te weten wat ze moest zeggen, bleef Montse staan.

'Ik ben op zoek naar de eigenaresse van de winkel.'

De vrouw was op haar hoede, dacht dat ze iets kwam verkopen.

'Dat ben ik. Wat kom je doen?'

'Nou, eigenlijk ben ik op zoek naar de mevrouw van wie de winkel vroeger was.'

'O, ja. Culiverdes dochter. Ze was ziek. Ze is gestorven.'

Montse deed haar best niet verrast te lijken. Hier had ze niet op gerekend.

'En haar zoon? Ze had een zoon die Santiago heette. Hij moet een of twee maanden geleden uit het leger zijn teruggekomen. Hij zat in Zaragoza. Ziet u, ik moet hem iets teruggeven wat van zijn familie is.'

Montse opende haar hand en liet de ring zien. De man kwam achter de toonbank vandaan om het meisje beter te bekijken. Hij keek nu ernstig. Er kwam een klant binnen.

'Heette hij niet Santiago?' zei de winkelier. 'Ja, volgens mij heette hij zo.'

'Dat was heel tragisch,' zei de vrouw. 'Hij is omgekomen bij een ongeluk in de Sahara.'

'In de Sahara?'

'Ja, tijdens de Groene Mars. Toch, Agustín?'

Agustín was de klant die net was binnengekomen.

'Over wie heb je het? De zoon van die van Culiverde?'

'Ja. Dit meisje vraagt naar hem.'

'Arme knul. Hij zat er net met al dat gelazer met Hassan vorig jaar. Het was een granaat, zeggen ze.'

'Het was geen granaat,' zei de winkelier. 'Het was zo'n tank; die is over hem heen gereden.'

'Het was een granaat. Ze zeggen dat het zelfs in de krant stond.'

'Ach, een granaat, een tank, wat maakt het uit?' besliste de vrouw. 'Waar het om gaat is dat dit meisje naar hem vroeg.'

Montse had staan luisteren alsof de stemmen van heel ver kwamen. Ze voelde niets. Ze zei niets. De ring lag nog steeds op haar uitgestoken hand.

'Laat eens zien, kind.'

De winkelierster pakte de zilveren ring en hield hem voor haar ogen. Ze bekeek hem aandachtig. Ze stelde teleurgesteld vast dat hij niet veel waard was. Ze gaf het sieraad terug aan Montse. Terwijl het meisje naar buiten liep, raakten de drie mensen verwikkeld in een heftige discussie over de toedracht van de dood van Santiago San Román.

Vanaf dat moment begon Montse steeds meer open te staan voor Alberto's avances. Toch duurde het nog twee jaar voor ze zich liet overhalen om met hem uit eten te gaan. De jongeman maakte bliksemsnel carrière. Hij had al een opleidingsplek in het ziekenhuis op een leeftijd waarop de meeste studenten geneeskunde nog met hun neus in de boeken zaten voor het landelijk examen. Professor Cambra was het er niet mee eens dat hij de universiteit verliet, waar een gouden toekomst voor hem was weggelegd. Maar hij probeerde zijn ergernis niet openlijk te laten blijken. Deze jongeman zou ongetwijfeld in ieder vakgebied uitmunten.

Ayyach Elbachir belde beneden aan en meteen liet Montserrat Cambra hem via de parlofoon binnen. De Saharawi was opgetogen. Hij gaf haar dezelfde slappe, licht gebogen hand als altijd. Alsof het al een ritueel was geworden dat ze prettig vond, informeerde Montse naar zijn werk, zijn familie, Fatma, de baby, de auto, de kapotte koelkast. Ayyach vroeg haar ook van alles en glimlachte bij ieder antwoord. Ze hadden elkaar twee dagen daarvoor nog gezien. Montse bood hem een thee uit een zakje aan, maar Ayyach had liever koffie.

'Ik was naar het ziekenhuis gegaan,' zei de Saharawi. 'Ik dacht dat je dienst had, maar ze zeiden dat je de komende dagen niet komt werken.'

'De komende maanden niet, Ayyach. Ik heb verlof gevraagd.'

Dokter Cambra zette koffie terwijl Ayyach over koetjes en kalfjes praatte. Ze wist dat hij gekomen was om iets belangrijks te vertellen. Maar ze wist ook dat hij geen haast had: eerst moest hij zijn gastvrouw de gelegenheid geven hem te ontvangen, zijn koffie opdrinken, een sigaret roken. Daarna zou hij pas zeggen wat hij te zeggen had. Het was een manier van doen die ze grappig en tegelijk irritant vond; maar ze paste zich er goed aan aan.

'Ik moet je dringend iets vertellen,' zei Ayyach eindelijk.

Montse schoot in de lach. Nu begreep ze waarom ze had gelezen dat hartkramp en hartinfarcten zo weinig voorkwamen bij de Saharawi's.

'Ik luister. Wat is er zo dringend?'

'Over vijf dagen gaat er een vlucht van Barcelona naar Tindouf. Als je wilt kan ik een plaats voor je reserveren. Er zijn er nog drie.'

Montse schoof heen en weer op haar stoel. Ze werd voor de zoveelste keer door het lot op de proef gesteld.

'Naar Tindouf. Ik?'

'Ja, Tindouf is veilig. Het is heel ver van Algiers. Er is geen terrorisme. En vandaar is het maar een uur naar de kampen van de Saharawi.'

Montse was met stomheid geslagen. Voor het eerst sinds lange tijd kreeg ze tranen in haar ogen. Ze werd verscheurd door twijfel. Ayyach Elbachir wachtte geduldig af. Hij keek haar strak aan. Ten slotte glimlachte ze.

'Meen je dat serieus?'

'Ja, natuurlijk: ik kom hier niet om je voor de gek te houden. Wat denk je ervan?'

'Ik weet het niet.'

'Is je paspoort in orde?'

'Ja.'

'Dan beslis jij. Ik heb alleen je gegevens nodig voor het visum. Verder niets.'

Montse voelde de grond onder haar stoel wegzakken. Ze stond op en liep de kamer uit. Ze kwam terug met haar paspoort in haar hand. Ze was in de war. Het was nog geldig. Ze legde het op tafel, stak het vervolgens in haar zak. Ayyach Elbachir glimlachte, probeerde niet onbeleefd te zijn.

'Als je het doet, praat ik morgen met mijn vader. Hij moet over drie dagen naar Libië. Politiek. Maar hij zal iemand sturen om je op te halen. Je kunt in de khaima van mijn zus slapen. Het is niet luxe, maar ze zal heel trots zijn een gast als jij te hebben.'

'Ik weet het niet, Ayyach. Ik weet niet wat ik moet zeggen.'

'Youssouf is vast blij je te zien. Een vrouw als jij kan hij niet vergeten zijn, dat weet ik zeker. Of moet ik Santiago zeggen?'

'Je bent een schat, Ayyach, maar bij de gedachte alleen al raak ik in paniek.'

'Ben je bang dat hij niet meer weet wie je bent?'

'Nee, nee. Natuurlijk weet hij niet meer wie ik ben. Of wel? Ik weet het niet... Ik moet erover nadenken.'

De Saharawi nam nog wat koffie. Hij wilde niets forceren, maar toen ze het vroeg, gaf hij een eerlijk antwoord.

'Wat zou jij doen, Ayyach?'

'Ik zou gaan. Als God wil dat je hem vindt, vind je hem, zelfs als je hier blijft of je ergens in een uithoek van de aarde verstopt. En als Hij het niet wil...'

Montse haalde haar paspoort tevoorschijn en zocht in een la naar papier en pen.

'Welke gegevens heb je nodig?'

Rond twaalf uur is er een harde wind komen opzetten die aan de khaima's rukt en hun stevigheid test. Het zand dringt langs alle gaten en kieren naar binnen. Montse is verrast over de transformatie die het landschap heeft ondergaan. Honden blaffen woest, gek gemaakt door de wind. Ze heeft de hele ochtend Leila's tante geholpen in de keuken. Wanneer ze naar buiten gaat, moet ze haar gezicht met een doek bedekken en haar ogen dichtdoen. Het zand komt soms door haar kleren heen, het kruipt in haar neus, in haar oren. Ze heeft haar mond dicht, en toch voelt ze zand tegen haar gehemelte en tussen haar tanden.

Na het eten stroomt de khaima vol met buurvrouwen die voor de soapserie komen. Montse wil het spektakel niet missen. Ze gaat helemaal achteraan zitten en kijkt naar de reactie van de vrouwen. Leila slaapt door alle herrie heen, in foetushouding, met haar melahfa over haar gezicht. Montse vindt het een prachtig beeld. Opeens gaat de wind liggen en hoort ze dat het buiten doodstil is geworden. Opnieuw gaan de dieren tekeer. Beetje bij beetje wordt ze overmand door slaap. Ze voelt haar benen slap worden, haar ogen zwaar. In de verte hoort ze de stem van haar dochter, alsof ze in een andere kamer staat. Ze weet dat het niet echt is. Haar herinneringen doen nu geen pijn, zoals andere keren. Teresa had deze plek graag leren kennen. Ze denkt vaag aan alle dingen die haar dochter nooit heeft leren kennen. Haar gedachten drijven op het geluid van de televisie. Heel in de verte hoort ze iemand fluiten. Een volksdeuntje. Ze kan het niet thuisbrengen, maar ze heeft het vaak gehoord. Het hoort bij haar jeugd. Ongemerkt ontwaakt ze uit haar sluimer. Ze schrikt. Het gefluit was geen droom. Ze hoort het echt. Het komt ook niet van de televisie. Buiten fluit iemand. Ze luistert. Het is een paso doble, dat weet ze zeker. Wanneer ze het refrein herkent, bonst haar hart in haar keel. De vrouwen hebben niets gemerkt. Ze gaan op in het programma. Leila slaapt overal doorheen.

Montse staat op en gaat de khaima uit. Niemand merkt het. Buiten is geen mens te bekennen. De wind is gaan liggen. Het fluiten is opgehouden. In de lucht dwarrelen nog zandkorreltjes, alsof het wolken zijn, of droge mist. Het is bewolkt. De hitte is droog en verstikkend. Om onverklaarbare reden is ze ineens nerveus, rusteloos. Ze besluit een wandeling te maken. In de verte, op een kleine heuvel, ligt de school voor gehandicapten. Ze loopt erheen. De eerste keer dat ze Bir Lahlou zag was vanaf daar, en het uitzicht was er prachtig.

Onder het lopen kijkt ze naar de grond, naar haar voeten. Daarom heeft ze niet in de gaten dat er een eind verderop een man met zijn rug naar haar toe op zijn hurken zit. Wanneer ze hem ziet stopt ze. Ze twijfelt of ze erheen zal gaan of door zal lopen. Misschien is hij aan het bidden. Maar dan staat hij op en Montse schrikt. Zijn darraha zit om zijn middel. Hij heeft haar niet gezien. Zijn witte billen steken fel af tegen de donkere kleur van zijn gezicht. Ze is bang dat hij merkt dat ze naar hem staat te kijken. Wanneer ze zich wil omdraaien is het al te laat: hij heeft haar gezien en komt naar haar toe. Hij blijft op vijf meter van haar staan.

'*Musso mussano? Musso mussano?*'

Nu herkent ze hem en kalmeert ze. Het is de Duivel. Hij lijkt nu ineens veel minder oud. Hij is verbrand door de zon en zijn lippen zitten onder de blaasjes.

'*Labas, labas,*' antwoordt Montse. 'Goed, dankjewel.'

Wanneer de Saharwi haar hoort, spert hij zijn ogen wijd open. Zijn darraha zit gedraaid als een nachthemd.

'Uit Spanje?' vraagt hij met een sterk Saharaans accent.

'Ja, ik kom uit Spanje.'

'Ik veel vrienden. Veel uit Spanje.'

Nu ze hem zo ziet, lijkt hij ongevaarlijk. Behalve de blik in zijn ogen is er niets waaraan je merkt dat er iets mis is met hem. De man zegt iets in het Hassaniya. Het lijkt of hij een vers opzegt. Montse onderbreekt hem en vraagt hem hoe hij heet.

'Weet ik niet meer. Ik vergeet dingen. Spaanse vrouwen mooi.'

Montse glimlacht. Ze wil hem niet beledigen en durft zich niet om te draaien. De Saharawi schuift onhandig zijn darraha omhoog. Montse denkt dat hij zich aan haar wil tonen en voelt zich ongemakkelijk. Maar ze vergist zich. De Saharawi zoekt iets in zijn zak en komt dan dichterbij. Hij reikt haar een steen aan. Montse neemt hem aan. Dan ziet ze dat hij één arm mist. Ongeveer ter hoogte van de elleboog piept een stompje door zijn darraha naar buiten. Ze probeert niet te staren. De steen die in haar hand ligt is prachtig. Het is een woestijnroos.

'Voor Spaanse,' zegt de man.

'*Choukrane*,' bedankt Montse hem. 'Hij is heel mooi.'

'Spaanse vrouwen heel mooi.'

De Saharawi staart voor zich uit. Montse realiseert zich dat hij niet naar haar kijkt. Hij is elders met zijn gedachten. Even weet ze niet wat ze moet doen. Ze houdt de woestijnroos in haar handen.

'Hij is prachtig,' zegt ze enigszins geforceerd.

De Saharawi draait zich om en loopt zonder iets te zeggen weg. Nu kan ze hem beter zien. Ze heeft geen idee hoe oud hij is. Ze bedenkt hoe moeilijk het moet zijn voor een geesteszieke om in zo'n vijandige omgeving te overleven. Het beeld van de stomp onder zijn kleren staat op haar netvlies gebrand. Ze kijkt naar zijn cadeau en loopt dan verder naar de school.

En dan hoort ze, alsof ze nog slaapt, hetzelfde fluiten als daarnet in de khaima. Ze kijkt om zich heen, maar er is niemand te zien. Ondanks de hitte gaat er een koude rilling door haar heen. Dat oude, stuntelig gefloten deuntje, neemt haar mee naar een nacht in augustus, jaren geleden: een plein vol mensen, een band die speelt op een ijzeren stellage, twee mooie, donkere ogen die haar onafgebroken aankijken. De mooiste ogen ooit.

1 Typisch vrouwenkledingstuk bij de bewoners van de Sahara: lap die om het lichaam en het hoofd wordt gedrapeerd.

2 Grindwoestijn

3 Hassan II, koning van Marokko van 1961-1999. Tijdens zijn bewind bezette Marokko de Westelijke Sahara na de Groene Mars van 1975.

4 Parador Nacional: Spaans staatshotel in Laayoun.

5 Policía Territorial del Sáhara: koloniaal politiekorps dat bestond uit Saharawi's en geleid werd door Spanjaarden.

6 De ram is de mascotte van het Spaanse Vreemdelingenlegioen; bij defilés van het legioen loopt een ram mee.

7 Iemand die in Catalonië woont maar afkomstig is uit een ander deel van Spanje.

8 Vluchtelingenkamp bij Tindouf

9 Barrière die door de Westelijke Sahara loopt, aangelegd door Marokko om Polisario-strijders te weren uit het door Marokko gecontroleerde deel van de regio.

10 Bedoeïenentent

11 Provincie

12 Bestuurder van een wilaya

13 De militairen van het Spaanse legioen beschouwden sterven voor het vaderland als hoogste eer en noemden zichzelf 'verloofden van de dood'.

14 Oude visserswijk in Barcelona.

15 District

16 Polisario-leider El-Ouali Mustapha Sayed kwam om bij de aanval op Nouakchott in 1976.

17 Het Saharaanse onafhankelijkheidsfront.

18 Het huidige Dakhla in de Westelijke Sahara.

19 Gelegenheid waar je *churros*, de typisch Spaanse gefrituurde deegstengels, kunt eten.

Uitgeverij Querido stelt alles in het werk om op milieuvriendelijke en duurzame wijze met natuurlijke bronnen om te gaan. Bij de productie van dit boek is gebruikgemaakt van papier dat het keurmerk van de Forest Stewardship Council (FSC) mag dragen. Bij dit papier is het zeker dat de productie niet tot bosvernietiging heeft geleid.